大耍儿之西城风云

天下霸唱 作品

天下霸唱根据魏爷事迹编著

中国文联出版社
http://www.clapnet.cn

图书在版编目（CIP）数据

大耍儿之西城风云 / 天下霸唱著 . -- 北京：中国文联出版社，
2015.12
ISBN 978-7-5190-0973-1

Ⅰ.①大… Ⅱ.①天… Ⅲ.①长篇小说－中国－当代
Ⅳ.① I247.5
中国版本图书馆 CIP 数据核字 (2016) 第 003782 号

大耍儿之西城风云

作　　者：天下霸唱

出 版 人：朱　庆
终 审 人：陈宝光　　　　　　　　复 审 人：胡　笋
责任编辑：蒋爱民　　　　　　　　责任校对：傅泉泽
封面设计：王　鑫　　　　　　　　责任印制：陈　晨

出版发行：中国文联出版社
地　　址：北京市朝阳区农展馆南里 10 号，100125
电　　话：010-65389682（咨询）65067803（发行）65389150（邮购）
传　　真：010-65933115（总编室），010-65033859（发行部）
网　　址：http://www.clapnet.cn
E － mail：clap@clapnet.cn jiangam@clapnet.cn

印　　刷：北京慧美印刷有限公司
装　　订：北京慧美印刷有限公司
法律顾问：北京市天弛洪范律师事务所徐波律师
本书如有破损、缺页、装订错误，请与本社联系调换

开　　本：787×1092　　　　　　1/16
字　　数：180 千字　　　　　　印张：18
版　　次：2016 年 7 月第 1 版　　印次：2016 年 7 月第 1 次印刷
书　　号：ISBN 978-7-5190-0973-1
定　　价：39.80 元

西城风云

引子

1

1983年春节过后，春寒料峭。这一天晚上，北马路二中心医院门前，左侧有一间公厕，公厕门前是一盏路灯，灯杆儿下站着宝杰，再往西，下一根灯杆儿下是我。我对面是南项胡同，胡同口站了四个人，他们隔着一条北马路盯着我和宝杰。已经晚上十点多钟了，正是"鬼龇牙"的时候，路上的行人原本就稀少，而我们要等的——头戴羊剪绒帽子的人一直也没出现。列位看到这儿，应该知道我们要干什么了吧？你也许猜对了，我们要拍羊剪绒帽子！那时候一顶剪绒帽子简直就是一个"大耍儿"的重要标志，当时出来混的标配是一件将校呢大衣、四个袋军裤、将校呢裤子、校官靴、军挎包，再加上一顶羊剪绒帽子。

宝杰在我前一根灯杆儿下边，负责观望和对帽子把关，黄色的，太旧的不要。虽然那时的路灯还比较昏暗，但还是能大概看清帽子的成色。一个多小时过去了，还是没见有一位戴着成色好一点儿的羊剪绒帽子的人经过。我搓搓手，焦急地往宝杰那边看着，也只能看出他的大概轮廓和忽明忽暗的烟头，心中的不安促使我伸手摸了摸腰里别着的那把跟了我一年多的刮刀，顿时就恶向胆边生，心中涌起一种莫名的兴奋，使我在原地不停地直跺脚，活动活动快冻僵的双腿，随时准备出手！

还真是有鬼催的，倒霉不分时候，等了一晚上没等到路过的，突然从二中心医院里晃晃荡荡走出俩人，正好其中一个，头戴一顶成色非常之好的羊剪绒帽子。宝杰赶紧从上衣口袋里掏出一个摔炮，我马上躲进路灯杆的阴影里。宝杰看着这两位离我越来越近，马上到我跟前了，他举手一摔，摔炮落地，发出"啪"的一声脆响。这俩人一愣，回头往宝杰那边看，就在这一晃的工夫，我立马从黑影里蹿出来，眼疾手快地把那顶羊剪绒帽子拍了下来。

　　那俩人被摔炮的响声吸引，全然没注意到我在暗处已经出手把帽子扒了下来。二人一个愣神儿，我已经朝马路对面的南顶胡同跑去，此时在胡同口的那几个人也转身进了胡同。老城里的胡同四通八达，胡同连着胡同，不在此处居住的人进来东绕西绕一准儿迷糊，在这种月高风黑的晚上，一般人是不敢往里追的，而这俩倒霉蛋儿也是浑不懔，居然追了进来。此时，刚在马路对面的那四位已经在胡同里恭候他俩了。我也转身回来，宝杰又从一个院门后把他那柄古巴刀提了出来。一共六大位，团团把这俩人围住。

　　这两人一看这阵势就想退出胡同，可宝杰已经横刀堵住了他俩的后路，俩人只好站住了。被下了帽子的那位，明显已经让人看出有点虚了，但还得故作镇定，开口道："怎么着哥儿几个？这是寻仇啊，还是劫道啊？"我把刮刀顶在了他的嗓子眼儿上，面带鄙视的神色对他说："你要是识抬举，我只留帽子，你敢说个'不'字，我留下你的命！"那位说："哥们儿你话说大了吧，你真敢把我的命留下吗？"我一仰下巴，说道："你想试试？"他旁边那个说："哥儿几个算了吧，帽子你们拿走，我们哥儿俩是送伤号来二中心看刀伤的，官面儿上已经介入了，这要一天弄两场事儿，我们也顾不过来，不如这样，你们哥儿几个留个名号，让我们哥儿俩全须全尾儿地走路，我们先把那场事儿了结了，回头咱再说这场事儿，你们看怎么样？"
我心说：怪不得这俩人大半夜的从二中心医院里出来，原来是送朋友来治伤！我一看是这情形，回答道："真要是这样，我们也不欺负你们，我叫墨斗，等你们把屁股擦干净了再来找我，今儿个我不摸你，你走你的，名号已经留给你了，有想法随时来找我，我候着你！"
我把刮刀收起来，示意宝杰让开路，看着他俩摇摇晃晃地走出胡同，消失在寒冷的夜幕中。

2

寒风凛凛，星光惨淡，我们六个人穿过长长的项南胡同、城隍庙、府署街，来到陆家大门的一座深宅大院。一个人跳墙进院儿，从里面打开大门，其余五个人陆续进了一间不足二十平方米的屋子。大院里的邻居基本都已经睡了，这间屋子里却灯火通明，屋子里已经坐了几个人，烟雾弥漫，酒气熏天，桌子上残羹剩饭酒杯歪斜，进屋之后有人把食指放在嘴上"嘘"了一声，让进来的人都小声点，随即挂上窗帘。

现在这一屋子人，其中五个组成了我们这个团伙的雏形，舍去那几位咱就不提了，咱就说我们这哥儿几个，和我一起去抢羊剪绒帽子的那五个人分别是：宝杰、亮子、国栋、小义子和司令，我们几个大都是初中同学，以李斌为首，聚了几个兄弟，经常打打杀杀的，后来组成了一个团伙，但每天都聚在一起的，关系最铁的是如下几人：李斌、宝杰、老三和亮子，其余几位都有自己的同伙，但哪边有事儿都彼此打招呼相互照顾。众人都是十七八岁上下的半大小伙子，正值精力旺盛，七个不含糊八个不在乎的年纪。话说到此，我就不能不把我们这几位做一下具体介绍了！

李斌——我们这帮人里岁数最大的，因为初中时留了一年级，再加上他上学晚一年，所以比我们大了两岁，成了我们的老大。不过我们都围着他转，不是因为他比我们大两岁，而是因为李斌天生有老大那个范儿，长相近似年轻时候的周润发，一米八几的身高，挺拔的身板。虽然年纪不到二十岁，但是深沉老成。他话不多，说话慢条斯理的，可说出话来落地砸坑儿，遇事儿有主意，喜怒不形于色。他是我们这批人里辍学最早、挣钱最早的，此人能折能弯，辍学后在调料五厂蹬三轮往各个副食店送醋。那时的醋都是瓶装带周转箱的，每天往返于南开各副食店，用现在的眼光看，虽然一看也是大小伙子，但毕竟才十几岁不到二十，也够能吃苦的。后来宝杰、老三先后辍学没事干，李斌和厂里一说，他们俩也一起和李斌去送醋了。一人一辆平板三轮车，穿梭于大街之上，每月有固定工资，在过去来说并不少挣。有了钱也就有了每天把弟兄们聚在一起吃吃喝喝的资本，李斌为人大方，仗义疏财，对小兄弟们出手大方，而且熟悉人头儿，南开、城里的混混儿认识得不少，好像他天生就是玩儿闹这堆儿里的虫子，说话办事儿就是显得比我们有气场，有外面儿。那时我们才十五六岁，而我还在上学，实话实说，我佩服甚至有些崇拜李斌。

宝杰——也是那阵儿与我私交最好的一位，人长得五大三粗，发育得比我们都早，说话大嗓门儿，性格大大咧咧，整天歪戴帽子斜瞪眼，俩肩膀架得恨不得比房檐都高，一嘴的流氓假仗义，什么"宁失江山不失约会"、"好狗护三邻，好汉护三村"，这都是我跟他学的，每天一见面，他也不打哪儿趸来那么多段子，今儿谁和谁比画起来啦，明儿哪儿和哪儿的人砸起来了……他是对玩儿闹这事儿最情有独钟的人物，一提打架从心里往外拦不住的兴奋，比谁都挡事儿，准备家伙啊，提前看地形啊，攒人攒局啊，都是他跑前跑后忙活。但有一节，此人贼心傻相，别看天天猛张飞似的，可真要动起手来，立刻盘道提人儿，能动口的绝不动手，这也是以后我最看不起他的地方，直到今天我也特别看不起那些在马路上有一点小摩擦就立马拿手机打电话，好像一个电话能招呼来一个集团军似的，事儿有事儿在，一言不合讲不清道理该怎么动手就怎么动手，都有心气儿不是吗，双方真动了手就必定要分出个高下，有一方想省事的都戗不起来。宝杰他就是拍桌子吓唬猫的主儿，他要唬不住对方，动上手第一个跑的准是他，好几次都是这样，不过这是后话，按下不提。

再说老三——大名叫张宜，哥儿几个里家里最困难的一位，家里哥儿四个一个妹妹，全指着他爸和他挣钱养家。他大哥是书呆子，二哥也在外边混，但是比我们大得多，只拿我们当小孩，不带我们玩儿，他底下还有一个弟弟和一个妹妹，当时都还小，老娘虽然是家庭妇女，但是讲究外面儿，还特别护犊子，简直就是"坐地炮"的典型。一家子出来穿得破衣烂衫、补丁摞补丁的，但有一节，人家里就是嘴壮，舍得吃舍得喝，辛辛苦苦挣几个钱全照顾嘴了，屋里要多破有多破，但一掀锅，绝对的不是炖鸡就是炖肉，他老娘对我们也非常好，不叫我们名字，一口一个"儿啊"的。老三吃得好，是个白胖子，有心计、不咋呼，看事儿看得透，轻易不发脾气，跟谁都笑脸相迎，心里分得清楚，长发披肩，小肉眼泡，说话先笑，讲话头头是道，外面儿绝对有，我们哥儿几个谁有什么事儿，他准是头一个到，交际面广，没事爱和门口的一帮老头儿待着，爱听老头儿们讲过去老天津卫的"混混儿论"。他这么一个人，可是我们当中最心狠手黑的一位，看他一天到晚跟谁都和和气气的，一打起来他准冲头一个，下手最狠，打架最勇，而且在打架之前，他会把这场架的形式、得失、后果、退路等分析得一清二楚，在李斌身边是个军师的角色。我们这帮人当中最惨的也是他，也就是一九九几年，我在山西路看到了关于他的"通缉令"，因为伤害致死案，后来给凿了，呜呼哀哉！

亮子——他在我们几个人当中，岁数最小，个头儿也最小，鬼灵精怪，话多，天天嘴不闲着，还有多动症，人也不闲着，在家是宝贝儿，上面七个姐姐就他这么一个老兄弟，你想想他在家里有多得宠？嘴勤快，人勤快，别看在家说一不二，出来和我们在一起，却成了跑前跑后的小碎催，跑个腿儿啊，出去买个烟啊，都是他的活儿，就因为他个头儿小，不显山不露水，所以我们那时出去群殴都让他背着家伙，一眼看上去跟小孩似的，身上有家伙就不显眼。

最后再说说我吧，我挖心切腹热热乎乎地掏出来给列位交代我以前的过往了，我想列位当中，有岁数大的，也有岁数小的，都别笑话我年轻时候的所作所为，咱也别上纲上线论个是非对错，毕竟过去三十多年了，也就是今天活明白了，从容了，才斗胆念叨念叨我这段陈芝麻烂谷子的事儿，好让比我岁数小的朋友们对那段岁月有个大概的了解和认识。老街旧邻狐朋狗友们习惯叫我墨斗儿，墨斗鱼的墨斗，那是我的外号。

以前我们家在老城里是一个大户，后来败落了，我们家有我之前，往上几辈儿人都是搞教育的，我爷爷是天明中学的老教师，我老爹在36中、湾兜中学、东门里二中都干过。也不怎么着，到了我这儿，家里出了我这么一个"逆贼"！其实我上小学那会儿还挺听话，升入初中之后，青春期、叛逆期接踵而至，定力全失，天天上下学眼看着学校门口一帮一伙的玩儿闹在门口劫钱，搭伴儿。那时天津卫管堵截女学生，要求搞对象叫"搭伴"。那种在学校不怎么学好，有点玩儿闹意思的女生叫"小货"，玩儿闹将搭伴这种女生叫"架货"。有时我也挺羡慕他们这种造型，可我当时还算老实，和自己能玩到一块儿去的也都是几个老实孩子，就没能进入这些小团伙的圈子，直到有一天我在校门口挨了劫、吃了亏，我才走上了这条道儿。

我那时的性格特别内向，在胡同大杂院儿的小伙伴当中是有名的"蔫土匪"，长大了也是，这一天也不见我说话，你要不主动和我说话，我就能一天不言语，但我干什么事不计后果，脑子一热什么都敢干，胆大妄为，曾经和别人打赌睡停尸房、爬工厂大烟囱。我还有一个毛病，就是我从小就知道，不论多大的事情，能自己扛就自己扛，不给别人添麻烦。即便在我和李斌他们最好的时候，只要是我自己惹的事儿我决不找别人，甚至不告诉他们，能自己办就自己办，让别人办了那就认栽。正是这种性格让我以后没少吃亏，纵然我一点儿都没后悔过！

西城风云

二黑篇

第一章

1

那是一个放学时的下午，好几百名学生熙熙攘攘地往学校门口拥。一出大门我就看到马路对面的胡同口站着好几个人，一个个歪脖横狼似的往学校门口瞅，都是玩玩闹闹的长相，一水儿的军帽、军裤加军挎，还有几个小货跟他们站在一起，也都是那时小玩儿闹的标准打扮，一身学生蓝白衬衣大翻领。当时一放学，几乎每个学校门前都有几伙这样的人，美其名曰"站点儿的"。我和同班的同学大伟、石榴仁人正往外走，过来两个人把我们仁叫住："唉！你们仁站那儿，别走！"

我们三个人停住脚步，回头一看，这两人已经朝我们走过来了，这俩玩意儿成天在校门口待着，虽说和他们没什么交集，我可也认识他们，至少叫得出名号，一个叫二黑，一个叫三龙。我心里明白这是事儿找到头上了，就回身问他："什么事儿？"

二黑轻蔑地看了我一眼："什么事儿？找你们肯定有事儿，来来来，咱先进胡同里再说。"说完他在前面带路，三龙在我们后面跟着，半推半拽，将我们带到马路对过的小胡同里。

怕我倒不怕，却有一种莫名其妙的兴奋感，心里觉着让校门口的玩儿闹劫上一回也很荣幸似的。老早以前我就在心里有一个心结，怎么没人劫我呢？是不是我在学校不显眼，没有挨劫的资本？就这个莫名其妙的想法，今天我想起来自己都解释不清，怎么着，在学校门口不挨劫没面子？

进了胡同，二黑又把我们仨往胡同深处带，我回头一看后面，又跟过来了七八个人，其中还有我同年级七班的几个人，就是不太熟。走到胡同尽头，二黑说了声："行啦！就这儿吧，你们仨过来！"我站在一面大灰墙下，脑子里想着自己身上有什么可以让他们劫的东西，六七毛钱，一副蛤蟆镜，那是我四舅去马里援外给我带回来的，一杆金星钢笔，是我老爹平常舍不得用被我从家偷出来的，万幸今天不考试，要不我还得把我爹的手表带出来，那可保不住了！

从来也没挨过劫，本以为劫道应该都像凶神恶煞似的，一上来就是警察审窑姐儿——连打带吓唬，没想到二黑一开口就给我一个出乎意料，他说："哥儿仨，跟你们商量个事儿，我们几个惹了事儿，得出去避避风头，准备外漂了，你们仨有钱吗？给我们托托底。"简单来说就是我犯了事儿，要上外边躲一躲，可是没钱，你们仨给帮帮忙。我心说：二黑你净拣大台面儿的话说，真要犯了事儿，你还敢在家门口待着？说大话压寒气儿呢？但我脸上并没表现出来不悦的意思，反而想给他点儿钱买通个关系，以后能和他们联系上。我这脑子里还正转弯儿呢，大伟先说话了："我出来上课从来不带钱，我妈不让带。"而石榴也已经摊开双手，想让二黑他们翻口袋了。此时二黑他们的注意力都在大伟身上，根本就没在意我的反应，说话把我们推到墙根儿上，伸手要翻我们的口袋。这就和我的初衷出入太大了，我自己个儿给你们钱是情分，想和你们牵上关系，上学下学路过学校门口彼此互相点个头，那是我的面子，这要让你们翻我口袋，那我不真成挨劫的了？不仅让你们把钱拿走，扭脸儿你们还就不认得我，这多不上算！

我偷眼一看大伟要吓尿了，石榴也有点儿含糊，我心说：得了！今儿个要是和二黑他们动手，这二位是指不上了！

我往四下里看了看，想看看附近有没有动起手来能用的家伙，可地上连块砖头都没有，也不知道二黑他们身上带的什么家伙，看这意思今天我要吃大亏。我不能让他们翻我口袋，二黑矮我半头，让他顶到墙边翻口袋可太没面子了，这以后还怎么在学校混，这不栽了吗？再说我的钱可以给他们，但我书包里还有一副从国外带回来的蛤蟆镜呢，这可是我在班里炫耀的宝贝，今儿说出大天去也不能让他们把蛤蟆镜拿走。想到这儿，我主动把口袋里的几毛钱拿出来，交到二黑手里，我说："今儿个就这些钱，给我们仨买个道，以后有什么事儿你再说话，咱常交常往，行吗？"二黑拿眼睛翻翻我，还没等他说话，三龙却一个掖脖儿把我推得贴在墙上，又抬手给了我一个大耳刮子，冲着我咆哮："你他妈打发要饭的是吗？这仨瓜俩枣的就想买道是吗？我告诉你，你还别不服，你要不服今天就得见点儿嘛，要不你走不了！"我心说：你这也太横了，玩儿闹也得有点儿职业操守吧，钱我都拿出来了，你还不依不饶的，这就是给脸不要脸啊！

这时再看我那俩不给力的同学，尤其是大伟，脸色都吓白了，大伟没有爸爸，他老娘孤儿寡母地把他拉扯大了也一直没再婚，家里条件不好，这孩子也特别怯场，我得护着他，我就对二黑说："咱这样吧，你们把他俩放走，有什么话冲我说行吗？这俩都是老实孩子。"二黑说："看这意思你想搪事儿是吗，你搪得起吗？"这话一落地，他后面那帮坏小子都跟着起哄，你一言我一语地起哄架秧子，真可以说是跃跃欲试群情激奋，可全是嘴上忙活，就是没见有人上前。我想这是一点儿没退路了，那就比画呗，狭路相逢勇者胜，身上吃亏但面子不能栽啊！此时三龙还伸手掐着我的脖子，我心知肚明，遇上这种局面，就得逮住一个下狠手！

　　对方人多，有心理优势，或者劫道多了，已经习惯于被劫者不敢反抗，也就没有那么高的警惕性。我假装服软儿了，口中说道："你们别急，我再找找……"一边说，一边低下头，装作翻口袋，同时用余光瞄着三龙，突然间，我左手架开三龙的胳膊，右手一个直击，拳头直奔三龙眼睛捣了出去。三龙眼上挨了一拳，疼得他捂住眼睛往下一猫腰。我顺势提膝，顶向他的面门。这几个动作我在动手之前已经想好了，瞬间一气呵成，打了三龙一个措手不及。其余那些人都没想到我敢动手，人群先散开一下，紧接着又围拢上来。我见三龙还没抬起头来，立即扑了过去，将他压在身下，抡起拳头往他头上狠砸。此时，三龙的同伙也围住了我打，拳脚相加，暴雨般落在我的脑袋、肩背和腰上。我根本看不见打我的人都是谁，反正我只找三龙一人下手。混乱之中，忽听"咔嚓"一声，一块整砖拍在了我的脑袋上。

　　我眼前一阵发黑，当时就从三龙身上倒了下去，三龙也爬不起来了。我分明看见他的脸上全是血，而这一砖头挨上，我的脑袋也被开了，鲜血很快从额头上淌下，把我的右眼糊住了，我是不见血还好，见了血比之前还兴奋，再一次扑到三龙身上，双手掐住他的脖子，想将他的头往地上撞。三龙竭力挣脱，我们二人抱成一团，在地上滚来滚去。如此一来，三龙的同伙倒没法下手了，他们怕打错了误伤自己人。趁此机会，我在三龙身上占到了上风，腾出一只手用手指关节捣向三龙的眼睛，三龙惨叫一声双手捂眼，把身上的其他部位让了出来，我心中窃喜：这不是想打哪儿打哪儿吗？正要在三龙身上大施拳脚之际，一只胳膊从我后面把我的脖子就给圈住了，往后一掰，把我从三龙身上扯了下来，在我倒下的一刹那，我看到二黑从裤脚里扯出一把军刺，他手拎明晃晃的军刺，奔着我就来了。

2

我见对方动家伙了，本能地跳起来要跑，可慌中出错，脚下一拌蒜，自己摔了个大马趴。二黑手提军刺追了过来，我一看完了，今天要交代在这儿了，而我没想到的是，二黑冲到我跟前，并没拿军刺捅我，却拿军刺当棍子往我身上抡。身上挨两下还好，我脑袋上也让军刺砸了两下，打出几道口子，我这脑袋几乎要不得了，事后回想，当时我这脑袋可能跟酱豆腐一样了。我赶紧用手把糊住双眼的血抹去，万幸二黑没捅我，这点儿皮肉伤我还能挨得住。我也没忘了看看我那两个吓尿的同学，大伟根本没动手，蹲在墙角下边看着我挨打，石榴呢？石榴哪儿去了？跑啦？在我正寻思时，二黑仍抡着那把军刺，没完没了地在我头上、身上打。我双手护住头，且战且闪，这时候还手是没戏了，我得找家伙还击，可胡同中又没有能捡起来打人的东西，我正心急火燎时，忽然看见石榴从一个小院里跑了出来，手中还提了一柄煤铲子。这个小石榴，原来他是跑去找打人的家伙去了！

别看这小石榴平常稀松二五眼，长得跟还没发育似的，到了关键时刻还真不孬，一把煤铲使得上下翻飞，风雨不透，但毕竟对方人多，不一会儿，他让几个人打得匍匐在地，双手抱头，光剩挨打的份儿了。我一看这要打下去必须得有家伙，要不得吃大亏，低头往前一冲，摆脱了追着我打的二黑，跑出几步有个院子，院儿里有一个炉子，上面正烧着一壶水，已经冒热气了，马上就要开。我一看找别的东西来不及了，眼看后面人就追上来了，当即提起那壶开水，扭头迎着二黑他们跑过去，甩出开水淋他们。二黑等人急忙退避，怎奈这一壶开水有限，一会儿就使完了，对方又围上来打我。我手里只剩一把水壶，发狂一般没命地乱抢，打得二黑等人不住后退。在这圈人里现在我是占了上风，二黑虽然手里握着军刺，只要他不敢捅，那也就是根烧火棍子。我现在已经打红了眼，小石榴在那边也牵扯一部分兵力，我这一流血对方有一部分人怕事儿闹大了也跑了，现在胡同里大多都是看热闹儿的，有周围的住户，也有9中的同学。激战正酣，耳边忽听得一阵迪曲儿铿锵，一声吆喝从人群之外传了进来："都你妈闪闪道儿，我倒要看看这是几条人命的官司！"

3

话音刚落，人群中闪出一条小路，由外面驶进一辆大红色二八弯梁自行车，骑车的人头顶军帽，上身穿一件军褂，敞着怀没系扣子，里面套一件白色衬衫，下边穿一条祭蓝裤子，条便白袜，骑在车上俩脚尖往外撇，脑袋昂得挺高，车后衣架上跨腿坐着另一位，这俩大鬓角，简直跟日本电影《追捕》中的矢村警长一样，一身蓝色大纹制服，二苍儿头，戴着墨镜，腿上放着一台双卡四个喇叭的录音机，音量开到最大，放着一首时下挺流行的歌，叫什么"癞蛤蟆，癞蛤蟆妈妈……"

进来的这两位，在那个年代，要论造型，论话茬子，论气场，一看就是人头儿。当时我还不认识，久后得知，骑车的这位是大水沟三元，坐车后面拿录音机的是西关街的蛮子，三元那阵是属于刚混起来，正是七个不含糊八个不在乎的阶段，而蛮子则是前辈中的前辈，属于大哥级的人物，可比三元深沉多了。刚在人群外喊了一嗓子的就是三元，他狐假虎威地跟着蛮子混，谁都不放眼里，如果是他一个人走单儿，我还真不信他敢在群殴现场没弄清人群里面什么状况就来这么一嗓子。

三元骑到我们面前一捏抱闸，单脚支地，蛮子把录音机关了，也跳下车来，俩人谁也不说话，但我们也被这俩人的阵势给唬住了，一时间都停了手。蛮子把录音机放在地上，双手插在裤子口袋里，来到我们面前挨个审视一遍，他目光如炬，气势压场，人群中当时就鸦雀无声了。

我后来听三元说，当时蛮子刚从二窑上来，他去南门里找人要录音带才从这儿过，正好赶上了，就想看看是怎么一回事儿。

蛮子一看这场面，这一个个的，尤其我这脑袋，血肉模糊的，手里提着一把砸瘪了嘴儿打嗝了瓷的大绿铁壶，二黑手里提着军刺，石榴手里举着煤铲，剩下的有拿砖头的，有拿木棍的，最可气的还有一个拿了根擀面杖，一头用沥青团个球，球里面支出几颗钉子，在那儿冒充狼牙棒的。

蛮子低头从口袋里掏出一盒大工字雪茄，三元马上掏出洋火，划着火给蛮子点上烟。蛮子狠吸一口，吐了一下嘴里的烟丝，这才抬头说话："谁是事儿头？"大家都还没从他俩到来的惊诧中缓过神来，他这么一问，竟没有一个人敢言语，但同时都把目光集中在了二黑身上。蛮子就有些明白了，冲二黑招招手，扭身坐在了自行车后衣架上。二黑犹豫着往前挪动脚步，快到蛮子跟前时，三元冲他大声吼道："先把家伙收了！"二黑一听，伸手把军刺递给了他身后的一个小兄弟，双手在裤子上抹了抹，也掏出一盒云竹烟点上了。蛮子拿眼瞄了他一眼，将一口浓浓的烟喷在二黑脸上。二黑就把脸扭到一边，随口问道："你们俩哪儿的？这是嘛意思？想拔闯踢脚儿是吗？"

三元一听二黑这口气是不含糊啊，就要往上冲。蛮子一指他说："别动！我先看看这位大哥有多大道行。"他又回头对二黑说，"你跟我讲理是吗？我还真就看得起你了，我是西头的，我叫蛮子，怎么着？我要是今天想踢这一脚你打算怎么发落我？"二黑说："那得看你能蹦多高，跳多远了！"二黑和蛮子对话茬子，蛮子还没答话，三元接住了二黑的话茬儿："你这腰里揣俩死耗子就愣充打猎的啊！"二黑话跟得也快："我南山见过虎，北山见过豹，还就没见过你这花脸狗熊！"三元并不是一个伶牙俐齿的角色，让二黑两句话把他噎住了，下面的话茬儿接不上了，只好甩出一句："瞧你那揍性，什么怪鸟哨得那么响？"他们俩你一句我一句地对着话茬子，蛮子可不耐烦了，一迈腿从车子后衣架上下来，用胳膊挽住二黑的脖子，冲他一脸堆笑地说："我今天告诉你啊，我呢，今天打这儿过，没想惹事儿，你呢，也是不长眼，挡了我的道，我就得办了你，我最看不起你们这些在学校门口站点儿的，是玩儿闹别在家门口冲鹰头，上别的区混成个人头儿，我还就高看你一眼，我先把话给你撂这儿，我叫蛮子，不服以后往西关街找我去。"话音未落，蛮子一紧圈着二黑脖子的胳膊，拿雪茄烟的手把半截雪茄朝二黑脸上捻去。"哎哟！"二黑大叫一声，在他张嘴大叫的一刹那，蛮子又把手里捻完火的半截雪茄烟捅进了二黑嘴里，然后一拳兜在二黑的下巴上。二黑一个趔趄坐在地上，蛮子一个箭步骑了上去，用一只手托着二黑的下巴一只手掐住他的脖子："把烟咽下去！"此时蛮子的声音依旧那么低沉，脸上平静得让人恐怖，二黑的小弟们呼啦啦要往上围，三元突然就从后腰掏出一把火枪来，把枪顶在二黑脑门子上，大吼道："都往后梢，谁你妈靠前我就把他花啦！"蛮子"嘿嘿"冷笑两声，对着他腿底下的二黑说："把烟嚼吧嚼吧咽下去。"二黑被他掐得直翻白眼儿，太阳穴的筋都绷起来了，拼命地点点头，嘴里开始嚼了起来，又使劲儿伸长脖子把那半根雪茄咽了下去。

4

蛮子见二黑把烟咽了下去，轻轻拍了拍二黑的脸，依然一脸笑容地问道："还有嘛想法吗？"二黑被蛮子托着下巴说不出话，只能玩命地点头，一脸的痛苦表情，此时大家的注意力都在蛮子他们身上，谁也没注意躺在一边的三龙"哇哇"地吐了起来，也是事后得知，他是被我狠狠几拳捣在脸上，后脑勺撞到墙上，撞成了脑震荡。他这边一吐，分散了蛮子的注意力，只见蛮子站起身来，走到三龙身边弯腰看着他，回头对我们这一帮人说："这货可能是内伤，能送医院就送医院吧，你妈刀砍斧剁的能自己捣鼓尽量自己捣鼓，别去医院，到了医院一报警你们一个也回不来。"蛮子其实一看三龙这意思也是怕出人命，毕竟是内伤不好说，说出大天去他也是刚出来，管管闲事儿还行，要真摊上官司可不值，跟谁也不认识还都比他小好几岁，点到为止吧。蛮子和三元一前一后往人群外走，路过我跟前时停下来，"扑哧"一乐，说道："小屁孩儿瞎胡闹，吃亏了不是？你这大铁壶抢得够花哨的，你哪儿找来的，我头一回看见打仗用大铁壶，真你妈是个耍儿！"说完跨上二八车，按开大录音机，一路歌声出了胡同。

蛮子和三龙是走了，这个残局还得收拾，二黑那边的人一看蛮子这二位看不见影儿了，纷纷围拢过来，去扶地上的二黑和三龙。我这口气一泄，两条腿发软坐在地上。二黑心里还有一些气不忿儿，俩胳膊乱摆不让旁人扶他，嘴里依然不依不饶："躲开，都你妈躲开，刚才怎么一个人都看不见呢，都你妈别管我。"说完走到墙边，用手指抠嗓子，哇哇地吐那半根雪茄。三龙这阵也缓过来了，直闹头晕，晃晃荡荡地被他弟兄搀了起来，他们那边还有几个被我拿开水烫伤大腿的，但都不算太严重。再看我们这边，我伤得最重，一脑袋瓜子的血不说，这会儿一停下来才发现我右腕被二黑的军刺捅了一刀，挺深的刀口，一个窟窿，上臂还划了一道大口子，肉已经翻了起来，动手时都没感觉是怎么挨上的，现在才发现！小石榴倒没什么大伤，也无非是红了、青了、肿了，看上去比我好多了。大伟是彻底尿海了，蹲在我面前呜呜地哭。我知道大伟胆小，人也尿，打架指望不上他，说实话，刚开打时我心里还有点儿埋怨大伟为什么不上手，现在一看他都哭了也就别跟他追究了，毕竟我们的脾气秉性都不一样，他就不是这里的虫儿，你能拿他怎么着，不能强求他鸭子嘴非往鸟食罐里扎啊！

二黑算是在这门口栽了，但嘴上还得给自己找找面子，冲我叫道："这事儿咱完不了，你小子等着我，我往后肯定再找你，那个蛮子你认识吗？你给他带个话儿，告诉他，过三不过五，我一准儿找他去，他不在我嘴里掖了根雪茄吗？我得在他嘴里掖颗麻雷子，我给他嘴炸豁了！"我对他说："你是流水我是石头，你水随便流，我原封不动地在9中等你！"

我正跟二黑你一言我一语地对茬子，只听一声："哎哟！你们这帮有人生没人管的倒霉孩子们啊，我这刚在炉子上做壶开水，这一扭脸儿的工夫，水壶也没啦，煤铲子也没啦，都拿出来当干仗的家伙啦！你们这都哪儿来的倒霉孩子！"好嘛！从那小院儿里蹿出一个又黑又胖的大娘，没冲我过来倒冲着她们家那把让我连抢带砸满身是瘪的大绿壶奔了过去，从地上捡起那把壶一看是用不了了，眼珠子都快鼓出来了："这是谁干的？这是谁干的？"我走过去说："我干的，大娘！"

黑胖大娘说："你说让我说你们嘛好，动上手有嘛是嘛，我这是在炉子上做了一壶水，我要在炉子上炖锅牛肉你也得给我泼了是吗？怎么这么没轻没重呢，我要不看你让人家打成这样，我就得找你们家去，让你家大人赔我，这是哪儿的事儿啊！"黑胖大娘正跟我这儿嚷嚷，又从院里出来一位三十多岁的伯伯，天津卫说话不说叔叔，一律叫伯伯、大爷，不过这个"伯"字，念出来得念成"bai"，否则就不是那个意思，了然否？就见这位伯伯对大娘说："妈！行了，差不多数落两句得了，您看他都让人打成这样了，就算了吧。"又扭头对围观的周围住户和看热闹的人说，"都散散吧，别围着了，这么窄的胡同本来就不通风，你们这都堵严实了，都散了吧，散了吧。"说着话，过来捡起地上的破铁壶和煤铲，看看手里的铁壶对我说："砸得够狠的，现在买把这样的壶得要本儿，知道吗？得好几块钱，你这不坑我吗？"说完就回他们家那小院了，黑胖大娘从我身边走过时又说一句："真不让你们家大人省心呀，你看你伤得这样，这不自找的吗，你们在这儿等会儿吧，我给你们拿药去……"

一根烟的工夫，大娘和那个伯伯一人拿药一人端个大铝盆走出来。大娘让我在盆里洗洗要给我上药，一盆不行又换了一盆水，大伟帮我擦干净了伤口，大娘一看："哎哟！这么多伤口，这得多大仇啊给打成这样，倒霉孩子们，下手没轻没重，这要让人打死都不冤，哎呀，啧，啧，啧……"大娘给我在伤口上撒了一些白色粉面，不知道是什么药，但肯定不是云南白药，那玩意儿太贵。我上药的工夫二黑他们就撤了，大娘问我在哪儿住，想让他儿子送我们回家，我哪儿还敢回家，就和大娘推脱说我家里没人，您就甭管了。大娘又说："你这倒霉孩子惹谁不行，非得惹他们，你看看他们一个个歪脖瞪眼儿的是好人吗，天天就在这学校门口待着，跟有人勾他们魂似的，没事儿就找碴儿打架，你惹他们干吗，你说你这样回了家怎么和家里大人交代啊！我先给你上点药对付着，你这得上医院看去，得缝针，去二中心吧，万一感染了可崴泥了，去啊，一定去医院啊！别耽误啦！"大娘嘴不停地叨叨着，我则在心里盘算着一会儿去哪儿，这个造型肯定是不能回家了，我此时第一位就想到了前面我提到的宝杰！

　　宝杰家住在西门里红房子一条的一个独门独院，父母都在铁路上班，他上边有一个哥哥、俩姐姐，因为他二姐在我父亲的学校上学，后来又找我爸给他二姐补习功课考上了大学，而他大哥会做衣服是个裁缝，老给我家做活儿，所以两家关系走得不错。那时宝杰已经和李斌他们混到一块儿了，每天和李斌、老三一同蹬三轮拉醋送醋。宝杰从学校辍学上班之后，我俩就很少见面了，但是谁有事儿，一个招呼肯定到。在胡同里坐了一会儿，差不多劲儿也缓过来了。我对大伟说："你甭管我了，赶紧回家，一会儿你妈要下班回家一看你还没到家就该急了，你走吧，我和石榴再想辙吧。"大伟又要哭，脸涨得通红说："我这阵儿能走吗？你都这样了，你和石榴都有伤，我走了要有什么事儿谁管你们。"石榴接过他的话茬儿："去你妈的，走走走，不用你个尿海的玩意儿。"我心里明白小石榴还在为刚才大伟没动手而生气，其实我从心里就还是向着大伟的，便对石榴说："打住啊！事儿有事儿在，大伟没撂下咱自己跑就算够意思，他在学校让人欺负死都不敢言语，你还能指着他上去跟二黑他们豁命？"大伟一听我这话顿时就哭得昏天黑地的。我对他说："你去墙角哭去，哭完再过来。"石榴拿了一盒大港烟出来，给我点上一支烟。我问他："你怎么着？有严重的伤吗？"石榴说："没有，就是手指头不知道怎么给掰了一下，别处都没事儿。"我说："咱们这样，让大伟先回家，他要不回去就叫他去宝杰家找宝杰去，咱俩先找个地方待会儿，我怕有人报官，一会儿帽花来了咱就谁也走不了了。"

　　大伟可真听话，我让他去墙角哭去，他还真蹲墙角那儿呜呜地哭去了，跟他刚挨了一顿胖揍似的，我差点笑出声来，就喊他："大伟，你先回家看看，要是你老娘没回来，你就再回来，反正你回家也得路过宝杰他们家，你把宝杰给我找来，先别跟他说我挨打了，你就说我找他有事儿，在96号等他。"大伟听了我的吩咐，转身走了。我和石榴活动活动腿脚，慢慢往胡同里边走。一拐到九道弯胡同，眼看就到西门里大街了，我把上衣脱下来蒙在脑袋上，走到了西门里96号院。这96号院是个有着前后院的深宅大院，以前有个街道的小工厂就在前院。通往后院的通道上是一间小门房，里面都是小工厂的乱七八糟的杂物，平常没人去，我们小哥儿几个就经常聚在那儿偷着抽烟、聊闲天，就是一个小据点。这人要流血流多了，免不了口渴，我坐在小屋里让石榴找旁边的瘸子要点儿水去，我就坐等宝杰的到来。

　　不到一个小时，宝杰带着一身的醋酸味儿就来了。这货是一听打架就肾上腺素分泌过剩的主儿，一进门就开始咋呼："你这是跟谁啊？谁那么牛×，你带我找他去！"我抬眼看看他说："你先别咋呼行吗？那事儿往后放，你先得有个轻重缓急吧。"宝杰道："那你说吧，想怎么着？"我点上一支烟，对宝杰和石榴说："你们先筹点钱去，宝杰你姨哥不是在红十字会医院吗，你看看在班上吗？咱要看病必须得找熟人，要不医院可不敢接，找你姨哥看看兜不兜得住，要是兜不住，我宁可不看这个伤，去吧，都抓点儿紧！"

5

　　宝杰和石榴出去找钱、找医院，我这才静下心来，想想以后该怎么办。首先说家是回不去了，但要找个合适的借口，学校也先不能去了，不知道要是一会儿去看伤能不能开假条？今天在哪儿过夜？家里和学校要知道了怎么办？这一系列的问题在我脑子里飞快地盘算着，看看胳膊上的伤口还在一点一点地往外渗血，我扭头想找个什么东西能止血，见墙角有一把墩布，我找了半截锯条，从墩布上捌下一根墩布条，一头用牙咬着，一头用左手扎在右胳膊上，这样就多少能止点血了。又过了一个多小时，老远就听见宝杰在外面嚷嚷。不一会儿进来好几个人，宝杰在前，他后面又跟进了七八个年岁相仿的，宝杰说："我姨哥没在班上，我已经告诉他了，他现在就去红十字会医院等咱们，他说得看看你的伤口再决定怎么治，钱呢，我在家里拿了二十块钱，怕不够我就把这哥儿几个都叫来了，咱凑凑，哥儿几个都掏掏口袋，有多少拿多少！"哥儿几个真不含糊，都把口袋翻个底儿掉，一共凑了不到六十块钱，看到哥儿几个过的着过不着的，都这么大方的给我凑钱，我心里很是过意不去。那个年头这帮小不点儿们手里有几个零钱不容易，都一分不留地拿出来了，我心里就暗自发誓，以后这门口甭管谁有什么事儿，只要我能出头的，我就一定在第一时间出头，不管他们是碍于宝杰的面子，还是家门口子护群的心态，今儿有一个是一个，到场的以后我必定报答！

　　屋子里七嘴八舌地你一句我一句，以宝杰为首的几个人叫嚣要去找二黑："靠！西门里的不能让东门里的欺负，从鼓楼往东有一个是一个见人头儿就砸，一直砸到东门脸儿，踏平鼓楼东，打遍东门里！"口号都喊出来了，这帮乌合之众的小毛孩子们，现在想想，当时这都是乐儿！还好，我当时还算比较冷静，也是因为自己有伤在身，先顾不了找二黑，再说三龙到底怎么样了我心里也没底，他毕竟是内伤，我就说："哥儿几个都静静，听我说两句，二黑那边咱肯定得找他去，不为我自己也得为咱西门里的挣了这把脸儿，可今天真正把二黑栽了的是蛮子，现在要说毒儿，二黑跟蛮子比跟咱毒儿大，但我估计以二黑现在的势力，他和蛮子碰不起，所以二黑得为攒人攒局做准备。咱现在暂时先不用去找他，让他直接去碰蛮子。如果他真和蛮子碰出火星子来了，咱就帮蛮子踢一脚，那时既能让蛮子高看咱们一眼，也借着蛮子的势力把二黑灭了。你们说咱现在要是去碰二黑，咱是有那个势力还是有什么震得住人的家伙？先都省省吧，当下是咱先把眼前儿的事办了，宝杰你的姨哥不是已经去医院了吗？咱别让人家等咱，你和我还有石榴先去医院，别人就别跟着了，你们这一帮一伙的，让别人看见，还以为是上山打狼的。"宝杰答应道："那就赶紧吧，钱要不够我再想法子。"

众人散去，我和宝杰、石榴先去了医院。姨哥正在急诊等我们，查看一下伤口，姨哥亲自为我缝合，眉骨和胳膊的伤最厉害，脑袋上倒不太严重，一共缝了21针。石榴也一起擦了点损伤药。此时已经晚上七点多了，一会儿去什么地方趴窝去还没底呢。我一想，先找地方吃饭去吧，仨人想去西北角的伊兰餐厅。半道路过老三家，宝杰一看，老三的三轮车在门口停着，他说去找老三一起去吃饭。我没说话，那时我除了宝杰，跟老三、李斌他们还不算特别熟，只是见面点头之交，这在外面挨办了必定不是关公调，从我心里来说，根本不想把这事儿声张出去，但此时我对以后怎么办也没准主意了，早听说这老三是李斌、宝杰他们的军师，主意多、办法多、人脉广，就也没反对。宝杰进院去找老三，我点根烟和石榴在门口等他们。一根烟没抽完，老三就和宝杰一前一后从院里走出来了。老三一见我缠了一脑袋绷带，胳膊也吊着，就笑道："你这是刚从老山前线回来是吗？宝杰都跟我说了，咱先走吧，一边吃一边商量！"没一会儿，我们一行人就来到了伊兰餐厅。这顿饭吃得让我长见识，老三和宝杰的经验人脉关系以及处理事情办法，都在饭桌上表露无遗。四个人一个水爆肚、一个爆三样、一个黄焖牛肉、一盘素什锦、一瓶蚌埠白酒。酒饭下肚，办法就已经商量出来了。老三他二哥在天重上班，所谓天重，是指天津重型机械厂，简称天重。老三他二哥平常住厂里宿舍，一会儿我和宝杰、老三一同去天重，把我安排在那里先避一避，连着再养伤。石榴先回家，明天上课把病假条替我交给班主任，我再找个公共电话，跟家里说我去天明中学住到我姥爷那儿了，我姥爷是天明中学的老教师，平常住校，姥爷特别疼我，以前我也有事儿没事儿地往我姥爷那儿跑，我老爹不会觉得奇怪。一切安排就绪，宝杰把老三那辆三轮车蹬来。老三还让他给我拿了件劳保棉袄，宝杰蹬着三轮带上我，消失在去往北郊的茫茫夜色中，瑟瑟秋风，落叶飘零，江湖无常。

第二章

1

我在天重的青工宿舍养了一个多月的伤，每天老三他二哥给我在食堂打饭、打水，当时天重这种几千人的大厂管理并不严格，所以我还是挺随便的，隔三岔五宝杰、老三和石榴他们就会来看我，我也一直在关注二黑、三龙和蛮子的动态。我的伤势一天比一天见好，老三他二哥可以领我去他们厂的保健站换药，但拆线是在河北医院拆的。随着我的伤势渐渐恢复，一个报复二黑的计划也在我的脑子里逐步形成。我没和他们任何人商量和透露，我之前说过，我遇上什么事儿都不愿意找人帮忙，一帮一伙的弄不好倒把事儿办砸了。宝杰也问过我几回，我都以还没想好为由搪塞过去。报复二黑的计划框架已经形成，只是细节还有待完善，一切的一切都只等我的伤病痊愈一步一步地去实施！我心中暗想：二黑，你不是9中门口的一号人物吗，你惹谁都行，可你惹上我了，你这拔尖儿站点儿的日子算到头了，蛮子栽你都不算什么，他毕竟是老一伐儿的，论玩意儿、论道行、论实力、论威望你都望尘莫及，所以你让蛮子栽了也不算抬不起头，你等我回去，我这无名小辈老实孩子要出手把你栽了，看你以后还怎么在城里待，一次管够，直接把你摁泥儿里，再想抬头，你得看我脸色好看不好看！

一个多月的疗伤生活，还有个意外之交，就是在老三他二哥同宿舍住的小谢。小谢是昌黎人，顶替他爸爸进了天重，在厂里管维修保全，会一手的车钳铣刨，而且手艺精湛，少言寡语，可就是手巧，做什么像什么。这一个多月的时间也和我混熟了，并且关系很铁。他比我年长几岁，说一口曲里拐弯儿的昌黎话，人很实在也很老实，在我快要离开天重时，我跟他商量着想让他给我做把火枪，但要做火枪可不容易，枪管必须得是无缝钢管，那时这无缝钢管是稀罕物件，不大好找，就暂时把这事儿撂下了。小谢说："我尽量给你找着，等有了无缝钢管我再给你做。"但小谢也没辜负我，一天我正收拾东西准备回家，他神神秘秘地穿个破劳保棉袄，掩着怀就进屋了，一脸坏笑地对我说："你猜我给你弄了个什么回来？"我说："什么东西？你还能把民兵连的高射机枪给我弄来是吗？"小谢说："去！我哪有那道行，你看这是什么！"说完把怀一敞，从怀里掏出一把刚刚煅造好的匕首坯子，虽然还没抛光、没打磨，但那造型真心是不错，有个尺把长，双面带刃，两道血槽，活儿做得漂亮！我赶紧把门关上，细细地看看这把刀，从心里喜欢。小谢说："我还得拿走，你先看看长短、宽窄、形状合不合适，要是行的话，我立刻给你抛光精加工一下，再把刀柄给你安上。另外我把话说到前头，我不管开刃，要开刃自己开去，你可记着啊，你用它出了什么大事儿也不能把我供出去，我这可是冒了老大风险给你做的。"我说："我一出这厂门就根本不认识你了，你尽管放心，赶紧给我弄好了吧。"小谢一脸满意的笑容，上车间给我装刀柄去了。

2

经过一个多月的调养，我的伤全好了，精神头儿又回来啦，这就叫"养精蓄锐，以利再战"。我这心里都长草了，已经联系完宝杰他们了，他们都知道我今天回城里，一会儿他们会来接我。不到下午六点，小谢和老三他二哥端着晚饭回到宿舍。一进门，小谢冲我挤了挤眼。我心里就明白了，没提那把刀的事儿。小谢是不想让二哥知道他给我做了一把刀，我心领神会。二哥从裤子口袋里掏出一瓶蚌埠白酒，又把从食堂买的几个菜摆上桌子，我们仨这就要开喝，刚刚一口酒下肚，我正要致辞，好好谢谢这哥儿俩一个多月来对我的照顾。忽然大门一开，呼啦啦从门外闯进一哨人马，我等一见，大吃一惊！

你道来者何人？原来是天重的保卫科干部一行五人。就在当天下午，小谢给我做刀的时候，被一青工发现了，这小报告就打到了车间办公室。车间主任不敢管这事儿，又上报了保卫科，这不就来了这么几个人，是来调查小谢来的。为首的一位细高挑，一身灰中山装，外面披着一件军大衣，双手插着裤子口袋，一脸的阴沉相，一见这屋里有生人，就问我："你是谁，哪个车间的？"没等我回答，老三他二哥就把话接过来说："这是我弟，给我送东西来了。"保卫科的头头一看我还是小孩样呢，就没再追问，他的注意力全在小谢身上，回头问小谢："你今天在车间干了什么不该干的事儿？"小谢说："没干吗呀，怎么啦？"保卫科的头头说："别跟我装傻充愣。你要是在这儿不说，那就跟我上保卫科说去，还用我给你提醒是吗，早就有人举报你了，你自己现在主动说出来，这事儿还不大，我们过来就是走走形式，有人检举我也不得不管，要不出了事儿我可没法交代！"我心里明白，这是我给小谢惹的麻烦，小谢老实孩子可能禁不起他们这把连蒙带吓唬的，我就寻思整出点别的事儿来转移保卫科的注意力，这样小谢就有机会把他手里的匕首处理掉。想到这儿，我就假装酒劲儿上头，要和他们厮打。这时二哥却说话了："是谁说的，都说嘛了？这帮狗屁们就是老欺负小谢，看人家小谢是外地的，有事儿没事儿老拿人垫牙玩儿，到底谁说的，你们把这人找出来，咱当面对峙！别你妈看人老实就逮着蛤蟆捏出尿来！"那干部说："有人检举他在车间做了一把匕首，这事儿可是大事儿，我们能不管吗？小谢，咱也甭费事儿，你把那匕首交出来，我拿走，咱就当什么事儿都没发生，我回去也好有个交代，你要是不交出来，那我可没办法给你留脸了，你自己看着办吧！"

3

话咱先撂在这儿，我得先说说老三的二哥，二哥也是在他们厂里出了名、挂了号的人物，在保卫科也挂了号的难剃头，他要是想管这事儿，往下一耷拉脸儿，这几个保卫科的多少也有点含糊，也不能不买二哥的账，因为这位二爷也曾经是风云一时的人物，只不过现在人家已经看透了，不再掺和事儿了，但在天重也是有名有号的，上上下下都对他敬重有加，没有人敢跟他叫板，但同时二哥经历的事儿多，经验也就丰富，知道此时得给这帮人台阶下，扭身从床下拿出一把小刀，嘴里还不依不饶地喊道："不就这把刀吗，没人家小谢的事儿，是我让他打的，你挨个宿舍问问去，哪个宿舍没有这些吃饭的家伙，这不就是在宿舍切个火腿、切个萝卜用的吗？"我心说：二哥你也太机智了，一柄开膛破腹的匕首，到二哥你

这儿愣是变成了一把做饭削萝卜的切菜刀了。我心里这个乐啊，真不愧老耍儿啊，要嘛有嘛！

二哥这"狸猫换太子"的大招变得漂亮！既给小谢解了围，又让保卫科的人下了台阶，假戏真做的还不依不饶："噢，别的宿舍你们不敢管，就在我们宿舍抖机灵是吗，这是欺负我们老实是吗，瞧你们一个个的这把阶级斗争的脸儿，跟犯了多大的事儿似的，今天你们要不给我说出个道道儿来，我明天就找厂部，我就要问问在宿舍用厂里的下脚料打把切菜刀犯法吗？"我这时也跟着假戏真做地抱着二哥，一嘴哭腔地喊道："二哥！你别这样，咱妈在我出来时还让我给你带话儿，不让你在厂里发脾气和别人打架，你要再这样我就回去告诉咱妈，让咱爸回家修理你，伯伯们你们快走吧，我二哥一犯浑，连我大哥都不敢惹他！"厂里这几位，一看我这小不点儿直要哭，也就没有了刚来时的那种气势汹汹的样子。领头的就说："这话怎么说的，你们车间找我，给我打电话说小谢打了一把刀，我以为是什么凶器呢，早拿出来哪儿还有这事儿，小谢你也真是的，一把切菜刀你说你至于偷偷摸摸的吗？大大方方做你的呗，这不好么眼儿的吗？那个老二，这你用得着着那么大急吗？我们是吃这碗饭的，有人报告我们不管，那不就是占着茅坑不拉屎了吗？你以后别一有什么事儿就往前冲行吗，改改你这脾气，咱这话哪儿说哪儿了啊，这把刀我还得没收，我回去也得交差不是吗，你们接着吃饭吧。哟，这还喝上了是吗？喝完别酒乱啊，小不点儿你不能在厂里过夜啊，吃完喝完马上回家吧，就这样，我们先走。"说完话一扭身，带上他们这一大帮人下楼去了。

这帮人一走，我们仨稳了稳神儿，又坐在桌子前，把酒一端，干了一杯。二哥拿眼死死地盯着小谢，也不说话，那眼神特别阴森。我当时不敢言语了，小谢让二哥盯得不敢抬头，也不敢夹菜吃，低着头问二哥："怎么了？"二哥点了一根烟，狠嘬一口说："小谢，我兄弟他的朋友在咱这儿养伤，他怎么伤的你也知道，他这货从咱这儿出去，肯定还得找补他那个对头去，你给他做了什么东西你甭告诉我，我是一没听说二没看见，可你自己想好了，他们这帮小不点儿都小，心气儿正高，都想在外边扬名立万，嘴上没毛办事儿不牢，遇上事儿没深没浅，捅多大娄子都有可能。厂里这帮人咱就这么打发过去了，这事儿告一段落，一会儿他就走了，出了这厂门，他再有什么事儿跟我也没任何关系，我该做的我全做了，你该做什么不该做什么，你自己掂量好了！"小谢一看二哥一本正经地说出这番话，他就要从后面掏出那把刀。二哥立马把他的手摁住了："我什么也没看见，我什么也不知道，咱喝酒吧！"一口酒下肚，二哥回过头来又拿眼睛盯着我，我倒没像小谢那样低头，我是把脸扭到一边儿去了，我不看他，二哥一口烟吐到我脸上，他说："你个小毛孩子，你这是要上道儿是吗？跟你接触这个把月，我觉得你还真是那么回事儿，就冲你伤得这么重不喊不闹不皱眉头，你倒有些骨气，但我作为老三他哥也就是你哥，我得给你几句垫垫底，在外面混，时间越长你就越有心得，你这才刚吃这么点亏，你想好了，以后你还得有吃大亏的时候，有那么一句话你听说过吗——玩闹玩闹，早晚劳教，大洼向你招手，板桥向你微笑！"我知道二哥这话的意思，大洼指团泊洼农场，板桥指板桥农场，二者皆为劳改农场。二哥接着说："玩儿闹玩的是什么？是人缘、是气势、是底蕴，这就得在血雨腥风中修行去，你以后经的事儿多了，就会一点一点有那种气质了。"此时我想起了西关街蛮子，二哥说的不就是蛮子那种气质吗，一鸟入林百鸟压声的气质！二哥又说："看你现在这意思，你就是有挺机关枪，也镇不住别人，你信吗？你端着机枪人家说你哪儿来的，这小毛孩子拿把玩具枪满街的吓唬人是吗，这机枪在你手里就是烧火棍子。"我听到这儿，又想起了二黑，不是我得便宜卖乖，我倒现在也没明白他当时为嘛拿着军刺不敢捅我。二哥又往下说："气质对一个想在外面站脚的主儿来说很重要，但那也是岁月堆积起来的，不是装出来的，从现在开始，你就得自己培养自己，别当个傻打傻冲的主儿，流一滴血要有一瓶血的回报，要论起来这话就长了，今天我就不多说了，你记住我的话，以后慢慢品去吧。"

咱有什么说什么，二哥这一番话对我以后的日子受益匪浅，这也算对我开蒙的教诲！

4

接说我和二哥、小谢，在天重青工宿舍交杯换盏地喝着散伙酒，由于保卫科的一搅和，这酒刚刚摆上还没怎么喝呢，宝杰领着几个弟兄就到了。除了宝杰以外，石榴、亮子、国栋、小义子，一共五位，他们今天一起来接我。一进门宝杰就用他那永远也改不了的毛病咋咋呼呼地嚷嚷道："一进楼道就闻见酒味啦，我一猜就是你们这屋摆上了，别喝了，别喝了，李斌和老三在四海居等咱哪，赶紧收拾收拾走吧，上那儿喝去！"二哥拿眼白了宝杰一眼说："你们先稳当住了，别去哪儿都跟打狼似的，还有宝杰你这咋咋呼呼的毛病能改改吗？哪儿有你哪儿热闹！"宝杰让二哥说得不好意思了，他说："我这不着急吗，你们家老三让我赶紧把他接走，我们小哥儿几个聚聚，也给他接接风，要不二哥你也一块儿去吧。"宝杰一脸讨好地堆笑，二哥回答道："我不去了，你们都是小一伐儿的，我和你们聊不到一块儿去，不凑那热闹！"二哥回头又看看我说："我看你拾掇得差不多了，心里长草了吧，你可记住了我说的话，回去稳住了，想出头先看看林子里都是什么鸟儿再说！"我低头说："二哥你瞧好吧，我记着呢。"二哥又回头对小谢说道："小谢！你替我送送他们。"厚厚道道的小谢就弯腰抱上我堆在地上的东西往楼下走。我赶紧和二哥告别，二哥最后嘱咐我一句："以后你要和李斌他们一起混了，有什么事儿多和老三商量，他心眼儿比你们都多，脑子转得快，遇到麻烦他能帮你出出主意。"我说："行！二哥，我都记住了，你就甭管了，有什么话让我捎回去吗？"二哥说："走你的吧，记着伤口别抻了，该吃药就吃药。"

　　告别二哥，我们一行人下了楼，我在楼下小卖部买了一条郁金香和一条新港香烟，回手递给小谢，他和我推让了半天，最后还是满脸通红地收下了，然后把我带到一边，从后腰里掏出了那把刀递到我手上。我一看，这货手太巧啦，一个下午的时间，他找食堂要来一根枣木擀面杖，又下料又抛光，镶上了刀柄，又不知从哪儿弄了块铁皮，焊了一把刀鞘，这活儿做得巧夺天工、严丝合缝。可能二哥的话还是对小谢这老实孩子起了一定的作用，我分明看到他递给我这把刀时眼里有一丝的顾虑。我对他一笑说："小谢！难得你对我这一个多月的照顾，这把刀我放在家里留个念想，你放心，我绝不会开刃，你这不是刀，你这是工艺品啊，太漂亮啦，那个什么，我在你更衣柜里给你留了一件军棉袄和一件军褂，咱俩体型差不多，你绝对能穿，都是新的没上过身，留着你歇班、搞对象或者回老家穿，你以后有什么事儿随时联系我，二哥那儿有我的地址和联系电话，我没事时再过来找你玩儿来，快回去吧。"我绝对说到做到了，小谢给我的这把刀，现在依旧还在我手里，放在我随时能够得到的地方，三十多年过去了，这把刀依旧漂亮如新，一点儿不比现在的藏刀英吉沙刀逊色，而我也一直信守着对小谢的承诺，刀在我手里一次血腥都没让它尝过，只是一直默默地陪了我三十多年，偶尔没事的时候，我会拿出来看看，让这刀的寒光把我带回自己那段青涩的年少岁月。

5

再说宝杰开来一辆他二伯的后三，天津方言土语叫"狗骑兔子"，亮子开了一辆212吉普，套用《智取威虎山》里经典的一句台词：把虎拉着，把马牵着！一行六人向市里进发，不到八点，来到了西南角四海居饭馆二楼。老远就看见李斌一副老大的姿态，披着一件当时很时兴的杜丘风衣，一顶将校呢帽子下是一头齐肩长发，油渍麻花地打着卷，军褂领子上落着几许头皮屑，嘴里叼着烟一脸坏笑地看着我。老三则坐在他的下首，见我们一行上楼来，老远就迎了过来："怎么样？没落了残是吗？"我说："三哥，你念我几句好行吗，我都让人给撅泥儿里了，你这还嘴黑，恨我不死是吗？"众人说说笑笑地落了座，凉菜已经上来了，老三又去找伙计点热菜。李斌招呼我坐在他身边，给我拿了根烟让我先点上，他说："你先稳稳神，咱一边喝一边聊！"酒菜上齐，全员落座，李斌举起杯来慢条斯理地说道："今儿个咱在这儿给墨斗接风，虽然以前咱们和他的交集不多，他也不和咱们在一条道儿上混，但毕竟他从小跟咱都在一个学校，又在一个家门口住着，算是半个发小，说心里话以前我还真没正眼看过他，没想到这回他和二黑这场事儿，他还真没给咱西门里的丢份儿，就冲这一点，我们哥儿几个也得跟你喝一回，你身上还有伤，能喝多少喝多少，没别的意思，就是一块聚聚，宝杰你得照顾好、陪好墨斗！"宝杰说："没问题啊，我们多少年了，他什么意思我太了解了，来来来，咱举杯走一个！"

宝杰这个人来疯的主儿，一有这场合再一有李斌的交代，他立马精神焕发，蹿前跳后地忙活着倒酒布菜，一时间酒席面上一派热闹非凡、交杯换盏之象。

毕竟是一帮半大不小的孩子，这里面最大的也就是李斌，他才不到二十岁，其余的都是十七八岁，这岁数还真降不住酒，几巡酒下来就一个个面红耳赤，精神亢奋地勾肩搭背，一口一个亲兄弟地叫着，那叫一个亲热，七个不含糊、八个不在乎地吹吹呼呼，天老大他老二，血气方刚的一帮小玩儿闹就是这样，划拳行令，推杯换盏，大快朵颐。在此期间，只有一人始终保持着清醒——老三！他是一定不会让李斌多喝的，一来怕这帮小不点儿闹出酒乱，最根本的是得让李斌结账。李斌在这些人里就是土豪，家里除了没有老爹了，老娘和三个姐姐都给他钱花，他自己蹬三轮也挣得不少。两三个小时的时间，酒足饭饱，我们这几块料互相搀扶着，你搂我我挎你摇摇晃晃地下了楼。当时我还没想好该去哪儿，家里我是先不想回了，这么长时间了不知家里怎么样了，只是听宝杰来天重看我时说我老爹已经找到了学校，申请让我休学一个学期。因为我老爹在当时的东门里二中当政教处主任，和我们学校的校长、主任们都很熟，所以学校对我还就网开一面了。前文咱说过，李斌在葛家大院有一间二十平方米左右的平房，也是他们这帮人的据点，所以就想都回葛家大院再说。一路上亮子这吉普开得东倒西歪，仗着那时马路上一过九十点钟就已经没人了，那阵儿也没有查酒驾的，交警白天就在岗楼里执勤，用一个电喇叭喊着："南北站住，东西直行！"

6

回到李斌的小屋，已是各个醉眼歪斜，好在还都能回家，我决定一个人先在这儿住一宿。石榴给我点上炉子做了壶开水，还没忘让我吃药。小石榴他照顾人心特别细，从小就跟我后面跑，十足的一个我地小跟包儿的。我好歹洗了一把，就上床睡觉了。

转天早晨他们该上班的上班，该上学的上学，只留我一人缩在被窝里，把这一个多月来的事儿捋了一遍。稚嫩的头脑里开始盘算着以后的出路，一上午的时间终于有了个大概的头绪，也就是这一上午的思路，决定了我在报复二黑之后，毅然加入了李斌他们团伙当中！

用现在的话说，我就把我那天在李斌的小屋里所思所想叙述一遍吧，我当时是这么想的：虽然我和李斌他们从小在一个小学上学，但由于不在一个班，说起来，顶多是都住西门里，当时我是属于我谁也不惹，但谁惹我必定不能含糊的主儿，自己身边也有俩有交情的，可都是老实孩子，都不愿意掺和事儿，比如大伟，一有事儿就恨不得直接尿裤的主儿，打起架来，也只有石榴能跟着一起上，成不了什么气候，所以也就一直游离在李斌他们的边缘，之所以这回李斌能给我摆桌接风，无非是想接纳我入伙。在酒桌上他那一番话我听得真真切切，那绝对是话里有话。李斌在我们这些人之中，论头脑不在老三之下，他那话说得是那么的模棱两可，既把自己的想法表示了出来，又有回旋的余地，因为他当时也不清楚我是怎么想的，要是我直接回绝了他，那必定当时的气氛就很尴尬。而我和二黑的事儿还没完，我不能身上背着事儿入伙，那样会让他们认为我找靠山，这就违背了我的意愿。

二黑的事儿我一定得自己去办，而且一定得办得漂亮，出一次手就得让他瓷瓷实实在南门里栽得不能再露头，如果我现在和李斌他们混在一起，那就必定让学校和门口的认为我也是耍耍吧吧的，那就达不到我要死栽二黑的效果了，我就是得让别人看见我就是一个老实孩子，但我还就不服你二黑，你让我这个老实孩子给办了，你说你以后还怎么在学校门口待。

宝杰对我来说，其实是想给我和李斌他们当中做一个引荐人，一来我和他一直就关系不错，这也是我跟二黑一出事就马上想起他的原因，但我对宝杰总有一种距离感，我看不惯他天天以玩儿闹自居，生怕别人不知道他在外边混，你说他有勇无谋吧，他又是一到关键时刻准掉链子的主儿，平常看着跟猛张飞似的，较上劲儿你还就指望不上他，这在以后的几件事上表现得一览无遗，那又是后话了。当时李斌他们的团伙架构是李斌为首，老三为谋，宝杰跑腿，亮子开车。至于国栋和小义子，他们俩有自己的小团伙，都有自己的小兄弟，跟李斌他们是聚聚分分，谁有事儿就互相帮忙。所以说李斌这五六个人的小团伙力量不足是明摆着的，他们急于扩充自己的势力，找我既是给我面子，也是团伙的需要。而我当时还在上学，说心里话咱和人家挣工资的混不起。再有老三他二哥的话我还一直记着呢，所以我打定主意，等我把二黑这事儿了结之后，如果不出大事儿，我再考虑加入李斌他们，尽管我在内心深处，一直隐隐约约地很向往他们这种抱成团儿打打杀杀、扬名立万的感觉。

正在我躺床上冥思苦想之际，门外一阵"叮叮当当"的玻璃瓶响声，紧接着一声刺耳的刹车声。房门打开，李斌蹬着他那辆三轮车拉着满满的一车醋，带着一身醋酸味进了屋。他在床边一坐，问我："吃早点了吗？"我说："你看这都几点啦，还吃嘛早点？"李斌歪头一笑从军挎里拿出一顶崭新的将校呢军帽递给我："戴戴合适吗？我给你找的，你这脑袋头发还没长出来，一脑袋疤出去让人笑话，这帽子给你。"将校呢军帽那时可是稀罕物，你有多少钱也是没地方买去，除非是抢，那个年代叫"拍军帽"，戴上这种帽子也就成了一个玩儿闹的标志。玩得不到位的还戴不住，弄不好一出去就让别人给你拍下了。那个年代因为这军帽惹出多少祸事来就别说了，一顶帽子换一条人命的事儿一点儿都不稀罕，但还有不少人对这种军帽趋之若鹜，一顶将校呢军帽戴头上用以证明自己在外面的身份地位，在现在看来，好比脖子戴大粗金链子、手上拿土豪金手机，刺一身花一样的牛哄哄！

我心里门儿清，只要我一接过这顶帽子，等于默认了我以后就是李斌他们的人，此时心里有一种莫名其妙的不甘心和不认头，也可能我初出茅庐不知外头是什么场面，或者对自己能办掉二黑太过于自信了，尽管是盲目自信，也许是自己的性格使然，当时我真不想从李斌手里接过这顶帽子，但是碍于面子，我还是接过了帽子。说到底是年轻的虚荣心在作怪，就想象着自己一出去，头顶将校呢军帽在城里一晃是何等威风，也就笑纳了，以后的一切都由此开始了！也就有了我办完二黑后，在前头说的南项胡同拍羊剪绒帽子，当作觐见礼送给李斌，也因此被西头"老哑巴"堵在板桥胡同，差点儿被他挑了大筋！

第三章

1

在李斌那儿一个上午，我把自己以后要走几步，怎么走，如何报复二黑的思路都捋清楚了。中午李斌他们又都到了，一起吃过饭，我让小石榴送我回家，至于回家之后，我是怎么对付过去的，在此就不一一赘述了，反正我老爹没轻饶我，好在看我身上有伤，他才没下狠手。

自打我回到家，我就告诉了石榴，让他在学校期间盯住二黑的活动规律。石榴经过这场事儿后，天天上学形单影只，心里也不免发虚，怕二黑找不到我拿他下手，所以隔三岔五逃学旷课，每天一有空就来找我或者宝杰。他为给自己壮胆，书包里天天带着把家里用的水果刀，只要他一来找我，我就轰他上学去。一来是不想让他因为此事耽误上课，因为我们这几个人里石榴功课最好也最用功。二来我得用他掌握二黑的一举一动，我好寻机出手。我则天天为自己准备家伙，我老太爷以前留下过一把"二人夺"。所谓"二人夺"，那是以前有钱有势的人为防身而做的一种内藏尖刀的拐杖，一般都是用很硬的、密度很大的檀木或枣木做成，平常看不见刀，在拐棍的下半截藏着。只要一动手，先拿拐棍打人，而被打者如果还手，肯定要抢夺拐棍，待到被打者抓住拐棍往自己这边一抢，就会把拐棍的下半截从刀鞘中拔出，所以说这拐棍当时就是一把长柄尖刀，起名叫"二人夺"。我老太爷因为以前在唐山开矿，他这把"二人夺"的手柄，还是一个一头尖、一头钝的榔头造型。这玩意儿拿在手上，可进攻可防身，只是我老爹在"文革"时怕被抄家，将"二人夺"藏起来了，我必须得把这二人夺找出来，让二黑给我祭刀！

等家里人都上班去了，就我一个人在家，翻箱倒柜找"二人夺"，找了大半天，终于在小厨房一个不起眼的墙角吊着的一捆不用的烟囱里，找到了这把"二人夺"。一层塑料布加一层油纸包裹着，打开以后乌红色的拐杖杆泛着岁月沧桑的亮光，拧下刀鞘，整个刀呈三角三刃型，每面都带血槽，用黄油沤着。擦去黄油，刀体呈现出阴沉的寒光。以前的人是能琢磨，拐棍里藏把这么长、这么尖的一把刀，防身绰绰有余！现在只有一个问题，这"二人夺"整体太长了，一米左右，我不能这岁数就天天拄着拐棍出去吧，太显眼了。再说也不好藏，万一让我老爹发现了，我又得挨上一顿暴打。要把它锯开，我又有点舍不得，先放一边再说吧。我把烟囱重新吊好，把现场打扫干净，不能露出一点痕迹，以免被我老爹发现。

2

转眼又过了半个月，天津的秋末冬初，寒意袭人，寒风中总有一股咸咸的土腥味儿，让人吸到肺里总觉得从里往外的冷。我已经在家休养得身强力壮，对二黑的报复计划也已酝酿成熟，我跃跃欲试，一想到要让二黑臣服于我脚下，心里总有一股莫名其妙的兴奋，尤其一看见藏在我床上铺盖下的"二人夺"，心里又平添了几分自信。这阵子，小石榴每天都来向我报告二黑的行踪和情况。据他说，二黑的铁杆哥儿们三龙，在那天让我用拳头痛击面门时，因后脑勺与地面猛烈撞击造成严重的脑震荡后遗症，现在已经很少出门了。石榴说三龙现在几乎走路走得动作大了都要呕吐，天天早晨起床时且得缓劲儿，起急了就头晕。看起来二黑的一条得力臂膀已经被我掰折了，而且现在天气寒冷，9中门口二黑的小兄弟们也已经很少再有人和他一起混了，只还有两三个人和他一起在学校门口晃荡。我心说这是天赐良机，终于等来这一天了，现在不出手何时出手？不禁心中窃喜，二黑啊！你真是倒霉催的，你惹谁不行非得惹我这个浑不懔的主儿，9中门口以后你是别想待了，以后我要让你在9中门口甚至在整个老城里也得看我脸色，狂妄到头即是毁灭。

我心中一直就盘算着，收拾二黑有几个要素：我不黑他，我得明着办他，不下黑手，不堵他走单，不往死里弄他，弄服他羞辱他才是我的目的，所以我得找人多时下手，最好就在校门口放学的时候，我要让他跪在我面前彻底俯首称臣！

这一天终于到了，依稀记得是星期二，学校下午没课，我一早起来就开始做着准备，换下棉裤、棉衣，身上穿得少点利落点，换上一双回力球鞋，把跑路该带的衣服和用品放进一个旅行包里，看看表十点半了，提着"二人夺"穿上一件军大衣，把旅行包往后衣架上一夹，骑车奔南门里而去。

南门里小学旁边有一间开间很小的小酒馆，每天只供应白酒、啤酒，和一些下酒的小菜，不供应主食和饭菜，出出进进的都是一些蹬三轮做苦力的老酒痞和老酒鬼。这小酒馆离9中门口大约有六七十米的样子，我把自行车停在小酒馆门前，把军大衣脱下又披在身上，拄着"二人夺"一瘸一拐地走进酒馆。您要问我为什么腿还瘸？其实这里有我的心机，一来装瘸我就可以冠冕堂皇地拄着"二人夺"上街，让人们认为我是个瘸腿，谁也不会怀疑我手里的拐棍是捅人的家伙，二来我出现在二黑面前时，我若瘸腿拄拐他准以为我是那天打架时把腿伤了，这样就起到了麻痹二黑的作用。进了酒馆我要了一杯白瓷罐白酒、一小碟老虎豆、一小碟素什锦，一边喝一边等小石榴。我提前一天就已经安排好了，告诉石榴："今天只要二黑一露面，你赶紧到小酒馆找我给我通风报信！"

白酒刚喝了几口，小石榴慌慌张张地跑进来了，一进门这货先把我那杯酒的浮根儿一仰脖给喝下去了，这才说："来啦！来啦！"我问："几个人？都有谁？"石榴说："一共四个人，我就认识二黑，另外三个也面熟，但不认识！"我点了点头："好嘞！你赶紧走吧。"石榴说："别呀！我跟你一块过去，他们人多，你一个人弄不好得吃亏。"我说："你走你的，我告诉你这就是我和二黑俩人的事儿，你去了也没用，甭跟着瞎掺和。"小石榴一百个不乐意，可也没说什么，等他扭头出去，我又找服务员要了一杯白瓷罐，一仰脖一口喝下去，一步一晃直奔9中校门，有分交"惩二黑，9中门前立威；急跑路，杨柳青里藏名"！

3

迎着放学的人流，我瘸而坚定地走着，碰到几个同班同学，他们都用很诧异的眼光看着我。有几个还要从马路对面过来和我说话，我用眼神制止了他们，也有的同学看出来有事儿，又扭头跟了回来。我心说：跟着就跟着吧，这样最好，这就是我想要的效果！我走到二黑站点儿的胡同口，他正俩眼贼兮兮地踅摸着找谁下手，那几个乌合之众也一起嘻嘻哈哈逗能耐露脸，根本没注意我已经从他们侧面向他们逼近了。终于我觉得二黑看见我了，我就越发瘸了。走到二黑跟前，我一腿长一腿短地斜楞着身子站他面前。看得出二黑也被我这瘸腿给蒙住了，脸上也一脸惊讶的样子，他此时可能也在琢磨"那天我也没砸他腿呀，怎么他腿还瘸了呢"？

我站在二黑面前看着他那张黑而多癣的脸，从气势上他就已经输了一半，一是他太意外，二是二黑个头矮，比我矮半头，脸对脸地站他面前他就得仰视我。我用眼神和他对峙着，我可以想象出，我当时的眼神一定很具杀伤力。这是一种心理的较量，时间不会太长，也就五六秒的工夫。二黑终于露出了怯意，他先低头从口袋里摸出一盒烟，在他掏烟时，我警惕地握紧了"二人夺"，提防着他掏出什么短小的家伙来。二黑自己先点上一根烟，又递给我一根。我一摆手把他递烟的手拨开，脑袋一歪，又用眼睛盯着他。二黑狠嘬一口烟，开口说道："你还真敢再露面，怎么的，你这腿怎么瘸了？是那天弄的吗？"我说："我可听说啦，这些日子你一直找我是吗？"二黑说："你听说啦？我就得找你啊，你知道你把三龙弄废了吗？这事儿还能完吗？你不说出个道道儿来，不可能完！"我没答话，把脸扭到一旁，心想接下来必定是一场血雨腥风！

在我扭头的时候，我用余光看到放学的同学已经围上来不少了，好吧，天也不早了，人也不少了，办他的时辰到了。我这才开口："二黑，我既然今天来找你，就是打算今天咱俩有一个了结，三龙有个好歹我以后自有交代，今天就是你和我的事儿，告诉你这几块废料都闪一边去，咱俩提前说好了，一谁都不报官，二咱俩谁把谁弄成什么样，咱都自己扛着，三咱俩一个对一个单练，甭去找这个叫那个，你在9中门口也有一号，你我今天在9中门口摆场漂亮事儿，别让家门口子的老的少的看不起咱，怎么着，你什么意思？"我在说这几句话时，故意把嗓门儿放高，好让周围的人都听清楚，也就是我故意地将二黑一军。二黑在这种场合下，肯定不能栽跟头，他也把嗓门儿提高几度，叫道："行啊！今天咱俩单剃！"我心里暗喜，二黑正在一步一步地按我设计好的路线走着，我回头大喊一声："哥儿几个都往后闪闪，给我们哥儿俩让开场子，别一会儿溅一身血！"我后退一步对二黑说："怎么着，来吧，我估摸着你肯定带家伙了，亮亮吧，你那天不是带着一把跟火筷子一样的军刺吗？怎么那天不敢捅我？今天你不捅我，我也肯定得捅你，咱俩谁先来？"

二黑把手里的烟往地上一扔，吐着一口烟说："那咱就一块儿吧！"说话就回手往后腰里伸去，瞬间从腰里掏出了那把军刺。不过今天他这把军刺明显已经做过加工了，他在军刺刀尖下两寸左右的位置，厚厚地缠了好几十层橡皮膏，这就起到了一个剑挡的作用，上次二黑没敢捅我也是因为军刺没有剑挡，这要是不想弄出人命来，还真不敢玩儿命往里捅，因为一尺来长的棍儿刺真能把人捅穿了。这要有了剑挡，捅人最多也就能捅进去一两寸，再想往里捅，有橡皮膏挡着可就捅不进去了。看来二黑那天也觉得手拿一把军刺不敢捅人只当把棍子用太让人笑话了。我心说：傻×！这大冷天的都穿那么厚，你这军刺前面的量留得太小了，扎透棉袄到肉也就是皮肉之伤。在我心里思量着这些的同时，我也用肩膀甩掉军大衣，双手在胸前端平"二人夺"，双膀一较力，"二人夺"一分两开，露出寒气逼人的刀尖。此时和我在家想象的场景已经大有不同，我想象着应该是跟二黑抢这把拐棍，然后"唰"的一声再露出刀尖，让二黑大吃一惊，那多潇洒！但就是这样，也还是让他出乎意料。他上前一步，直接把军刺顶到我的胸口上，而我却猛然后退，把"二人夺"照着他脸上捅去，只听"噗"的一声，直接把他的脸捅穿了。二黑在挨捅之时，本能地一歪头，"二人夺"的刀尖从他嘴唇的右上角穿过颌骨，又从鬓角前出来。他根本就没想到我会下狠手，他从心里就没拿我当回事儿，在刀尖穿透他脸的同时，他就定在那儿了。疼痛使他不能再动，而我左手里拿着那半截刀鞘，挑下他头上的羊剪绒帽子，一下就打在他脑袋上，鲜血立即顺着他的脑门儿淌下来，他的右脸却迟迟没有血流出来。

4

周围人群一阵大乱，尖叫声响成一片。我大声喝道："跪下！"二黑怔住了，但他就是不跪。我又一次压低嗓门儿，命令他跪下，他还是不跪。我手一收，把刀从他嘴里拔了出来："来来来，你也给我一下！"二黑没含糊，端起军刺往我胸口扎了一刀。我一歪肩膀，军刺从我左前胸进去了。因为他那把军刺做了剑挡，所以我当时就觉得左肩一麻，左手里的那半截刀鞘掉在地上了。我因为想象着要和二黑缠斗几个回合，所以穿得少，这一下伤到了肌腱。我是一见血就兴奋的主儿，看到二黑嘴里冒出血沫子，但他已经说不出话了，我再次问他："你跪不跪？"二黑仍是摇头。我拿"二人夺"冲他膝盖上面捅去："跪不跪？"他又摇头。我拔刀向另一个膝盖捅去，他这两个膝盖一边一刀，血就顺着脚面一直流到地上了。二黑低头看看他这两条腿，忽然双膝一弯，"扑通"一声跪了下去。我又问他："服了吗？"二黑点了点头。我再次问他："以后你还在这门口吹牛吗？"二黑傻了似的，又摇了摇头。我心说这次就到此为止吧，我怕时间太长，有管闲事儿的不让我走，再耽搁下去可就走不成了。我收起"二人夺"，披上大衣，依旧一瘸一拐地拨开人群往外走，但觉左肩从上到下一直滴滴答答地流血。出了人群我紧走几步，一到小酒馆跟前，一手推出车，骑上车向西北角飞奔而去。

此前我已经计划很周全了，办完二黑之后，沿着鼓楼西转胡同到西北角，走大丰路过大丰桥——西站——西青道——杨柳青轻机厂！之所以要去杨柳青轻机厂，是因为我的一个以前的发小就在这个厂子上班，他和我以前就住对门儿，那真是从小一块儿光屁股长起来的，大名叫高伟，小名叫"狗尾巴"。狗尾巴他老爹以前还是个地下党，因为解放天津时国民党撤退要炸毁北站铁路，他爹为了护路而被炸伤了，新中国成立后那也是个有功之臣，政府就给他爹看伤，后来因为吃了过多的激素，变成一位几百斤的大胖子，胖到大便后自己不能擦屁股，因为他够不着。平常也不能下炕，政府为了照顾他家，就在城里给他家安排了一个独门独院，还有自己家的厕所，他老娘是家庭妇女，只在家伺候他老爹，高伟上边有三个哥哥、两个姐姐，他在家行小。后来他爹死了，出殡时因为太胖，死尸出不了院，就把院子大门和门楼都拆了，那时死人都得火化，但他爹太胖了火化炉进不去，还专门给他家批了一块坟地，也在杨柳青镇。为了照顾他们一家，又把他家这些子女都安排在杨柳青轻机厂上班，他大哥和大姐后来去上山下乡了，他二哥在厂里开大轿车，最后一家子举家搬迁到杨柳青十八街住了，狗尾巴高伟——他就是我下一个投奔的目标！

5

虽然已经和二黑定好谁也不许声张，但我对他的信誉度还是不敢太当回事儿，我也害怕那些爱管闲事的，在那个年代，管闲事的人毕竟还很多，所以我一刻也不敢耽误，把车骑得飞快。虽然身上穿着军大衣，但左肩的伤口还是一直在滴滴答答地流血，我这一拼命骑车，血液循环加快，血就更止不住了。看看身后没什么人跟来，我就放慢了速度，心想到哪儿先去看看伤再说吧。正在这时，只听得一阵发动机的响声，从后边由远而近地过来。我心头一紧，怕是有人骑着跨子追来，到跟前一看，才看到原来是宝杰开着他二伯的后三赶来了。从他口中得知，小石榴在小酒馆和我分手后根本没走，而是一直跟在我身后怕我吃亏，一看我和二黑已经比画上了，没见二黑的那些小弟动手，就赶紧跑去给宝杰送信儿了。宝杰听到消息，赶紧开着后三，带上小石榴，一路打听着追了上来。归其这事儿还是没瞒住他们几个。宝杰打开车门，一下车指着我的鼻子破口大骂，埋怨我不够意思，收拾二黑怎么不叫上他。

话分两头，在我和二黑在9中门口正比画时，二黑身边一个小兄弟看到二黑让我拿"二人夺"捅了，想上手却又没那个胆子，就跑去二黑家里找二黑他爹去了。二黑他爹五十来岁，平常好玩儿个乐器什么的，吹拉弹唱样样精通。这天他爹正找了一帮平常在一起玩儿乐器的在他家里玩琴唱歌，一听这事儿，老哥儿几个赶紧放下手里的乐器，跟他爹跑出来找我们了。来到9中门口，看见二黑脸上、腿上都是伤，已经走不了了，他爹就留下俩人，送二黑去了医院，剩下的人跟他赶忙追我。那个通风报信的二黑小兄弟也一起跟着追，追到西门里红房子，老远看到小石榴上了宝杰的后三，二黑的小兄弟认识小石榴，知道他和我是同学，平常就在一起玩儿，就告诉了二黑他爹。二黑他爹一听就要拿小石榴，怎奈看到小石榴上了宝杰的车，人腿总归快不过后三，只好在后边一路紧追。而此时我正和宝杰在西北角说话，这一耽误工夫，正好叫他们追上了。

二黑的小兄弟一指我，对二黑他爹说："就是他！"二黑他爹个头不高，但又黑又壮，一脑袋自来卷头发，一下颌络腮胡子，而我此时正是十七八，力不全的时候，你说要让我跟我岁数差不多大的打架我谁也不含糊，但这一帮都三四十岁的壮汉在我跟前要揍我，说心里话我心里还真有点发怵。我这底气就不怎么足了，二黑他爸上来一脚，踹在我肚子上，把我踹得一溜儿跟头，一个趔趄就四仰八叉地躺地上了，眼看着这一帮人就要扑上来，我赶紧一骨碌身站了起来。我还没站稳，二黑他爸的一个哥们儿，一抬胳膊就把我的头夹在胳肢窝里了。我估计这位可能会功夫，他夹着我脑袋往前走，一边走一边屁股往下坐，我就跟着他的身形越走越矮，到最后他夹着我的脖子坐在地上，而我却被他架着脖子趴地上了，这招叫什么名字，到现在我也不知道。他这招太怪了，后来我还试过这招，挺好用，屡试不爽！

6

在他把我弄得趴在地上之际，这老哥儿几个对我是一顿拳打脚踢，好在我脑袋还在人家胳膊肘里夹着，等于也就把我的脑袋护住了，他两条胳膊环绕着我的脖子双手相握扣成死扣，我是一点儿动弹不得。这下我就是"曹县人过年——要了我的狗命了"！

我心想反正是怎么也挣歪也动不了，就这堆就这块，你们愿意怎么弄怎么弄吧。我正准备挨上一顿狠揍，隐约听见了一阵发动机的马达声轰轰作响，我虽然看不见人群外面的情况，但我意识到宝杰已经脱身了，心中不免一阵窃喜，现在的情况下能跑一个是一个，虽然这事儿宝杰也没怎么掺和，但毕竟是我们仨一起被逮着的。

此时的小石榴，则在对方两个人的夹击下，让人家按着胳膊跪在地上了。小石榴是什么人？那是个鬼灵精的难拿的主儿，他本身就像个发育不全的小孩，又小又瘦，一说话还是童音，他一看见里里外外围着好几十号人，就哭爹喊娘地叫唤，从他嘴里发出来的声音凄惨至极，他这一叫唤，倒换来了更加猛烈的一顿连打带踹。

我因为左臂已经伤得不轻，加之又流了很多血，想反抗也力不从心，只能多扛一会儿是一会儿了。可就在这紧要关头，小石榴的惨叫声起了作用，一位和二黑他爸一同来的说了一句话"小毛孩子有本事惹没本事揽是吗？今天就办你们俩了，我告诉你们今儿个不光办你们，一会儿还得把你们送官面去，让你们知道知道锅是铁打的！"他话音刚落，只听得围观的人群中有人喊了一句："行了哥儿几个，差不多就完了！"我歪头一看，说话者是一七十岁开外的老者，一身蓝色迪卡中山装外套一件黑色中式棉袄，头戴一顶小白帽，脸上皱纹密布，下颌留一撮山羊胡子，双手对插在袄袖里，显得从容不迫。

老头话音刚落，二黑他爸一瞪牛眼，大声回答道："什么差不多就完了？完得了吗，今个儿不把这俩小王八蛋折腾出尿来完不了，你管闲事儿是吗？我跟你说大爷，您了甭跟我这儿倚老卖老啊，您了知道这是怎么档子事儿吗？不知道吧，那您就远远地梢着，甭跟着瞎掺和，别回头再碰着您这老胳膊、老腿儿的！"

老头微微一笑："说出大天去，你们这么多大老爷们儿打这俩小孩也不公道啊，他们有家里大人、有学校管着，你们有什么事儿直接找他们家大人啊，用得着你们这么兴师动众打人家俩小孩子吗？再把话说回来了，你就没个孩子吗？你们这不就是打便宜人儿吗，还要打完了以后送官，你们明白老话儿说得好，罚了不打打了不罚吗？为什么非得逮着蛤蟆攥出尿来，不过就是十几岁的小毛孩子，调皮捣蛋也没有什么大的罪过，你们这么多大人打俩小孩，我看不下去，我就得管！"

二黑他爹七个不含糊八个不在乎地说："您想管是吗？您打算怎么管？您了管得了吗？"

7

此时小石榴演技派的功夫派上用场了，只听得他哇哇地大哭喊道："爷爷啊，您救救我们吧，他儿子在学校门口劫我们钱，我们不给，他儿子就打我们！我们一还手，他们就拿军刺把他捅了，您不信您就看看他身上还有刀口哪，哪有这样一家子两辈人打我们这老实孩子的……呜呜呜呜！"这时人群中就有些人七嘴八舌地议论开了，老头儿一看这情形，再一听小石榴的哭诉，更加义愤填膺，脸也涨红了，胡子也翘起来了，两眼瞪得溜圆，抢步上前把二黑他爸的衣领拽住了，一只手指着他的鼻子尖儿说："这事儿我今天管定了，我看你们再敢动这俩小孩一下？"

二黑他爸正在气头儿上，一只手去掰老头儿抓他祆领子的手，一只手去搂老头儿的脖子，嘴里还说："你这样倚老卖老的我见多了，唉！老哥哥您了打算怎么的？是惦着折腾折腾吗？"二黑他爹这浑劲儿一上来，就要和比他老好几十岁的老头儿动手，他这所作所为的后果，他是一千个一万个没想到的。他更不知道老头儿的来历，这老爷子是在西北角德高望重的一位老萨海，人称"马四爷"，家住西北角太平街靠近西大湾子一头。老爷子办完事情回来路过此处，从头到尾看个满眼，一见众多老爷们儿打两个小孩子，顿觉看不过去眼，才要出头平事儿，眼见二黑他爸和老萨海双手相交，彼此较劲，但明眼人一看就能明白，老萨海的下盘那是站过桩，双脚一前一后、一横一竖，摆开跨虎登山式，一只脚伸到二黑他爸的俩腿之间，上边双膀较力，往外推二黑他爸。二黑他爸不知是诈，也跟着往前推老头。老头一见力较足了，顺势往旁一甩。二黑他爸往前推得正猛，顺着老头儿的肩膀侧面，往前跌了出去。老头儿脚下一抬，一抬腿钩住了二黑他爸的脚。二黑他爸往前扑出去，又吃了脚下一个绊子，他更收不住了，一下摔了个狗吃屎，围观的人群赶紧往后闪。只见老萨海气不长出面不改色，转身亮了一个收式，这是"形意把式"中的劈拳桩，一招一式使得天衣无缝、一气呵成。

二黑他爸趴在地上，脸上可挂不住了，不由得恼羞成怒。各位想想，一个四十多岁的壮汉，被一个七十多岁的老爷子，在众目睽睽之下给弄一大马趴，他这脸还往哪儿搁？从地上爬起来嘴里依然不依不饶："我这看你岁数大了，不好意思跟你上脸儿，你这可是越老越不懂事儿，我让着你你就看不出来是吗？"说着话开始扒自己身上的衣服，而他那几个哥们儿都拉着他，人家已经看出来了，二黑他爸根本不是老萨海的对手，就不让二黑他爸再往前凑合了，而二黑他爸却是个人来疯，越劝越来劲，几个大汉都架不住他。老头儿说："你知道自己是怎么倒下的吗？"二黑他爸嘴里不服："我今儿个倒要跟你学两招，你今天要摔不死我我就跟你没完！"

"站住了别动！"人群外忽然传进来这么一句。人们不禁往身后望去，只见人群之外有一辆三轮车，三轮后盘上托着一块白铁盘，盘上一半没卖完的切糕用白纱盖着，车上吊了两个铁罐，一个罐里装的白砂糖，一个罐里装的水，水里泡着一把刀，车座上跷着二郎腿端坐一人，四十岁上下，浑身收拾得紧趁利落，白大褂、白围裙，下身穿一件黑棉制服裤，脚蹬一双骆驼棉鞋，嘴里叼着一根烟，正用一种挑衅的眼光轻蔑地打量着二黑他爸。

8

二黑他爸的哥们儿中可有认得他的，不禁惊呼"金刚"！金刚何许人也？西北角一带上世纪七八十年代的人头儿，因为一人独闯西青老九设下的鸿门宴，宴席期间说合不成，用一只手从火中取出一颗正在火红燃烧的煤球，给西青老九等人点烟，煤球在手指间燃烧，烧得手指吱吱作响而面不改色，从此一举成名。后来我在八三年"进去"之后，有一天我们做入队教育，内容是"浪子回头金不换"，而在台上作后进变先进典型的正是"金刚"，成为即"贾启成"之后的又一个被帮教成先进人物的标杆人物。

单说金刚在人群之外一声吆喝，人群一分两开，金刚在人群外是坐在三轮上就比别人高一头，可以看清人群里面的情况。而人群一散开，外面的好多人也就看见了里面的人和情况，一见里面是马四爷在平事儿，好多认识马四爷的人就和四爷打着招呼。金刚也单腿从三轮车把上一迈腿跳了下来，走到人群中，双手就去搀扶四爷，此时我已经看清了金刚那几个残指，真可以说是触目惊心。

金刚将马四爷搀扶到他的三轮旁边，从三轮上拿下一块棉垫，铺在路边道牙子上说："四爷您先坐，有什么事儿我和他们哥儿几个说，您瞧好吧！"马四爷说道："你可别胡来啊，点到为止吧！"金刚说："我有数！"他扭头回到了人群当中，在他身后又跟上了那么十几位看意思都是认识他的人，把二黑他爹这几位给围上了，恶斗一触即发。

围观的都知道这些人打架抱团不要命，二黑他爹这帮其实已经顶不住了，那个知道金刚的二黑他爸朋友，赶紧上前跟金刚攀谈："哟嚯！这不是金刚吗，没什么事儿，没什么事儿，就是我们哥们儿他儿子让这小子给捅了，这小子要跑，这不刚让我们追上了吗，正要带他们去派出所，没承想把这老爷子给惹毛了，有那么点儿误会！"金刚都没拿正眼夹他，根本就不买他的账，那人也弄得自找没趣，还在一个劲儿地和金刚盘道："唉，金刚咱俩以前见过，你还记得那回在红桥饭庄二土匪请客吗？当时我也在场，咱俩还一块碰过杯哪！"

金刚用残手戳着他的胸口说："别和我提人儿，千万别和我提人儿，你跟我提人儿回头我再不认识，那我今天把你们办了你们得多栽面，所以说千万别跟我提人儿，听明白了吗？"转头问二黑他爸："刚才是你和老爷子动手了吗？"

二黑他爸一脸无辜说："没动手啊，我这还没等动手呢就让老爷子给放平了，老爷子好管闲事，你说咱这远日无怨近日无仇的，为俩小毛孩子不值当的。"金刚说："你因为什么动手我不知道，我就看见你和老爷子动手了，你能打比你小这么多的小孩，这老爷子就能打你，你还有什么可说的？"二黑他爸说："我没嘛说的，不行咱归官去！"

金刚脸一沉："我最看不起有点事儿就归官的，你今天想归官，那也得先从这儿走出去再说！"话音刚落，只见金刚一抬胳膊，用胳膊肘冲二黑他爸脸上兑去，二黑他爸还没反应过来，眼睑处就已经裂开了，他大叫一声："太你妈欺负人了，我跟你没完！"冲金刚扑了过去，金刚这一胳膊肘就像一把发令枪响一样，一时间他在场的所有兄弟都一起上手了，二黑他爸这一拨人立马被淹没在了十几号人的拳脚之下。

这下就把我解放出来了，我赶紧找我那把"二人夺"，却已经不知所踪了，我也管不了那么多了，满地找砖头，好不容易冲出圈外，找了一块大青砖，就又冲进人群，我的妈呀！这都谁跟谁呀，这都打乱啦，都抱在一起满地乱滚。我看准那个夹我脖子的，因为他那天穿着一条劳动布裤子，我印象深刻的是他裤子膝盖补着俩大补丁。此时他被一个人压身子底下了，我举起砖头向他迎面骨砸了下去，正砸得起劲儿呢，小石榴从人群里找到我，一拉我肩膀说："你还不赶紧跑啊！"我这才反应过来，钻出人群往胡同里跑去。

第四章

1

金刚引领众弟兄，将二黑他爹一伙人在西北角打了一个落花流水，但终归只是拳脚相加，并没有打出伤残。二黑他爹原本想找我寻仇，却在关键时刻被马四爷搅和了，还莫名其妙地挨了一顿群殴，又惹不起金刚，也是"哑巴吃黄连——有苦说不出"，只得悻悻而归，去医院找正在看病的二黑去了。

回过头来咱再说我和石榴，我们俩一路狂奔，沿着府署街向东跑，一口气跑到了城厢礼堂。不久宝杰追了上来，刚才他趁乱逃了，原本没有跑远，怕那把"二人夺"最后落到二黑他爸手里，还偷偷摸摸地把"二人夺"给顺了出来，最后将他二伯的后三开到了远处，他就在一边远远地观察着我们这边的状况，没过一会儿，见我和石榴分开人群逃了出来，他就在后面跟着我和小石榴，一看见彻底没人追上来，这才开车追我们，来到我和石榴跟前，打开车门叫我们俩赶紧上车。我和小石榴上了后三的车兜里，心想这回应该彻底安全了。宝杰一溜烟儿地往北门里去，穿过北马路一直开到了河北大街。

后来我想了想，宝杰之所以把"二人夺"偷着顺出来，是怕这把刀落在二黑他爸手里成为证据，这就充分印证了一句话"当局者迷，旁观者清"！每临大事有静气，在这件事情上，宝杰有他怯懦、胆小的一面，但也正是因为他的临阵脱逃，才使他有机会接应我和石榴跑路，所以严格意义上说宝杰既怕事，又能成事，性格使然，他必定成为不了冲锋陷阵的主儿，但他可以在外围处理很多事情。

宝杰的后三载着我和石榴到了河北大街，看看绝对安全了，宝杰就将车停在路边，三个人凑在一起，商量着下一步怎么办。小石榴心细，就想着要查看一下我的伤口，口子不是很大，但很深，二黑这一军刺是从我左胸上部靠近肩膀虎头处捅进去的，一直捅到肩膀，军刺三面都是血槽，所以伤口也是一个三角形的窟窿。血是流了不少，而且我觉得可能伤到肌腱了。此时一安分下来左胳膊已经抬不起来了，只要一抬胳膊伤口就流血。宝杰又咋呼开了："这得赶紧看看去啊，我要不还找我姨哥去吧！"我赶忙拦住他："快打住吧，这才多少日子，又找你姨哥去，拿麻烦人不当回事是吗？什么话也甭说了，你就送我和石榴去杨柳青吧！"宝杰用眼神询问着石榴，小石榴咬着下嘴唇点点头，我们仨就一路飞奔，拐过北营门大街驶上西青道的大马路，去到杨柳青轻机厂，找我前面提到的"狗尾巴"——高伟！

2

不到一小时，宝杰的后三载着我和石榴风驰电掣般来到了杨柳青轻机厂。联系到狗尾巴，因为我们从小玩到大，我习惯叫他小尾巴。他把我们安排到他的单身职工宿舍，一进门看到他这屋里的摆设，感觉好像已经不是他一个人住的意思了，就问他："小尾巴，怎么着，看你这屋里的意思，怎么跟新房似的，屁眼儿朝上了是吗？"屁眼儿朝上什么意思？这也是老天津卫的玩笑话，意思是结婚或有女朋友了。小尾巴回答道："哪是结婚啦，咱跟谁结婚？我就是现在和小杨子住一块儿啦。"小杨子是小尾巴的同事，杨柳青当地人，以前小尾巴领着她去我家玩过，所以见过几回面，一个挺老实巴交的女孩。我说："那我把你们的窝给占了，这多不好意思，你跟小杨子说我来了吗？"小尾巴说："我刚才就跟她说了，她一会儿去给咱们弄吃的，咱这么多日子没见面了，今儿个好好喝喝，这二位怎么看着这么面熟哪，你给我引荐引荐。"我说："哎哟，你不提我还忘了，这都是住咱们一个门口的。这是宝杰，在红房子一条住。这是小石榴，他在中营住，都是我过得着的弟兄。宝杰、石榴，这位就是我老和你们念叨的狗尾巴。"仨人一同装模作样地互相握了握手，还彼此跟真事儿似的说了声："往后你多照顾！"

坐在一起，我们几个有一句没一句地闲聊了一会儿，天已经彻底黑了。小尾巴他对象小杨子从食堂小卖部买了一些酒菜和炒菜回来。一进门，小杨子非常热情地招呼我们就座喝酒，她只是象征性地扒拉一口饭，就和我们说："你们先慢慢喝着，我在这儿你们哥儿几个也放不开聊，我就不在这儿搅和你们了，我先回家，你们多吃饭少喝酒，我走了！"说完拿起包就往门外就。我一看赶紧说："那就让小尾巴送送你，尾巴先把杯撂下，你先去送杨子。"狗尾巴正喝到兴头上，不愿撂杯，他对杨子说："没事儿，你自己走吧，我们哥儿几个好多日子没见想多聊会儿。"宝杰和小石榴也劝狗尾巴，他也就满心不愿意地站起身来，去送小杨子了。

见到小尾巴和杨子走后，我对宝杰和小石榴说："看这意思狗尾巴和他对象，到现在都还不知道咱们是往他这儿避难来的，一会儿你们谁也别说漏了，我自己感觉咱可能在这儿待不了多长时间，小尾巴这儿还真不是咱久留之地，他要还像以前那样，一个人吃饱全家不饿，咱在这儿待多长时间都没问题，可他现在和小杨子在一块住，那咱再死皮赖脸在这儿住下去，可就不太合适了，你们说呢？"我询问着他们俩。小石榴低头不语，只顾着抽烟喝酒。宝杰也若有所思地说："要不我今晚就不在这儿住了，不行我就连夜赶回去！"我说："那也行，那你就少喝点酒，一会儿你走你的，不过你回到市里，先别跟李斌他们念叨这事儿，石榴你嘛意思？"石榴说："我嘛意思？我小石榴在有事儿临头，哪儿次爬过围？我不走，我留下照顾你！"我问他："那你家里怎么办，你一宿不回家行吗？"小石榴说："行了行了，现在哪儿还管得了那么多，你讲话儿了，阎王爷肏小鬼——舒服一会儿是一会儿吧！"

<h1 style="text-align:center">3</h1>

小石榴话里有话，他是说给宝杰听的，他看不惯宝杰临阵脱逃，也是从心里有点看不起他。其实我比石榴更了解宝杰，这货能咋呼，能吹牛，外表也能把不知道他的人唬一气，平常就是一嘴哥们儿义气，但一到真格的事儿上就含糊了，因为我知道他是这样的人，所以不会跟他认真。小石榴则不然，在他的世界观里，哥们儿弟兄谁有什么事儿都得一起扛着，别看这小石榴小瘦麻秆儿似的，他自己是从来不惹事儿，天天就跟在我屁股后面，跟个碎催似的，但不管在学校、在外面只要我有什么事儿，第一个冲在前面的必定就是他——小石榴！

估摸着小尾巴还得有一段时间才能回来，我就对宝杰说："你一会儿就走吧，你回去后抓紧时间打听一下，二黑和他爸爸的情况，最好能知道二黑到底伤得怎么样了，二黑他爸和金刚的事儿怎么了的。你有后三也方便，这几天就来回多跑几趟吧！石榴你在这儿，只能和我住今天这一宿，明天你坐 53 路公交车回去，你要想再来就得把家里糊弄好了再来。你还别说，我身边还真离不开你这块料儿，你们看这样行吗？"宝杰让小石榴呛了几句，也知道有点磨不开面子，就没再言语，坐那儿只等小尾巴回来，和他道个别就走。而小石榴依旧是一脸不高兴，这货头上有俩旋儿，老话儿说"一旋儿狠、俩旋儿拧"。拧种劲儿一上来，且缓不过来哪，只是他一时半会儿发泄不出来，得慢慢消化吸收，我不理他，随他去吧！

又过了一会儿，小尾巴终于回来了。我们又一起连喝带聊，在一起待了两个来小时，酒足饭饱之后，宝杰和小尾巴告别要走。小尾巴象征性地挽留了一下，一看宝杰去意已决，就把我和石榴的住处安排好，然后送宝杰回市里。屋里只剩下我和小石榴了，好歹洗洗，躺在了各自的床上。我本想再开导开导小石榴，让他心胸开阔着点，但这一天的折腾，小石榴已经筋疲力尽了，再加上刚刚喝完酒，他头一挨枕头就睡着了。我却怎么也睡不着觉，浑身跟散了架一样，脑子里也乱七八糟地过电影，折腾着翻身，再不行坐起来抽烟，开灯对着镜子看看伤口吧，衣服已经和伤口黏在一起了，我就拿着块毛巾沾着水，一点一点地把已经凝固的血痂融化开，再一点点地将衣服和伤口分开，一眼看上去，伤口已经红肿起来了，扯得整个左肩膀跟个馒头似的隐隐发烫。我看见酒瓶里还有小半瓶酒，就躺在沙发里，一咬牙将那些剩酒一点一点倒在了伤口上，我靠！刺激啊！天旋地转的刺激！我紧咬牙根，点上一根烟，狠狠吸了一口，浑身无力地倒在沙发上，迷迷糊糊地睡过去了。

第二天早晨，迷迷糊糊中听到有人叫门，我想起身去开门，但是身子发沉，实在起不来了，就喊石榴去开门。小石榴睡迷糊了，睡眼惺忪地问我："这是哪儿啊？"我有气无力地说："去开门去，可能是狗尾巴。"小石榴应了一声，就去将门打开，果真是小尾巴两口子。一进来就将俩人手里的豆浆、煎饼果子和烧饼放在了桌子上，杨子和我俩打着招呼："怎么样？睡得好吗？夜里不冷吧？我们厂哪儿都不行，就是暖气烧得热乎!"小石榴赶紧回答道:"还行,还行,倍儿暖和,我这一宿都没起夜,呵呵!"小尾巴接过话荏儿来说:"那你俩就赶紧起吧,洗把脸吃早点,我们俩今天就不陪你们了,我们得上班去,你们要是想出去玩儿,等回头我领着你们上镇里,先吃早点!"我还没言语,石榴就说:"行了,你们俩就甭管我们俩了,该上班就去上班去吧,我们俩能自己照顾自己!"小尾巴说:"好嘞!那我们先走了!"他们两口子扭身走了。我感觉很难受,浑身的骨头节都疼,就对小石榴说:"石榴你先吃吧,我想再睡一会儿。"小石榴说:"还没睡够是吗?你得先吃点东西呀,赶紧趁热先吃,然后你再来个回笼觉不完了吗?"我说:"不行,我浑身难受,你先吃吧,别管我了。"小石榴一惊,说道:"我靠!你不说我都忘了,昨天光顾着喝酒了,都喝晕了,你那伤怎么样了,赶紧给我看看!"小石榴说完,凑到我身边要给我检查一下伤口,刚一挨着我的肉皮就大声叫道:"我去!你这发烧了!"而当他一看到我的伤口,更是大吃一惊!

4

　　我的计划也被这伤口彻底打乱了,我原本想在狗尾巴这儿避一避风头,再回市里想办法去看伤,说出大天去,我也没太拿这次的伤口当回事儿,毕竟不像上回和二黑碰的那次那样满脑袋血肉模糊的,就一个军刺扎的窟窿眼儿,实在不行,就在杨柳青这找个"赤脚医生"给上点药,好歹对付一下就能好。要不说岁数还是太小呢,想法太天真了,眼下第一不能让小尾巴他们两口子知道这事儿,我怕回头再连累了他们俩。第二,杨柳青是不能再待了,我这回就还得拉下脸来,去我的老根据地——天重,二哥在天重说话能算数,他能带我去厂子保健站看病瞧伤,顺便再看看小谢去。说办就办，我这主意已定，就要动身起来，而此时小石榴却没了主意，对我说："你那儿还有钱吗？我给你上镇里买点药去吧，你现在少说得38度往上啦！"我说："你别那么慌神，先稳当住了，咱俩得走，得先回市里，找老三，让他联系他二哥，咱得往二哥那儿落脚去，他那儿安全，还能看伤，我看小尾巴虽然也对咱不薄，但他已经是有家、有业的人了，跟咱们就不一样了，咱别给他们找事儿，走也别走得太突然，一会儿中午我估计小尾巴还得来，咱就说往镇里去玩儿会，然后我在他们厂传达室给他打电话，再告诉他咱们已经走了，有什么事儿回到市里再说吧！"小石榴点点头表示同意。我此时已经浑身酸疼，整个肩膀和左前胸，就连左面的脖子都肿起来了。看这情形不太好，我就眯着眼，迷迷瞪瞪地等着小尾巴中午能再来，好和他打个照面再回市里，心里只想着这伤绝对不能让狗尾巴发现了！

主意打定，说走就走，在等小尾巴的同时，我让小石榴找个公共电话，试着联系一下宝杰或者老三。石榴出去打电话，我自己在屋里接着迷糊。不到一个小时的时间，石榴回来了，把我扒拉醒了说："我给宝杰打电话打通了，我打一开始就不愿意你跟宝杰混，这主儿根本靠不住，你还不听，你昨天还嘱咐他别把这事儿告诉李斌他们，他前脚回去，后脚就跟李斌他们说了。这不，宝杰电话里说他和李斌、老三、亮子他们正要往这儿来呢，亮子开着那辆212吉普车来的，宝杰也开他二伯的后三一块来。这下你想瞒住李斌也瞒不住了，宝杰这人真是靠不住的，你以后还真少和他来往吧！"我说："行了行了！别你妈啰啰唆唆个没完没了，再怎么说，宝杰以前是咱同学，再怎么说，他也是和咱家住一个门口子的半个发小，你和他接触时间长了你就知道他了，昨天没有他咱能这么顺利地跑出来吗？你以后还别总因为宝杰这打架爬围的事儿看不起他，你跟他鼻子不是鼻子，脸不是脸的，让我在中间难做你知道吗？"小石榴让我一通抢白说得脸都红了，低下头不说话了。其实我这心里也有一股无名火，才向小石榴发泄，反正我知道小石榴不会和我上脸儿。一直以来，我和小石榴的关系——那种默契、那种交情、那种义气，还真不是一句话、两句话可以说清楚的!

5

一个多小时后，这哥儿几个让小石榴在轻机厂大门口等着他们，等石榴带他们进来，我一看还多了一位关键人物——二哥! 原来那天二哥正好在家歇班，一听说我出事了，老三要来接我就和李斌他们几个一起来了。一进屋，别人都在问我昨天的经过，我就和他们白话。二哥不愧为老一伐儿的，见过的世面就是多，这你不服还是真不行，别人还都没注意到呢，二哥已经看出来我身体状态不正常了，走过来就问我什么情况。我还没说话哪，小石榴就开始跟二哥这儿白话上了。二哥一听完就把我的上衣解开查看，看完后就皱眉头子，问我："挨捅到现在多长时间了？"我说："不到一整天。"二哥回头对他们说道："都别聊了，赶紧得走，他这伤口没打破伤风针，一过24小时就悬了，你们赶紧扶他上车，咱马上往回赶! 亮子你把车直接开到丁字沽三防院，我得给他找个人先把破伤风针打了，说别的都是老窑，立马就走吧!"我也来不及和小尾巴打招呼了，就让宝杰留下，等小尾巴回来和他说明一下。宝杰自己有后三，他可以自己回去，然后再去找我们。就这样，我们一行人风风火火地又从杨柳青赶回市里，直奔红桥区丁字沽三防院!

到了三防院，二哥下车去找他的朋友一位姓尚的老大夫。随后尚大夫安排我去打了破伤风针，然后要给我处理伤口。一通检查下来，告诉我和二哥，我这伤口因为没及时缝合已经小面积坏死，没有皮瓣可以缝合，而且里面已经化脓，只能下药捻子做引流了，伤口里面肌腱断裂了两处，如果要缝合肌腱就得开刀手术。我询问了不开刀保守治疗的可能性及后果，尚大夫告诉我那就有可能落下残疾，左臂伸屈功能受限。那我只能选择保守治疗了，第一我不可能在这儿住院那么长时间，再有说心里话我手头根本没有钱，这个伤我看不起，再一个就是怕给二哥的朋友找麻烦，毕竟我这是刀伤，对红桥这块我也不太熟，要真有多事儿的，连尚大夫都得撂进去。我打定主意，还是去天重，在那我还比较踏实点，我就和二哥商量着这事儿。二哥最后也同意了我的想法，他对尚大夫说明了情况，随后我们一起去天重，开始了我再一次的天重疗伤！

6

再次来到天重，小谢自然远接高迎，只是一直怪我为什么有伤才来天重，平常不来看看他。我也被他说得挺不好意思，自从和小谢分别以来，我脑子里一直在计划着对付二黑，想想在天重疗伤时小谢那么里里外外地对我无微不至的照顾，心里有些愧对他了。好在有二哥给我打了圆场，对小谢说："他回家后就让他爸爸给严管啦，他爸爸平常都不上班了，就在家看着他，再说了，从他家来咱这儿一趟也不近，你就别说他了！"小谢听了也就不说什么了。随后宝杰也赶到了，李斌叫宝杰和亮子开车出去买酒、买菜。小谢和石榴为我拾掇床铺，找换洗的衣服。小谢要领我先去厂里的澡堂子洗个澡去，但是让二哥给制止了，二哥怕在公共澡堂子去洗澡让别人看见伤口，就说："先等会再说吧，一会儿咱喝完酒，他们都走了，小谢你去拿车间的大不锈钢槽子，咱就在这儿弄点热水洗洗得了，别回来再把伤口弄感染了。"

这顿酒对我来说，绝对是及时雨。由于伤口的感染，左前胸和做胳膊已经红肿一片，连脖子都扯得一起肿起来了，"腾腾"地跳着疼。我强忍着，尽量不在脸上带出痛苦的表情，只是因为还在发烧，多少有点打蔫儿。我那天得足足喝了不下七八两白酒，喝得我天旋地转，只求伤口的痛感能麻木一些。待我再一次从疼痛感中醒来，已经是转天的上午了。二哥和小谢去车间上班，屋里有小石榴和宝杰，还有一位让我意想不到——李斌也留了下来。李斌在宝杰他们几个人当中是说了算的角色，一般像这种事情他不会出头，更何况还在天重留了一宿来陪我。如果不是他后来对我说了一席话，我当时还真有点受宠若惊的感觉。一见我醒了，石榴赶紧凑过来，把已经弄好的洗脸水端过来，拧了一条毛巾让我擦把脸，再刷刷牙。李斌在一边看着我俩说："这小石榴绝对是你合格的跟包儿啊，对你照顾得太周到了，我身边怎么就没这么一位呢？一个个都比我架儿还大哪！"我从心里就不爱听他这句话，这不给我和石榴中间架秧子吗？石榴和我那是一种多年默契形成的关系，我和石榴是不分你我的。李斌这一句话不知他是有心的还是无意的，叫我和石榴都挺反感，但也不能挂脸上带出来，就没接他这句话。李斌有些尴尬地给我点了一根烟，在我对面坐下，我似乎已经意识到了他来者不善！

7

李斌抽着烟吐出一溜烟圈，用他那一贯傲慢的语气和我说道："墨斗，咱们怎么说也是同学，又住一个门口，就算把这些都抛开，咱还算半个发小吧？你和二黑这场事儿，你知道你跑了以后是个什么情况吗？"我问他："能有什么情况？事有事在，快意恩仇，我和他现在是两败俱伤，还能怎么着？"李斌嘿嘿一笑："要不说你想得简单呢，你还别怪我口冷，我也是认为咱关系到了，我才得好好跟你聊聊，当然这也提不上谁给谁托屁，只不过我拿你当我自己的弟兄，要不你头一次和二黑硬碰时，我也不会在四海居给你接风了，我有什么想法，我估计你不会不明白吧。"还没等我说话哪，小石榴愣头愣脑来了一句："有什么想法你就痛快说呗，他这会儿又不好受，你就别拐弯抹角绕弯子啦！"要按当时在我们这帮人里李斌的地位，石榴这句话好像有那么点"犯上"的意思了。我眼看着李斌听完石榴这话后，瞪了石榴一眼，腮帮子一鼓一鼓的像是在咬牙，脸上略有不快之意，虽然并没马上发作，但是屋里的气氛已经凝固了起来。

　　不知道各位能不能理解小石榴说这句话的意思，石榴真的是除了我谁的账都不买，他从来不到处掺和，而且他谁也不怕，认准一个人好，死心塌地地跟你死膘，其余都是老窑的主儿。所以他当然不拿李斌当头儿，愣头愣脑的一句话从他嘴里说出来，也就把李斌噎得直翻白眼儿。我急忙给李斌打圆场，嘴角挂着一丝勉强的笑容，对李斌说："大斌，我和石榴不是在道儿上混的人，我之所以跟二黑打这场架，是因为他在学校门口太狂、太招摇了，也是他先欺负到我头上来的，这事儿以后能么着？你想说什么你尽管直说，我们俩没在外边混过，所以不知道这里边有什么，我现在也没主意了，还真想听听你对这件事儿有什么看法！"台阶已经给了李斌，也要看看他要怎么下来，其实他的大概意思，我已经猜出个八九不离十了，那就是——李斌想拉我入伙！但他有碍于他想当老大面子，拉我入伙的话不能从他嘴里直接说出来，他得挤兑我亲自说出我和石榴要仰仗他来罩着我，让我们俩上赶着入伙，这么一来他才有面子！嘿嘿，他这位准老大，已然颇有江湖大哥处世为人的风采，话到嘴边留半句，永远让手下人去猜大哥的意图，做什么事儿都留着退身步，果然不同凡响！

小石榴的一句话，引起了李斌的不快，好在我及时地给他们人二人打了圆场。可是我也不能不顾及石榴的感受，顺着李斌的意思跟他一直讨论这个话题，在听出李斌的口风之后，我不置可否地对他说："二黑那儿怎么样，咱现在谁也说不准，只能到时再看，大不了兵来将挡，我现在只能等我这伤养好后再做打算，该死脚朝上，发昏当不了死，有我抵挡不住的时候，我肯定第一时间就得找你，你还能不管我吗？只是现在二黑这事儿我还能扛得住，你是真神，我不可能为这点小事儿请你出山，那不也显得你太没身份了？只要二黑那边没有动静，我先安安静静地养伤，我看我这伤口可能一时半会儿长不上，咱先都消停消停吧。"李斌在我这儿碰了个软钉子，我想他虽然心里可能也有些不快，但我的话已经说到位了，话里也没有让他下不来的语句，所以李斌也就没太较真儿非得在我这儿让我给他一个答案。在我和二黑的事儿出来以前，说实话我有那么点心气儿想跟李斌他们一起混，但现在我身上背了二黑的事儿，我就不想在我这事儿办完之前跟李斌他们走得太近，我怕人们说我找李斌当靠山，我要自己把二黑了断了，无事儿一身轻地再找李斌入伙，那样我就能显得理直气壮了。要不一进山门先欠人情账，我怕以后还不清，更何况这种人情账也不是那么好欠的！

8

中午时分，二哥和小谢把饭打回来了，让李斌在一起吃饭，李斌不想再待下去了，我们也就没再强留他。临走时李斌给我留下了三十块钱，和宝杰两人一前一后地走了。我把李斌想拉我入伙的意思跟二哥说了，想听听他什么意思。二哥本不想掺和我们小兄弟之间的事儿，想了一会儿说："现在说别的都是老窑，你先养伤吧，等你养好了，从这儿走时我再跟你说这事儿。你这些日子也别闲着，和石榴好好合计合计你们俩以后打算怎么着。那个什么，下午你和我去趟保健站，我也已经和保健站大夫打好招呼了，下午给你看伤，你就先别喝酒了，石榴你给他盛饭先吃饭！"石榴给我盛饭，小谢从自己的更衣柜里拿出两盒罐头。二哥一看见立马踹了小谢一脚："跟我藏活儿是吗！你个抠完屁眼儿还得舔手指头的主儿，他不来你这俩罐头搁到年底回家你都舍不得拿出来，完了，咱俩这交情还是没到啊！"小谢挨了二哥一脚脸都红了，不好意思地"嘿嘿"笑着说："这是我用一个月的营养金买的，谁像你说得那么抠门儿，他不是有伤在身吗，我想给他弄点好吃的补补！"二哥说："你就是一个脏心烂肺！"说笑声中我们坐下了，小石榴前前后后地伺候着，四人一起旋开罐头，踏踏实实吃了一顿午饭。

长话短说，我这肩膀子上的伤口，经过一系列的治疗，终于在不到一个月的时间里长出了新肉，天重保健站的纪大夫给我左肩进行了石膏固定，伤口在一段时间的消炎引流和下药捻子敷药等手段下渐渐愈合。只是在完全伤愈的时候，拆下石膏之后，我就感觉左胳膊抬起来不是那么自如，好像有一根橡皮筋拴着似的，上下左右的活动功能受限，就像筋短了一截，而且这只胳膊的应激反应也确实慢了不少，后来有一次我被五个仇家堵在了白庙粮库边上的铁道上，万不得已和对方抽了死签儿，自己又在左胳膊前臂上用砍刀剁了三刀，唉！这左胳膊在那十几年里就没得好！

话分两头说，回头咱再说我和石榴，在这一段时间里，因为我和李斌他们的关系越走越近的缘故，石榴从心里就有一些芥蒂，只是因为这么多年的关系在这儿，所以石榴也就一直没把他不满的情绪表达出来，照常该怎么照顾我就怎么照顾我。这期间石榴隔三岔五地也回家或者去学校看看。我让他先别回学校，因为我怕二黑他们没完没了，回来再让他们把石榴堵在学校那就全完了。但小石榴是个比较看重学业的好学生，功课也一直都不错，他不想太耽误学业，就去学校找同学要笔记和作业本自己复习，所以他的功课也就一直没落下。小谢比以前跟我的关系更好了，每天出去跟我去换药，想方设法给我搭配一天三顿饭菜。那个年代资源匮乏，你再怎么琢磨也就是那点吃的，变不出什么太新鲜的花样儿，小谢却非常用心地搞出一系列花样翻新的饭菜，弄得二哥都不得不高看他一眼。

宝杰也时不常地开着后三，咋咋呼呼地过来一趟，总是带来一些城里的新鲜新闻，谁和谁又约架了、谁又把谁镇住了，反正他每次来都能有话题，也不知道他哪儿来的那么多消息来源，就是没有我最关心的消息——二黑到底怎么样了？

第五章

1

终于有一天，小石榴带回了有关二黑的消息。那天是宝杰开车带着石榴一起来的，两人一进门，彼此的脸上就带着抑制不住的兴奋。尤其是小石榴，一扫多日来脸上的阴霾，露出久违的笑容："晚上咱得好好喝喝，二黑这事儿终于有结果了！"我急忙问道："怎么着啦？"石榴说起这种事儿没有宝杰语言丰富，自知不如，就赶紧说："还是让宝杰说吧，要不他今天就没有段子可讲了，我抢在前边说了，还不得憋死他！"宝杰自知非他莫属，也不客气，放下手里的包，一屁股坐在床上，满脸涨得通红，嘴角泛着白沫子，好一通添油加醋，说得眉飞色舞。他说二黑在9中门口和我二次茬架，面遭剑捅，双膝挂彩，跪地服软，从此在城里只落得树倒猢狲散，手下小弟纷纷离他而去，不得已出院后找到东北角的"老猫"，请老猫出面，要在红旗饭庄摆桌说和！

具体说来，就是二黑当天和我比画时，我让他跪下那会儿，据他后来说他当时还真不想跪下，也是我当时拿"二人夺"捅了他俩膝盖一边一个窟窿，归根究底还是我帮他跪下的，但他只要双膝一沾地，话就由不得他说了。那天他要是真不跪，以我当时的状态，还就真不好说下什么狠手办他了，反正已经到了那个地步，我打不服他，他就必定打服了我。我之所以能在那天顺利地把他办了，全仰仗着我提前计划周全，且当中一直没出现什么差头，才得以顺利地实施了我的复仇计划。而给二黑造成的后果就是：二黑在我逃跑之后，被他爸爸的朋友送到南门外长征医院。大夫一见伤口就说这医院看不了，让他们转院到当时的反帝医院，也就是现如今的天津医院。在那儿住了一个多月医院，他爸爸在西北角被人群殴的事儿他当时并不知道，后来他爸爸也是因为这事儿办得不太露脸，也一直没和二黑提及。但在二黑住院的一段时间里，平常和二黑在一起混的那些小兄弟却一个也不露头了，一个去医院看看他的都没有。这事儿让二黑挺寒心，心里一直窝着火，他当时肯定是不甘心让这事儿过去，找到我接茬儿比画的念头，一直在他心里折磨着他。再加上医院大夫告诉他，他以后这一边练得落残，"二人夺"捅进他的脸，正好捅到了他的面部三叉神经，有几根神经线被破坏了，因为面部神经太复杂，以当时的医疗条件没法再次修复，只能治到哪儿是哪儿，大夫不敢保证以后不落残。后来一直到今天，二黑的脸也是一边脸有两个菊花般的疤痕，一个是我捅的，一个是蛮子拿雪茄烫的，此外，还落下了一个老是皮笑肉不笑的毛病。半边脸咬合肌萎缩导致嘴㖞眼斜，说话口齿不清，要拿个东西把他的脸挡上一半，两边脸就跟两个人的一样！

面部残疾的二黑是彻底落魄了，每当他照镜子看见自己这张离了歪斜的脸，他就一股无名火直撞脑门子，无奈他手下这批人真心的不给力，其实也能分析出来，他以前那些小弟，只是跟他在学校门口站脚助威，"借横"的人大有人在，小事小情可以跟着一起上手打便宜人儿，一旦事情闹大了，这帮人经不住同甘苦、共进退的考验，他们不像我和石榴的交情，那是从小一起磕出来的，说情同手足一点不为过。二黑出院后也曾经去找过三龙他们，三龙对我也是恨之入骨，无奈他们一伙人心已经散了，三龙出事后身体一直没怎么恢复，总是闹着脑袋晕呕吐，人都消瘦了一圈，他家里人一直看管他很严，三龙想找我报复却心有余力不足。二黑恨得牙根疼，也可能是那面部神经疼，到处去找报复我的渠道和人手，直到有一天他通过东门里的三傻子，找到了东北角的老猫，这事儿才初见端倪，有了些眉目！

在此得隆重介绍一下"老猫"，天津卫东北角数一数二的角色，因为曾经参加过七十年代城里著名的"劫刑车"事件而名噪一时，在二十世纪七十年代，城里有一名大混混儿叫"彭震"，因为一次伤人事件而被分局逮捕，官衣儿从他家掏了他送分局的路上，途经城里北门里时，突然冒出一路人马。以马涛、地主、老猫为首，举起刀刃纷纷上前拦阻，在鼓楼北一带形成对峙，后来有穿官衣儿的鸣枪示警，才开着跨子冲出一条血路，赶往东北角派出所临时避险。众混混儿不敢冲入所内，遂往所里扔了两颗"教练弹"，之后才悻悻而归，作鸟兽散。后来此事惊动了上面，遂对参与此事之人逐个捉拿，也不知出于何种原因，其他人都悉数被捕，只有他一直逍遥在外，进去的无一幸免都得到重判，刑期都不下十年。此事后被称为"劫刑车"事件，轰动一时。老猫更是凭此事件声名鹊起，一时间无人敢望其项背，比他名声玩得响亮的混混儿都已经被逮捕归案，老城里只有老猫一人是参与过劫刑车的人物，众玩儿闹们无不仰视其胆大敢为，奉为东北角一带之"定海神针"！

二黑通过东门里的三傻子找到了老猫，初衷是想让老猫和三傻子替他出头收拾我。以当时的实力来说，根本就用不着老猫，三傻子就能身不动膀不摇地把我拿下。但有一节，三傻子在老猫劫刑车后对老猫马首是瞻、言听计从，甘心为老猫小弟，想借老猫的光来扶植自己的势力，扩充自己的人脉，所以他就把这事儿和老猫如实汇报了。老猫此时虽然名声在城里圈子中异常响亮，但却只是大旗飘扬但旗下无人，走到哪儿都会让别人刮目相看，但都与他敬而远之，手下没有几个对他众星捧月的小弟。所以老猫想在二黑与我当中说和一下，笼络一下人心，顺便再以老大的身份露一下面，为自己造势，便让三傻子从中周旋。而三傻子认识李斌，这样也就找到了我，许诺在我和二黑当中做一次和事佬，摆酒给我和二黑说和一下。我当时也是有那么点受宠若惊，就凭我当时也就是个初出茅庐的小浑蛋，连小混混儿都算不上，老猫能出面为我平事儿，说出大天去我也想不到，但也有些含糊，这事儿是不是闹得太大了？有那么点儿骑虎难下的意思了，我心里就有一丝回不了头的想法。

2

二黑原本是想让老猫出头办我的，却在老猫那儿变了初衷，虽然心里叫苦，但碍于老猫的威望和势力也不能再说什么，只得顺坡下驴认头言和，有苦说不出！

我肩膀的伤，终于在一段时间的治疗，以及石榴和小谢的精心照顾下，得以迅速恢复。虽然落下了一定的残疾，但这些对于十几岁血气方刚的我来说，似乎并没有太大的影响，只是左臂功能有些受限，胳膊再也举不起来了。此时的我内心根本没有"身体发肤，受之父母"的概念，却极其崇尚于"伤疤是对男人最大的奖赏，伤疤亦是男人的军功章"的心态，义无反顾地以一个胜利者的姿态回到了我曾经浴血复仇的老城里。走在大街上，感觉回到这一亩三分地上，已经全然物是人非。回到西门里的转天，我想再回南门里9中门口看看，我内心想象二黑臣服于我之后的学校门口景象如何，以此满足我内心的虚荣和成就感！

生生刮了一天的大风，把几天来阴冷、潮湿的天气驱赶得晴空万里，空气中却依然夹杂着一股土腥味儿。眼看着就到下午五点半了，好好捯饬捯饬，去学校门口接已经恢复学业的小石榴和大伟，再看看自己回学校门口是什么反应。将校呢帽子、白围脖、军大衣、军挎，一股脑儿都往身上招呼，然后再往军挎里掖了一把钢丝锁，以备不时之需。骑上车来到鼓楼，慢慢地迎着放学的人流往学校门口骑。也许是一种心理暗示，自己感觉现在的自己，已经绝非以前淹没在学生堆儿里找都找不出来的老实孩子了，已然是一位曾经浴血校园两创二黑势力的英雄人物。虽然那些好学生们依旧对我这种造型的人不闻不问，都不拿正眼看你，但那些像我以前在校时那样徘徊在好学生与小玩儿闹之间的同学们却无不对我投来了敬佩的目光，还有好些以前并不是很熟的同年级不是一个班的半熟脸儿，也跃跃欲试地上前把我围住，打着从来没打过的招呼。这种感觉让我很是享受，成者王侯的感觉——爽！

有一句没一句地敷衍着我的那些"识时务"的同学们，依稀也看到一些女生投过来的暧昧目光，让她们看得我有些不太淡定了，急忙将眼光瞥向别处。一眼看到学校对过的小胡同口依然有那么一帮一伙的人在东张西望，哟嚯！大树都倒了，这帮猢狲还没散哪！看得出来，经过我和二黑这次的较量，我已经完全可以在这学校门口立起个儿来了，这是我用一只左臂残疾换来的威风，此时不用何时用？更何况马路对面就站着二黑和三龙手下那帮狐朋狗友们——一群狐假虎威、狗仗人势的乌合之众，而我身边却簇拥着我的这些曾经被二黑之流欺负而敢怒不敢言的同学们，其中不乏被他们劫道要钱而委曲求全的好学生们。仰仗着与二黑两战而胜之余勇，我拨开周围的人群，以一个胜利者的姿态，双眼含着一股杀气，向马路对面一步一步走了过去！

南门里大街没多宽，几步就走到了那帮人身边，有几个一看势头不对，悄悄地梢到一边去了，也有的扭头便走的，眼前还剩下六七个人。我站定脚跟，和他们一个一个"对眼神儿"。那个年代，在街面上有一个约定俗成的规矩，但凡是有那么一点玩玩闹闹的意思，甭管是单人对单人或者一帮对一帮，只要一看你这行为做派、穿衣打扮像个混混儿，双方走在马路上，虽然谁也不认识谁，也没任何过节和梁子，两边必定要对一对眼神儿。彼此的目光里充满挑衅与不屑，这也是一种心理的较量，比的就是心理意志和定力。因为所谓的"对眼神儿"，也闹出不少事儿，你说到底因为什么？什么原因也没有，就是看他或他们别扭，这就是一场头破血流的群架或者单挑，当然，绝大部分是其中一方认栽，把头低下把眼光移开，也有不想把事儿闹大，或者心里已经发虚的，赶紧提人儿盘道，那么这场架就打不起来了。我以寻衅滋事的目光，挨个审视着他们这几块料，这儿还真有个不服的和我一直对视，身量和我差不多。我往前凑着，几乎已经和他脸挨着脸了，他却一直没有要躲开的意思。心理优势支撑着我一把揪住他的脖领子，要教训教训他，让他知道以后该怎么和我"对眼神儿"！

右手在他领子上搭手，紧接着我就往旁边的胡同里拽他，他好像也没有反抗的意思，就跟着我往里走。而我身后却紧紧跟着一大群人，这里面有几个一直跃跃欲试，早就想跟二黑一伙对抗却苦于一直没人扛旗领头的同学，也有几个混迹在校门口跟二黑以前借横沾光的小浑蛋，他们在观察着局势的发展到底对哪一方有利。一大批人往胡同里灌，进到胡同深处，我们俩站定脚步。我还没有说话，他却主动开口了，一句话噎得我都不知怎么回答他了，你们猜他怎么说的？

3

　　原来这小子一见我拽他往胡同里走，心里顿时发虚，站定之后一句话，让我哭笑不得，也彻底暴露了他内心的怯懦。他说："怎么着墨斗？我可知道你，你这是要斩草除根把事儿做绝吗？"我心说："你这儿都哪儿跟哪儿啊，怎么斩草除根这话都出来了？"我嘴里一根烟差点没笑得掉在地上，我都没法回答他，低头想了一下，我也只能这么回答他了，我说："狗！斩草除根？你是二黑的儿子还是孙子？还把事儿做绝？你们成天的劫我们这帮没钱没势的老实孩子，不叫做绝户事儿是吗？不灭了你们这帮人，这学校门口就不得安生！"后面有的同学一听就赶紧随声附和："对呀！弄得我们天天上学提心吊胆的！"这小子赶紧不再嘴硬了，忙说："我也没掺和什么事儿呀，怎么就找上我了？"我依旧揪着他对他说："我今天板板你们这些人的臭毛病，也顺便教一教你以后怎么和别人对眼神儿！"他说："你先放开我，我不跑。"在他和我这么对着的时候，人群外一声号叫传进我耳膜当中："都你妈起开，我今天跟你们豁命！"

　　一声响彻长空、凄厉绝望的哀号，使得人群两分而开，让出一条小道，随后奔进俩人，前面的是小石榴，手里横握着他自打出事儿后一直随身携带的水果刀，一脸急切的表情，而他身后紧跟着大伟，那声号叫正是从他嘴里发出来的，只见大伟毛发竖立脸涨通红，一手提着书包，一手举着一块砖头，拼了老命一样跑进人群。你就是打死我，我也不会想到此时此刻的大伟，居然能干出对于他来讲惊天地、泣鬼神的"丰功伟业"——居然敢对二黑之流奋起反抗！这老实人你要是给他挤对急了，那能量潜力绝对是不可低估。大伟其实在我和石榴跑路后也跟着我们吃了挂落儿，二黑和三龙自从第一次堵我们后，就对大伟这临阵吓哭的主儿有了几分印象，找不到我和石榴，没事就拿大伟出气，三天两头在大伟身上踹一脚，抽两个耳光。最可恨的是又一次二黑喝大了，就在大伟脸上啐了一口黏痰，还不准他擦掉就让他带着这口黏痰回家。大伟每日屈辱不堪，在学校抬不起头来，直到从石榴那儿知道了我已经回到城里，他才如释重负般找到了解放区人民当家做主的感觉，所以今天一见我要出头灭掉二黑这帮人，多日来的屈辱愤恨一起涌上心头，这简直可以说是"挤对哑巴说话，挤对瞎子画画"，一时间怒从心头起，恶向胆边生，随手抄起一块砖头，要为自己这么多日子以来的受欺负、受凌辱、受羞臊地狱般的生活做一个了断，只见他怒目圆睁、怒发冲冠地举起那块砖头，向我手里拽着的这位跑了过来！

大伟出乎意料的举动把我和小石榴都吓了一跳，看得出大伟确实已经拿出豁命的架势来了。小石榴急忙一扭身，拦腰抱住了他。而大伟身后却还有一帮起哄架秧的人大喊："大伟！砸他！"还有人喊："大伟！今儿个就看你的啦！"看热闹不嫌事儿大的人自古有之，大伟被这帮人起哄得不拍砖都不行了，这一砖头真要拍下去，准得砸这倒霉蛋儿一个红光崩现万朵桃花开。我急忙大喝一声，拦住大伟，石榴也一个劲儿地往后拖他。而此时的大伟却不知哪来的那么大的脾气，谁也拦不住，谁的账也不买，执意要一洗前耻为自己正名，这老实人的轴劲儿一上来还真是十头牛都拉不回来。眼见大伟手往下落砖头就要砸在这小子头上了，我也是急中生智，急忙将手里的这货往自己身前一带，大砖头带着声音"呼"的一声就砸了下来，搂肩带背地一下砸在这小子后背上了。

这小子疼得"哎哟"一声，但是别看大伟使出吃奶的力气给他那么一下，他还真得感谢我这一拉，也还真就是把他救了，要不他现在估计得砸昏过去了。大伟一看没砸着他，再一次举起砖头还要来一下。我在大伟举起手的一刹那，一脚踹在大伟肚子上，好在大伟后面有石榴抱着，要不他就得弄个屁墩儿。大伟冲我一声怒吼："你不上手打他，怎么踹我一脚？"我指着他说："瞧你这样儿！脾气见长啊，人来疯是吗？你真要砸他是吗？唉！我不管了，来来来，你砸！让他摆好姿势你再砸，这回砸准啦，把他脑浆子砸出来，我让你暖和暖和手，来来来，我给你拽住了，快砸！"那小子此时已经吓坏了，俩手护头大声喊着："墨斗！墨斗，你先听我说一句行吗？咱没这么大的过节吧！"以我对大伟的了解，他也就是火撞脑门子的一时匹夫之勇，我断他也不敢再砸第二下，更何况我的脸已经沉下来了。说出大天去，我也不能让大伟再掺和进来了，他也根本就不是这里的"虫儿"！我要是在大伟和石榴面前掉了脸儿，他俩还真就得琢磨琢磨。

我一只手抓住那小子的头发，使劲儿往下按，拉着他往大伟身边靠："快来吧大伟！赶紧的，我告诉你，要想要了他的命，你就往太阳穴狠命来一下子，要让他残废你就照着后脑勺儿来一下，你也让我看得起你一回，别弄个半吊子，你也下不了台阶，你砸吧！"大伟脸憋得通红："你戗我是吗？"我说："啊！我戗你，你今儿个也在学校门口露把脸儿，你也欺负别人一回，敢砸吗？你要不敢砸我替你砸？"

说一千道一万，大伟还是个老实孩子，被我一通抢白弄得上不来下不去。石榴也在大伟身后一个劲儿地劝他，大伟属野猪的——有横劲儿没竖劲儿，过去这阵子也就平静了下来，他本身也不是在外边混的，面子对于他来说有与没有都一个样儿，可他最后还是不解气地照着那小子的屁股上狠踢了一脚，随后说出一句滑天下之大稽的话："今天你也就沾了墨斗的光了，墨斗要不在这儿，我就得弄死你信吗？我就是要问问你们都服吗？"还没等我手里的这小子说话，我先说："服，服，连我都服你大伟了！你够杠儿，你是耍儿！"石榴就在大伟身后一阵大笑，我那些同学也都一起哈哈大笑起来，只有大伟满脸红晕，嘴里依旧嘟囔："看我弄不死你们的。"

我再一次把这不知名的二黑小兄弟抓着头发提了起来，问问他："你打算怎么着，还有嘛想法吗？你服大伟吗？"这小子已经被大伟的豁命状态吓坏了，他也知道我现在不会把他怎么样了，就抬起头来一个劲儿地说："我真服了，牛 B 不打服的，我以后一定不再出现在 9 中门口了，墨斗、大伟，你们看我以后要再出现在这儿，你们愿意怎么办我都行，我其实就是跟二黑他们瞎胡闹，我真不是冲你们来的。"我又问他："那你以后会看人了吗？"他忙说："会看，会看！我以后见你们，我低头走道行了吗？"我身后的那些同学一起起哄谩骂着，还有人要打便宜人儿的，有伸脚踹他的，我当时也看不清到底都有谁在打、在踹了，只知道当时这小子挺狼狈的，被这些人你一拳我一脚地打跑了。我一看得了，见好就收吧。于是我和小石榴、大伟互相搂着肩膀，向着西门里——迎着刀子一般的寒风归去！

西城风云

老猫篇

第一章

1

一连几天，我一直在9中放学的时候来到学校门口，但大家不要误会，我这可不是站点儿去的，只是为了小石榴和大伟，我怕再有二黑的余孽找他们的麻烦，也是为了巩固这次挫败二黑他们的气势。为自己休学回校以后打下良好的基础。学校门口已经不见那么多乱七八糟的人了，一时间平静异常。我在学校门口一般也不多待，只要大伟和石榴一出校门，我们三个就一起回家，我绝不会将二黑赶走之后，我再待在校门口称王称霸，砸圈子架货、劫道抢钱。不只是我，就连石榴和大伟在学校里的地位都蒸蒸日上，以前的同学也都会围绕着他俩身边溜须拍马。他俩也飘飘然了，非常享受这种状况。

我却在这期间办了两件报恩的事儿，我从宝杰那儿要了四瓶高级特供老醋，又花钱买了一把大铝壶。在一天学校放学后，我让石榴陪着我一起去了趟小双庙胡同，找到煤铲和大铁壶被我们砸坏的大娘家，恭恭敬敬地叫门，等大娘出来，大娘看到我还认得，只是没敢让我俩进屋，这我也能理解，就在屋外小院里，我把醋和大铝壶交给大娘。大娘一个劲儿地推辞，又顺便看看我俩的伤，还一个劲儿地嘱咐我们俩，当然全都是大道理加天津卫大老娘们儿家长里短的大实话。我俩只能低头"嗯，嗯"地答应着。

又在后来的一天，我还是和石榴一起买了两盒桂顺斋的点心，去西北角找马四爷，但没有找到，半天都过去了，我俩只能撞大运地找到在大寺门口摆切糕摊的金刚，好说歹说让他把点心转交到马四爷手上，并对金刚千恩万谢。这两个心思一了，我就只等着李斌的信儿了，时间非常充裕，做好准备只要老猫一声招呼。在心理上、气质上我不能让老猫看低了我，老猫这顿饭我要吃得冠冕堂皇、不卑不亢，争取一次性将我和二黑这场事儿做个彻底了断！

2

如此平静的生活，在几天以后被宝杰的一次传话打破。那天的中午，宝杰急急火火地找到我，告诉我李斌让我去他家找他一趟，接信儿后我忙不迭去了李斌家。李斌正在家里和老三、亮子、国栋、小义子一块玩砸百分儿三打一。一进院儿就可以听到李斌家的小屋里的喧闹声，"拍百！"——不知道哪位大仙上了好牌，正在屋中大声喊着！

我和宝杰一前一后进了屋，屋里烟雾缭绕，一股阴冷的潮气，外加一股臭脚丫子味儿。见到我来了，李斌让宝杰替他玩牌，跳下床来招呼我跟他出去聊聊。一见李斌披上大衣往外走去，我和屋里的几位一一打过招呼之后，便跟着李斌出屋了。回手带上大门，一股寒气侵肉透骨地直往衣服里钻，我不由得缩缩脖子，把军大衣的领子立了起来，以便抵挡寒气。李斌站住了，一扭身背着风点了一根烟，又接了一次火，递给我一根。我俩都狠嘬一口，然后彼此互相对视地看着对方，都希望从彼此的眼神里揣摩出一些内容。我此时心里好像已经有几分笃定地认为——可能老猫那儿来信儿了，要不李斌不会这么急急忙忙地找我，难道李斌又要以入伙为条件才能出面和我一起去赴宴？

还是李斌率先开口了："老猫让三傻子带话来了，后天晚上七点半，在红旗饭庄二楼摆桌，给你和二黑说和，我已经替你应下了。在去之前，我还想问问你还有什么条件和想法？"我低头沉吟了片刻，说道："嗨，我还能有什么想法，事已至此，这架要再死缠烂打地打下去，那不成了老娘们儿打架了吗，能说和最好，只是不知道二黑那边什么意思？"李斌说："二黑那边你就甭管了，一开始二黑是想让三傻子找你报复的，但让老猫给压下了，老猫有老猫的想法，到底老猫他是怎么个意思，咱只能等到那天看情况而定。不过说出大天去，二黑也得给老猫面子，他要连老猫的账都不买，那他以后就甭打算在城里混了。"

我心里长长地松了一口气，又用询问的口气问李斌："那你看我该怎么准备呢？"李斌标志性的坏笑浮上他已经冻麻木了的脸上："你什么都不用准备，到时你去就行了，不过你可别让太多人知道这事儿，怎么说呢，这事儿毕竟二黑脸上不好看，也就是老猫现在能镇得住他，三傻子都拿他没辙，其实你细想想，老猫这次摆说和宴对你们三方谁都是最好的选择！"我问李斌："你的意思是？"李斌说："你想啊，你和二黑现如今都是骑虎难下，老猫那是有名号没人气儿，这样只要你们三方能坐下来平心静气地聊好了，喝美了，最后的结局一定是你和二黑一起相聚在老猫的旗下，往后老猫抗旗，你俩为先锋官，为老猫冲锋陷阵打下一片江山，那时我要想找你墨斗托屁，可能也请不动你了！"李斌这又是话里有话，但我并没有即刻就急着向他表白什么，而是对李斌说了一句模棱两可的话："事有事在，你李斌、老猫帮我跟二黑讲和，我没齿不忘，可是有一节，我墨斗以后想跟谁混连我都说不清，把眼前的事儿先了断了再作打算吧。"

与李斌站在寒风中讨论了半天，除了我从他的话里听出他和老猫各自隐隐约约的目的，也没论出个什么所以然来，数着手指头算，也就还有屈指可数的两天，我还是自己回头再好好分析分析去准备吧。

回到家里，一路的寒气使得脑子分外清醒，我坐下来把这事儿从头到尾好好地捋了一遍，得到了如下结论：老猫摆桌出面的目的，我已经从李斌的口中了解了大部分，无非就是以此笼络人心、扩张势力、凝聚人气儿、竖立形象。而李斌的这次出头我也不能完全臆测揣摩出他的心态，不可否认他与我有着同学加半个发小的关系。他出面去了结我和二黑的这场事儿，在当时来说，于情于理他都是责无旁贷的唯一人选。只是他一直想以此事"绑架"我和石榴入伙，总使得我心里不舒服，虽然我也一直争取在自己身上没有那么些事儿的情况下，顺其自然地入伙，难道我和二黑这事儿一定要在李斌这儿画上句号吗？我真心不认头啊！由此分析，我又得出一个结论：以我当下的状况，如果遇到大的事态竟显得如此人单势薄，身边让人放心的可用之人只有小石榴而已，以后想要在道儿上有所发展，我就一定要培植自己的势力，那样才可以在老城里立足，但在达到这种局面以前，还就得先要仰仗眼下最可使用唾手可得的人脉来扶持自己，这人就是李斌！

3

下午放学，我依旧到学校门口去接石榴和大伟，必定第一次经历那么大的事儿，心里不免还是嘀咕。在回家的路上，我把自己的想法和他俩念叨一番。他俩均表示愿意与我共担此事。我想了想，婉转地拒绝了大伟要一起前往的要求，只让石榴和我一起准备。先把大伟送回家，我对石榴说："咱俩现在都没有凑手的家伙，这两天抓点紧，最好能找到带火的家伙。我言下之意是要弄一把或者两把火枪。石榴一时间犯了难："这时间太紧了，就那么两天的时间你让我上哪儿给你踅摸去？"我咬咬牙，撒着狠儿说："就明天一天时间，你我分头去准备，找来什么家伙是什么家伙吧，实在不行就用菜刀比画，最好用不上，但真要用上了咱也不能手无寸铁任人宰割。最晚明天下午五点咱俩在96号见面，能找来什么家伙就是什么家伙！"随后我们就此分手，各自回家。晚上躺在床上我辗转反侧，捶床捣枕不能入睡，想着自己那天到底能带什么家伙去赴宴，眼前这把刀负载着我对小谢的承诺不能用，"二人夺"已经在外面出现过了，众人也都知道了它的玄机，再用也不灵了，你横不能让老猫和二黑他们知道你带着家伙来说和吧，那也太没有诚意了。纵然我觉得出席这场宴会的一干人等，都不会空着手到场，各位身上最次也得备把刮刀之类的。多半宿过去了，还是想不出个头绪，迷迷糊糊中在后半夜终于一觉睡到天亮了。

等我从床上下来，天已大亮。我脑袋昏昏沉沉的，想着今天自己的任务不能懈怠，得赶紧起床做准备了。洗漱完毕好歹扒拉几口早点出门转悠去，一上午也没结果。我想找的人该上学的上学，该上班的上班，中午还没有饭辙呢，走吧！去老爸学校找老爸吃饭去，到了东门里二中，上楼去了政教处，屋里没人，我闲着无事可做，掏了掏口袋发现自己没有带烟，就开始翻老爹的抽屉，想翻出两盒烟来。我老爹自己并不抽烟，但他抽屉里却总是有几盒烟，那是没收他们学校学生的。当天命好！一盒大前门、半盒墨菊，在那半盒墨菊里掏出几根搁在口袋里，在关上抽屉的一刹那，猛然间我眼睛一亮，我靠！踏破铁鞋无觅处，得来全不费功夫，想吃冰下雹子，变魔术的过生日——要嘛有嘛啊！那抽屉里明明白白地躺着一把明晃晃的匕首！

我赶紧退到门口向外张望，楼道里空无一人，除了学生们琅琅的读书声没有一点儿动静，回身关好房门，再次打开抽屉，把那把匕首拿出来，不容再仔细端详了，赶紧别在腰里，扭身出了政教处，赶紧往校外走去，临出大门时，门卫袁大爷还跟我打招呼："小子！怎么走了呢？没找着你爸是吗？"我赶紧回答他："我没找我爸，我去体育组找黄老师了，他没在，我先走了，回见袁大爷。"然后，我一路小跑往西门里96号那小杂货屋跑去。

一到那小屋关好门，我迫不及待地掏出那把匕首仔细端详，一尺来长，刀刃已开，但并不算锋利，虽然略有锈迹，却仍寒光闪闪，握柄合手，刀把上一颗红色五角星上镌刻着两个字，名曰"八一"，这是一把军用匕首啊！那个年代各个大厂或者学校都有民兵、基干连，都有半自动步枪等武器，所以一些军用物品流落到民间也不奇怪，这把军用匕首也不知道是我老爹没收了他哪位高足的，拿在我手上那真是得心应手啊，不禁心中一阵狂喜！坐了一会儿，我屏气凝神地让自己安静下来，仔细想想，虽然我的家伙已经有了着落，但小石榴那儿还不知道怎么办呢，他要是今天没找来趁手的家伙，明天晚上可就没用的了。此时我猛然间想起了一个人——家住在鼓楼西的一位八十多岁的康大爷。这康大爷是一位老木匠，有着一手的木工油漆的好手艺，跟我老爸关系最好。我老爸一有时间就往他那儿跑，就是为了听他讲老天津卫城里的故事，然后我老爹就回家把康大爷讲述的故事一一编撰成册后，留在手头，就是现在我老爸还隔三岔五地往《新报》和《晚报》投稿，一来就有一些有关于老城里的民俗风情文章发表于天津两份报纸上，所以我老爸就总是带着我往康大爷那儿跑。而这位康大爷对我也是疼爱有加，一去就是糖块零嘴儿地招呼。

康大爷住鼓楼西小学旁边，天瑞胡同对面的一间临街小门脸儿里。我一看已经中午饭口了，就在鼓楼的包子铺买了八两包子去找康大爷。

康大爷一见我，立马拿起他木匠凳子上画线用的墨斗向我晃悠，这是我们爷儿俩独特的打招呼方式。因为我外号叫"墨斗"，而这木匠活儿里又有这种工具也叫"墨斗"，所以康大爷一见我面就拿他那墨斗和我比画，然后就是一阵忘年交的相互玩笑，甚至动手动脚。

我来找康大爷的主要目的，还是想借一把他使用多年的锋利凿子，据康大爷自己讲，这把凿子自打学徒就一直跟着他，当年这老头已经八十多岁了，这把凿子让他使唤得锋利无比，单刃五分口，曾经把我的手刺下一块肉来。我想找康大爷借这把凿子用用，只是不知道他能不能借给我。

4

一见康大爷冲我晃荡他那墨斗，我这没大没小的劲头也上来了，拿出怀里热腾腾的肉包，也冲老头儿晃荡起来，嘴里还不依不饶地喊着："老光混！我拿肉包子打你信吗？"康大爷说："哟！你个小王八蛋！越来越没大没小、没规矩了，就知道你大爷午饭还没辙哪，算你孝顺，赶紧过来烤烤火，外面够冷吧！"我找一块能坐下的地界儿坐了下来，随口说了一句："怎么着，中午您还喝点吗？我可没给您买酒菜，我没那么多钱，就八两包子咱爷儿俩给旋下去就得！"我准知道老头儿一天两顿酒，没酒不下饭。康大爷一看就说："哦！管饭不管酒是吗？跟你那不着调的爹一样，老是干半吊子活儿，等着我出去买点儿酒菜去吧，你把包子放炉子边先烤着，省得回头再吃就凉了！"老头儿拿起他那油光锃亮的劳保大衣，打开门冒着冷风出去了。我见老头儿已经走远，赶紧翻他的工具。老头儿有一个简单的操作台，上面满都是他的工具，我找的是那把五分口的凿子。在一堆已经下好的木料下面，终于被我发现了我要的这把凿子，我悄悄地塞在腰里，点上一根烟一边等着老头儿回来，一边在脑子里琢磨着怎么和老头儿张嘴。这些老手艺人一般都视干活儿的家伙为自己吃饭的饭碗，尤其这岁数的老人从小就受自己的师傅影响，拿干活儿的家伙当命，我要是开口了康大爷不允怎么办？还弄得挺下不来台的，嗨！愿意怎么样怎么样吧，反正也不见得用得上，退一万步讲，真的用上了，也就是往肉里捅这把凿子，也未必能把凿子弄锛了口，到时再偷偷摸摸还给老头儿就是了。打定主意，我踏踏实实地等着康大爷买酒菜归来。不到两根烟的工夫，老头儿流着大鼻涕冻得鼻头通红就回来了。老头儿买的酱肉粉肠煮乌豆和老虎豆，摊在他那张永远拾掇不干净的桌子上，又从柜子里拿出一瓶直沽高粱，爷儿俩你一盅我一杯地喝了起来。

康老爷子真不含糊，别看那时已经八十多岁，耳不聋、眼不花、牙不掉、背不驼，喝酒那更是不在话下，典型的底层劳动人民的身子骨儿。说实话，按当时的那个意思，要是真和他拼起酒来，别看我年纪轻轻的还真不是他的对手。酒过三巡，我就看出那么点意思了，不敢再和他老人家一口对一口地对喝了，屋子里炉火烧得通红，我推托不胜酒力，忙着给老头儿在炉子盖上烤包子，烤得包子"滋滋"冒油。康大爷也不管我，一人独斟独饮不胜自在，多半瓶酒下肚，却也说了许多酒话，往事钩沉追忆连篇。我听得津津有味，一时间已经忘记了来此的目的。不知不觉中，已经下午三点多了，直到有人叫门来找康大爷修理马扎，才让我们爷儿俩从一顿豪饮海聊中返回现实当中。凿子已被我顺到手了，一会儿老头儿要是一修理马扎该用家伙了，他就会发觉凿子少了一把，我得赶紧撤了！急忙推托自己头晕已经喝高了，还让老家伙一通笑话抢白，我心里暗笑：哼哼！老猴让小猴给耍了却还浑然不知，看你一会儿找不着凿子怎么翻腾吧，哈哈！告别康大爷急忙回家去等小石榴！

不到五点时我和石榴就在 96 号小杂货屋碰头了，我把自己弄来的两把家伙亮在了桌子上，随口问问石榴这一天有什么收获？小石榴低下头，嘴里喃喃自语："我是该想的办法都想了，该找的人也都找了，也只能蹅摸来这些玩意儿了！"说完他从身后大衣里摸出一把锯断了把的消防斧，斧子头一边是刃一边是钩的那种，然后又把军挎从脖子上摘下来，一翻书包盖，又从里面拿出两个酒瓶子，满满当当的。我当时以为他不知从哪儿弄来了两瓶酒呢，谁知小石榴一开口吓我一跳："我觉着咱们找不来火枪，要是真发生了远距离的打斗准得吃亏，我就找我姐去了，我姐不是在南泥湾路自行车二零件厂上班吗，我从她们厂电镀车间顺出两瓶硫酸，真要干起来，咱俩就拿硫酸泼他们！"我靠！石榴这主意逆了天啦，这货是怎么想的，太绝了！身边有这么一位铁哥们儿，何愁不能早日走进大牢的铁门啊！但在当时来说，这还真不失为一个好主意，而且以后事实验证了这两瓶硫酸确实起到了出乎意料的作用！

这就算已经准备得差不多了，我告诉小石榴明天一天养精蓄锐，沉住气，一过中午咱俩就在这小屋见面，临去红旗饭庄之前，再商量一下具体的行动方案，一切的一切，只等明日晚上或和或打，后果一概不计，只求全身而退，是福是祸只待明天揭晓！

第二章

1

转天一早，日上三竿"磕灰的"的摇铃声将我从沉睡中惊醒。那时我们住的深宅大院都有自己的厕所，一个木制粑粑桶子，用炉灰盖屎，每天专门有人拉着一辆长长的排子车来走街串户收集，手摇一把大铜铃铛，只要各户听到"丁零当啷"的铃响便手端木桶出来倒掉，因为每次倒完后均要在车边磕几下桶中的余灰，故此名曰"磕灰的"。床上温暖的被窝使我不愿离开，屋中炉子已经灭了，冰冷冰冷的屋里窗户上结着大片的冰花，我瞅着冰花的各种不规则的千奇百怪的图案，脑子里却一时都闲不下来。自己一直在谋划着设计着晚上这桌子宴席将会发生的种种场景和意外，以及自己的对策和化解方案，心里惴惴不安。我翻身起床，打了一盆结了冰的凉水就往脸上撩，简直是太刺激了！看看桌子上还有昨天的剩饭，米饭炒白菜往一个大碗里一倒，拿开水一沏"噼里噗噜"风卷残云般吃下肚，抹抹嘴头子，转身出门去 96 号等石榴。

好像来 96 号来得太早了，坐在那儿依旧在脑子里转悠着今晚的场景，你要说不紧张那是瞎鬼，毕竟这是平生以来第一次经历这种事儿，一时间肾上腺素分泌得异常亢奋，同时自己也在心里安慰自己，不见得后果就那么严重，也许可能最后还弄个皆大欢喜的结局呢，岂不更好！抽了好几根烟，一个多小时后小石榴到了。从他脸上可看出，他也是一宿没睡好，蔫头耷脑的样子不见了往日的古灵精怪。我问他："怎么着，怯啦？"石榴从我手里拿过烟，自己点上一根，低头抽了一口，慢悠悠地说："怯嘛？怯了就能摆平是吗？事已至此，开弓没有回头箭了，甭管怎么着，今晚也得有个了断了！我只是有点嘀咕以咱俩这意思，能碰得动他们吗？"我一听这话，知道石榴有些犹豫，但他也绝不是怕事之人，但是双方实力相差太悬殊了，别说他，我当时心里也没底，只不过是硬着头皮往上顶，自己这口气不能泄了。我拍拍他脑袋说："走吧！咱俩先找地方垫一口，然后咱去踩踩道儿去，不打无把握之仗，咱先看看地形再说！"

二人骑着一辆自行车，直奔东北角，在鼓楼一间小饭馆里吃了几个锅贴，来到北马路上的红旗饭庄门口。此时正是午饭的点儿，饭店里人流如潮熙熙攘攘，也没人注意到我们两个小不点儿，虽然我家住城里，平常也没少往东北角跑，也经常去天津影院、华北影院看电影，却始终没去红旗饭庄里吃过饭。在那个年代，像红旗饭庄这个档次的饭店都是国营买卖，在当时来说，绝对属于高档的饭庄，一般都是谁家赶上喜寿红白之事，才会在红旗饭庄摆桌。另外在那个年代，因为时代背景，不允许有雅间、单间这一说，所以大堂里一律都是大圆桌，进入饭店一律都在银台买票登记菜品，食客们得凭手里的小票认领自己所点的菜饭，没人领坐，更没人会到你的座位前写菜单，所以我和石榴走进红旗饭庄，并没有引起任何人的注意。我们上上下下的把犄角旮旯都看到了，甚至连操作间在哪儿都一一记在心里，才按原道返回 96 号小屋。

我和石榴谁也没有手表，但回到小屋的点我估计得两点多了。刚一坐下，石榴迫不及待地就问我晚上打算那么办？我让他先在那破桌子上眯瞪一会儿，容我再想想。石榴就把我的军大衣一盖，晒着从窗户透进来的暖洋洋的太阳光蜷曲着睡着了。待石榴一觉醒来的时候，我已经将今晚的行动方案，理清了个八九不离十了。我是这样想的：提前一步到红旗饭庄门口，先观察一下今晚出席的人都有谁，有几个人，细细观察一下这些人身上都有什么家伙，然后我如约上楼赴宴，让石榴在楼下要俩菜伴装食客就餐，一旦发现楼上有异常的动静，他再上楼接应我。出了红旗饭庄，马路对面就是华北影院，影院两边一边一条胡同。如果有大批的人追赶我俩，我们就分头逃跑。如果能甩掉追赶的人，那就在鼓楼北小花园里的小亭子见面。如果追出来的人少，在两条胡同的尽头是相通的，就在两条胡同的交界处会面，直接解决他们。如果有官面儿介入，那只能保住石榴不受牵连让他先撤了。我们二人不能同时进去，必须得让小石榴在外面帮我照顾一下家里。我把我的计划和盘托出告诉了石榴，石榴并没有提出任何异议。二人开始分头准备家伙，并且统一了一个认识，他弄来的那把消防斧就不带着了，那的确是——头沉杆长不得掫啊！

2

进入行动倒计时：五点、五点半、六点、六点半，出发！都已经安排妥当，我和石榴不急不慢地向红旗饭庄走去。此时天色已经大黑，夜上浓妆，路灯昏暗，饭庄对过的华北影院门前人头攒动，七点半的夜场电影正在检票放人，上演的是香港电影《生死搏斗》。在那个娱乐资源匮乏的年代，看电影就成了人们唯一的娱乐项目，所以场场电影爆满，影院跟前人山人海，红男绿女等待着入场。好机会，正好能让我俩隐没在如潮的人流当中。华北影院是个高台阶的建筑，我和石榴站在高高的台阶上，向马路对过不停地观望，看看电影院里的大电表已经七点一刻了，差不多该到了，怎么还没动静呢？我赶紧和石榴再一次把想好的方案从头捋了一遍，并确认没有什么遗漏的细节。好吧！较劲的时候马上就到了！二人又点上一根烟，死死地盯住红旗饭庄大门口唯恐遗漏掉每个出出进进的人。我身上带着那把军用匕首在腰里跃跃欲试，似乎想要尽早尝尝血腥的味道。小石榴手里一把凿子，两瓶硫酸静静待命，只待一会儿能侵骨割肉一显身手。终于，等待几天的时刻如约而至了，一个熟悉的身影映入眼帘——二黑！

　　和二黑走在一起的一个人，是个高个子，二十多岁，上衣军棉袄外罩军便服，怀没系上，上襟压下襟地免着怀，下身是一条察蓝色裤子，从外形意思看这人应该是三傻子。他们俩一前一后地到了饭庄门口，三傻子先进去了，从大玻璃窗户看得见，他一直上楼了。门口只留下二黑一个，好像是在等人。又过了几分钟，李斌自己到了，他和二黑不熟，没见他俩打招呼。李斌自己直接往楼上走去。现在就还差老猫没到，各路人等已经悉数粉墨登场了。咱也别擎着了，我做了两个深呼吸，冲小石榴一使眼色。我们俩相距十几米，也是一前一后往饭庄走去。一到大门口，我先和二黑打了照面，并且及时地让他把脸扭了过来，我不能让他发现石榴，他已经和石榴有过几次交集了，肯定认识石榴。我站在了二黑的一侧，他也就把脸转了过来。还没等我开口说话，我先吓了一跳！二黑这张脸已经被我和蛮子摧残得不成样子了，铁黑的脸上依旧布满了圈圈白癣，两个腮帮子上一边一个触目惊心的菊花般的疤痕，尤其是被我捅的那个窟窿，长是已经长好，但他的脸像是被什么东西拽了一下似的，狠劲地歪扭到一边，眼角和嘴角向一个方向耷拉着，疤痕附近的肌肉和皮肤深深地往下凹了下去，这是一张能让人产生极度恐惧的面孔。此时他用他那双斜眼紧紧地往死里盯着我，那眼神几乎能把人咽到肚子里。我此时不能有一丝的怯意，我高昂起我的头颅，用轻蔑的眼光看着二黑，一时间已成剑拔弩张之势。如此对视我想不下几秒钟就得互拔家伙将对方置于死地，而此时的石榴已经顺利地溜进了饭庄一楼大厅，找了一个不起眼的角落坐了下来。

正在我和二黑相互盯视一触即发的时候，三傻子和李斌一起从饭店里走了出来，见了这情形，赶紧把我和二黑分开。李斌和三傻子分别搂着我和二黑，使我俩谁也不能再动。三傻子问李斌："这就是墨斗是吗？岁数不大啊，谁都别动啦，有什么事儿一会儿老猫来了以后再说，咱先上楼落座，老猫马上就到了！"四人转身进门上楼，在进到一楼大堂的时候，我特意用眼瞄了一下，小石榴已经在一个角落坐了下来，此时正在大口地往嘴里扒拉着饭菜。我们四人有先有后地上了楼，来到提前预约好的桌子前分别坐下，让出主位给老猫留着。李斌和我紧挨着，对面是三傻子和二黑。这一坐下就已经分出了两方对立面的阵势，三傻子是二黑的江湖大哥，而李斌是我的发小加同学，但李斌和三傻子以前有过交情，还都给对方帮过忙，要说这交情可也算不浅，所以在老猫还没到场的情况下，暂时还都能压得住我和二黑，倒也一时相安无事。

刚刚坐下一会儿，李斌掏出几盒烟扔在饭桌上，并每人都发了一圈。大家点上烟，三傻子和李斌有一句没一句地海聊着。我和二黑依旧谁都没有言语，静静地等这场事儿的主角老猫出现。没过一会儿的工夫，楼梯口出现了三个人，走在前面的正是老猫，身材不高，但挺敦实，一身在当时巨牛掰的打扮——里面一身将校呢军装，披着一件将校呢大衣，头顶一顶毛色巨好的羊剪绒帽子，那个范儿，在当时一看就是站脚一方的"大哥"。老猫身后一左一右紧紧地跟着一男一女，男的也是一身将校呢，但是没有穿大衣，头顶一顶将校呢帽子，长得白净文气，身材挺拔，个子挺高，双手插着口袋，走路一步三晃。另外一位是个二十多岁的女的，长发披肩，一边头发将半边脸挡住了，只露出一边几乎没有血色的脸，但只是这能让人看清的半边的脸也透着一丝清秀，脸上不施粉黛，眼睛眯缝着，毫无表情的样子就给别人一种阴冷无情的印象。她穿着一件普通的军大衣，长长的白围脖绕着长长白白的脖颈，衬托着那半边脸更加惨白，在她的肩膀上背着一个那时比较时髦的俗称"粑粑桶子"的灰色书包。一行三人还没到酒桌前，三傻子和李斌已经起身，并且将我和二黑拽起来上前迎接，我当时的第一反应——老猫到了！

3

一行人分宾主落座，三傻子率先站起身来，依次互相做了介绍。我这才得知，跟在老猫身后的一男一女，是当时老猫的死党加得力干将。男的叫"六枝"，女的叫"大香"，俩人是那个时期老猫的左膀右臂，后来这俩人分别进去了，出来后俩人一起在东门里开了一间台球厅并结婚生子，也过上了相对平静的生活，这也是后话。

落座之后，老猫和六枝耳语几句，让六枝下楼点菜点酒。稍过一会儿六枝回来，此时参加这次宴会的人均已到齐，彼此都互相握了握手。老猫居主位上座，一左一右是六枝和大香，我和李斌坐一边，三傻子和二黑坐一边。大香站起身，将刚刚上来的酒给大家一一满上。酒菜上得也很快，转眼之间，一桌子酒菜饭菜摆满了。三傻子和李斌对老猫点头哈腰唯唯诺诺，一个劲儿地恭维奉承。我和二黑倒是谁也没有多说话，警惕地观察着桌面上的形式。六枝和大香也是阴阴沉沉、面无表情地坐在那儿，让人琢磨不透。席间气氛不算活跃，只是老猫、李斌、三傻子仨人一起相互吹捧着，各自吹嘘了一番。等他们仨吹得差不多了，这才进入正题。于是老猫——这位名噪一时大我几乎两伐的老玩儿闹，对我和二黑说出了一席"语重心长"的所谓江湖规矩套子，让我和二黑在以后不短的一段时间内——受益匪浅！

李斌和三傻子两人在酒席面儿上对老猫极尽吹捧之能事，倒也把老猫捧得飘飘忽忽云山雾罩，再加上几杯酒下肚，他的话多了起来，那姿态怡然自得，完全是一副大哥的做派。六枝将一根烟递给老猫并给他点上，六枝和大香俩人依然不太说话并且面无表情。老猫抽着烟，一连吐出一溜儿烟圈。李斌站起身来，举杯向老猫致意并恭恭敬敬地说道："今儿个这场面，全仰仗有猫哥你在此坐镇，才能使得这小哥儿俩相安无事。你老哥破费摆桌的目的我们也都明白，你就给他们小哥儿俩说说，怎么说咱都是家门口子，别老是闹得不痛快，也让人家城外的笑话。有你猫哥的面子，才能降得住这小哥儿俩的暴脾气，哈哈哈哈！"老猫愈发有高高在上的感觉了，他也举起手里的酒杯一饮而尽，又夹了一口自己眼前的锅塌里脊，吧嗒着嘴咽下这口菜，咧嘴一笑，说道："既然咱们哥儿几个坐了一个桌子，往后可是一抹子的了！今儿个既然我做东请你们，你们能来，这也是卖我老猫一个面子，哥儿几个既然那么捧我，那我就舔着老脸给你们说几句。我倒是听说了你们小哥儿俩的事儿了，没嘛大不了的！我以我的经验给你们哥儿俩分析分析吧，我老猫这些年就一直主张，咱圈里人得有个地域观念，就是所谓的——好狗保三邻，好汉护三村。在这个事儿上，我得多说二黑你几句，我早有耳闻，你在城里的各个学校门口站点儿。老哥我跟你说，不露脸啊，就是墨斗今天不办你，你早晚也得现大眼，知道为什么吗？因为你这事儿办得让所有人都看不起你！不光是人家老实巴交的穷学生，就连道儿上的玩玩闹闹也不会正眼看你，你狗气啊！你在学校门口站点儿也敢起势是吗？你看看咱周围哪位大要儿是在学校门口立起个来的？你这事儿办得连你大哥他三傻子都不长脸，你以后要再这样，你也就别跟别人提你认识他三傻子和我老猫了，我们跟你丢不起这个人，怎么着，是这意思吗？"二黑那离了歪斜的脸上一阵红一阵青地听着，直到老猫停住了话问他，他才有些不情愿地点了点头。

老猫又将头扭向我："知道我为什么先说他二黑而不先说你吗？"我对老猫摇摇头。老猫一摆脑袋笑了起来："我听说怎么着，一开始时你抢着一把大铁壶跟二黑他们干架是吗？你个小毛孩子一捏儿的岁数，在哪儿修炼的那么大脾气？下手怎么那么黑啊？小斌你调教出来的？"李斌忙摇头说："猫哥，没有啊！这货完全是自学成才，自成一派，我们哥儿几个给他起了一个诨号叫铁壶黑太岁，他还不知道呢！"李斌这话一落地，他就和老猫一起放肆地哈哈大笑起来。我为了遮羞脸，赶紧端起酒杯往嘴里灌了一大口。老猫接着说道："要论玩意儿，二黑应该比你玩儿得早，说出大天去，他是三傻子的弟兄，而你们三哥是我过命的莫逆之交，所以他二黑有事儿，我老猫没有不管的道理。我今儿个说的话你可记住了，你以为真正的玩儿闹就是像你这样手黑心狠就行是吗？你那叫浑不懔！靠，你拿'二人夺'就往人脸上招呼是吗？我告诉你，你别不知道深浅薄厚，你那天是沾了二黑那把军刺上缠了橡皮膏的光了，要不就以当时的情况，不是我替他二黑吹牛，以我了解他的行为风格，你就不可能在这儿坐着了你明白吗？他那一军刺完全是奔你心脏去的，要不是有橡皮膏挡住了，你也得穿了你信吗？你个小屁孩子知道有那么一句话吗——打人都不打脸，更何况你这是一剑就把他脸捅穿了，你太敢下手了，你们俩都算上，都不知道这玩玩闹闹的打打杀杀的是为吗？打架就是要对方命是吗？要是这样一天得有多少比画的、定事儿的、群砸的，都像你们这样这光天津卫一天就得出多少条人命案子？打架就是单纯的打架，不能一动手就想取对方的性命，你们真的还太嫩了，以后你们得多向三傻子和李斌学着点，人家这才是稳稳当当的起点儿呢。

"咱就事儿论事儿说，也是我老猫今儿个摆桌的意思，在座的有一位是一位你们都听好了，今后如果你们都买我老猫的薄面，咱就兵合一处将打一家一致对外，四面城以后甭管是谁，一旦有什么事儿发生，都得互相照应帮衬，你们在不在一块玩儿我不管，一旦有事儿就必须抱团，也就甭论什么东北角、西北角了，都是城里的，别再闹出什么内讧的事儿让城外的笑话！最后我提议，你二黑先惹的事儿，你今儿个姿态就得高点，你起来跟墨斗喝一杯，俩人握握手，这篇儿就算翻过去了，以后你们哥儿俩常交常往，三傻子、李斌你们说我这意思行吗？"三傻子和李斌随声附和："猫哥你说得太对了！"

二黑和我也就借坡下驴彼此一笑，二黑端着酒走到我跟前："得啦！猫哥说话到位，吃亏占便宜的都在酒里了，咱俩把这酒往肚子里一咽，从此天下太平，满天云彩都过去了！"我也表态说："二黑你别介意，我那天下手重了，赔罪！赔罪！"说完我俩一碰杯，仰脖儿干了杯中酒。老猫及其他人也都挺高兴，三傻子拉着李斌猜拳行令，六枝、大香在一起交头接耳地说着话，一时间场面倒也祥和喜庆。只是这种气氛根本没能保持半个小时左右，九点不到这种气氛被楼梯口一阵喧闹嘈杂声打破。众人回头一看，尤其是我大吃一惊——我靠，冤家来了！

4

从楼梯口呼啦啦地上来了十几条汉子，一个个怒目圆睁满脸凶色，为首的四位更是怒不可遏！这四位正是二黑他爸和二黑的三个伯伯，这群人中有手拿镐把儿的，有手拿一根白蜡杆的，有拿顶门杠的，最可气的还有一位手拿家里用的一根长擀面杖的。一群人呼啦啦一下子把我们这桌给围上了。在座的也都被这种场景弄得呆住了，都不知道这是怎么回事儿，包括二黑在内，他也不明原委。在场的也就只有我明白是怎么一回事儿。可我当时并不知道，原来这是三龙使的坏，三龙自打被我打得重度脑震荡后一直寻找机会要找我报复，二黑他爸一伙人被西北角的金刚等人群殴一顿之后，碍于面子并没有和二黑提起此事，三龙却知道得一清二楚。三龙知道今天老猫摆桌捏合我和二黑，这也就给了三龙一个借刀杀人寻仇的机会，虽然他报复我的心一直不死，可是他当时的身体状况并不允许，每天依然头昏呕吐，时不时地天旋地转，今天的机会对于他来说实属难得，他就去了二黑家，告诉了二黑他爸我今天晚上必定会出现在红旗饭庄，并且添油加醋地给二黑他爸拱了半天火。而二黑他爸对于西北角挨揍吃亏也始终耿耿于怀，每日如鲠在喉不得安生。今天机会终于来了，他能轻易放过吗？于是就找来了他三个亲兄弟和几个狐朋狗友，各抄家伙，一齐杀将上来，把我堵在了饭庄，这个情况可就复杂了！

二黑第一个站了起来，其实当时的情形也把他弄蒙了，他不知道为什么他和我说和的事儿会把他爸惊动了，而且还带了一帮人来兴师动众地带着家伙要动手，他就问他爸："爸！你这是要干吗？"二黑他爸说："要干吗？你说要干吗？你个掉了腰子没胯骨轴儿的尿蛋玩意儿，他把你弄残了破了相你还舔着个屁脸跑着来跟他讲和是吗？你腰怎么那么软哪？我今儿个来就不能让他小兔崽子全须全影地回去，完的了吗！你今儿个看你爹那么把这把脸儿给你挣回来！"没等二黑再说话，我就已经把话头接了过来："伯父！我这不是已经跟二黑说开了吗，二黑落残了，我也没好到哪儿去啊，我这不也是左肩废了吗，一来一回谁也没占便宜谁也没吃多大亏，我们小哥儿俩都不理会了，您这当长辈的就甭跟着掺和啦！"二黑他爸说："什么我就不掺和了，你当我是二黑这傻玩意儿一样，叫你们一顿饭菜一通好话就能把那么大的事儿给了啦，门儿也没有啊！"二黑说："爸，差不多就完了，你今天来着就已经够栽我面子了，有什么事儿咱爷儿俩回家再说行吗？你们都回去吧！"说着二黑就去用手推他爸和他几个伯伯。谁知道二黑他爸却是个越拨拉越硬的货，一脚就把二黑给踹开了。二黑一个跟跄，弄了一个屁蹲儿坐在了地上。二黑他爸几步过来，看意思是要掀翻桌子。此时只见六枝撑开"粑粑桶子"书包，从里面迅速地掏出了两把火枪，一手一把举起来，对准了二黑他爸一群人。而大香一声恫吓让他们当时住了手："老猫在此，谁敢造次！"

5

随着大香一声大喝，众人倒是一时安静下来，老猫不慌不忙地站了起来，扭头对着二黑说道："兄弟，这是嘛意思？你这把我放在什么位置了，我好言好语地撮合，给你们讲和还讲出毛病来了？我今儿个什么话都不想说了，你二黑要还是把耍儿，你得给我一个交代！"此话说完，老猫却用眼光狠狠地盯着三傻子，似乎这话也是说给他听的。我看到这气氛一时僵在那儿了，就上前一步把老猫他们护在了身后，对二黑他爸说："伯父，事有事在，谁的事儿谁扛，您大我一辈儿，是打是骂都是应该的，您也甭在这闹，我跟您走，咱外面了断，我听候您发落，我这百十来斤您拿走，是切丁、切块还是切丝儿悉听尊便，怎么样？走走走，咱外面！"说完我就往二黑他爸跟前凑合。二黑急忙把我拦住："墨斗，你今天看我了，猫哥您也看我了，改日我再摆酒席给哥儿几个赔罪！"他又一扭头对他爸说："行了吗？闹够了吗？你们先回去行吗？"二黑他爸暴跳如雷："不行！这小子还是不服，这话里话外都在跟我叫板，这你都听不出来是吗？我今儿个不管你是谁，你妈有一个算一个，谁挡横儿我跟谁玩命！"二黑他爸这句话一出口，可就没给他自己留有余地了，一点儿退身步都没有了。二黑他老伯又说了一句话，直接将这场事儿推到了无法挽回的局面！

二黑他老伯在他爸这些人里岁数最小，脾气也最冲，他是从小跟着二黑的爷爷奶奶长大的，不在南开区住，所以根本不买老猫的账。他随口说了那么一句："老猫是谁？还他妈老虎呢，别再是病猫吧，都病猫了还出来吓唬人是吗？还你妈弄把破枪在这蒙事儿，你真牛掰了，我倒要看看你们怎么把这两把破枪弄出火儿来！"此话出口，六枝回头对二黑说了一句："兄弟，对不住啦！"他的目光还是那么阴沉，没等老猫发话，他已经单手击发，耳边只听"砰"的一声，枪管冒出一团火球，直奔二黑老伯面门而去。混乱中二黑老伯一声惨叫，脸上顿时开了花了，还孝敬给了土地爷一只耳朵，随后仰面倒地，捂着脸满地打滚，嘴里发出阵阵惨叫，满脸的血迹外加着一颗颗滚珠，散布均匀地镶嵌在他血肉模糊的脸上。

六枝的这一声枪响，简直就跟发令枪似的，一时间，在场的众人纷纷掏出了家伙。我一看原来都是有备而来的！六枝发了一枪后立即把已经空了枪膛的那把枪扔给大香，大香麻利地从挎包里掏出火药，往枪膛里兑火药和滚珠，并用钎子玩命将火药和滚珠往枪管里兑。六枝一只手举着那把还没击发的火枪，一只手拽着老猫准备往楼下撤。我手里一把匕首在握，李斌从大衣袖子里拽出一把"古巴刀"，三傻子也从脖领子后面抽出一把军用扁刺，一时间只见人人自危，局面难控，大战一触即发！

第三章

1

二黑他爸一见自己的老兄弟让六枝一枪喷倒在地，立马"嗷"的一声怪叫，举起手里的镐把儿，不要命似的猛扑过来，无奈他和六枝之间隔了一张大圆桌。而此时老猫双手一抬把桌子掀翻了，汤汤菜菜洒了一地。二黑他爸一伙人一见阻挡物已经被老猫掀开，急急地就往上冲，有几位被地上油滑的菜汤滑倒，但都立刻又站起来继续往上扑。二黑他爸一伙人带着的都是镐把儿、木棍一系列的家伙，要按理说他们的家伙都比我们的要长，近战肉搏应该能占到大便宜，可是有一节，这群殴参与的人数太多，饭店空间也有限，镐把儿、木棍一时根本施展不开，真打起来了，我们这些短小兵刃反而得以施展。

红旗饭庄楼上这罗圈架已经打乱了，也对不上谁跟谁了，一齐动手的不下三十口子。现在话说江湖险恶，那时更是过之而无不及。原来李斌也不是吃素的，他也已经让老三、宝杰、国栋等人，埋伏在饭店对面华北影院旁的胡同里了，这几位一见有十多号人浩浩荡荡地进了饭店，就知道情况不对，又听到了火枪声，立即冲上来，加入了这场混战。老猫原本就在东北角一带混，饭店里边的食客之中，不乏跟他相识的，根本不用招呼，自然会给老猫帮忙。最可乐的是一位老猫的相识，自己没带家伙，急中生智地跑到后厨去找菜刀，被大厨们给推了出来，临到后厨大门口，一瞥眼看到门边立着一根大灶上通炉子用的火筷子，便随手拎了起来，冲上楼乱打一通。此时我已经不知道手里的匕首都捅到了谁，捅到了几个，握刀把儿的手反正是已经黏黏糊糊被血浸满了，难道这就是电影里所说的"双手沾满了人民的鲜血"？

红旗饭庄二楼，已经成为敌我双方拼命的战场，一时间乱刀飞舞、棍棒如林。只见大香手握两只酒瓶子，朝着二黑的一个伯伯脑袋上狠命砸了下去，酒瓶子底立刻在那二黑伯伯头上粉碎。大香并没立即住手，而是用酒瓶碎裂的碴口向那人的肚子捅去。二黑这位伯伯愣被这女流之辈玩命的状态给吓蒙了，捂着肚子被大香追着满屋子乱跑。也不知是谁扔起一把椅子，朝人堆儿里砸了过来，可这椅子扔得太高，撞掉了屋顶的吊扇叶子，连椅子带吊扇一同落在人群之中，砸得下边的人哭爹叫娘，乱成了一团。乱战当中我不经意地和六枝、老猫碰到了一起，我看见老猫脸上满是血迹，只是当时不知道是他自己的血还是别人的血。我急忙对六枝喊了一句："你还不赶紧弄猫哥走？"六枝一手紧握一把片砍，一手拿着一把火枪，这火枪搁在当时已经作用不大了，只要一开枪弄不好就得误伤自己人，所以六枝举起枪就往房子顶上开了一枪，枪声一响人群再一次被惊吓住了，都是一缩头。趁着众人惊愕的一刹那，六枝和老猫杀出一条血路，突围到了楼梯口。我也急忙拉着李斌且战且退，猛然间看到二黑此时跪在地上，正在拿酒瓶子往自己脑袋上砸。这二黑正是左右为难的尴尬境地，一边是自己的血肉宗亲，一边是平时罩着自己的江湖大哥，你能让他在当时的情况下那么办，所以他只能自己用酒瓶子砸自己脑袋！二黑他那浑蛋爹已经打红眼了，对此全然不顾，眼见着二黑的脑袋已经被他自己砸得血流满面了，我就动了恻隐之心，几步上前一把拉住他想把他拽起来，而就在此时我只觉得脑后一阵凉风袭来，顿时俩眼一黑两腿发软！

　　一镐把儿砸在我的后脖梗子上的正是二黑他爹，他当时可能是误会我会去和跪在地上的二黑动手，疾奔过来照着我的后脑勺儿就是一下。可巧的是我此时正好要去搀扶二黑，我刚一低头，这一镐把儿就正抡在我后脖梗子上。不知道是这一下砸在了我的颈椎上，还是一下砸在了我脖子后的大动脉上，反正当时一瞬间就丧失了意识，歪歪扭扭地倒了下去。二黑他爹又一镐把儿抡下来，多亏二黑用胳膊替我挡住了。二黑此时大声地喊叫着，脸上的血水已经和泪水混在一起，只听喊得声嘶力竭，却无人理会。二黑他爸见误伤到了自己的儿子，顿时从打斗拼杀的癫狂状态中分离出一丝清醒，急忙俯下身子查看二黑的伤情。在二黑嘶哑的哭声中，满脸的鲜血、泪水、鼻涕、口水在他歪斜的脸上恣意流淌着。说一千道一万，到了这时候还得说是亲骨肉啊，二黑他爸现在已经无心恋战了，要抱起二黑撤走，但是现场的局面已经控制不住了，你是事儿头，此时岂可拔脚就走？老猫、六枝、大香他们能干吗？二黑他爸正好在此时脱离了群殴的人群，单独暴露在了老猫他们几个的面前。六枝一见毫不犹豫地举起火枪，枪口紧紧顶着二黑他爸的后脑勺儿，这一枪要是真搂响了，二黑他爸的后脑勺儿就得被喷成筛子。以六枝的个性，枪既然举起就没有不响的道理。眼看着他二拇指头紧钩扳机，难道这一枪膛的火药与滚珠的混合体，当真要在二黑他爸后脑袋上轰出一个"万朵桃花开"？

2

正在六枝就要扣动扳机的一瞬间，老猫抬起胳膊把枪管握住了。六枝撒手将枪递给了老猫。老猫将枪交换到右手，只见他渐渐地把枪口压低，咬着牙从嘴里发着狠地说出一句话："老子狗熊儿浑蛋，你们坏了圈儿里的规矩——两辈不伤一人！今儿个就得给你们爷儿俩留个记号，也不枉你们爷儿俩在我老猫这儿过了一回手！"话音刚落三傻子过来给他们爷儿俩求情，被老猫挡了回去，老猫坚称今儿个谁的面子也不给，随手照着二黑他爸大腿轰了一枪，还好当时是严冬，穿得都比较厚，就是这样，二黑他爸的棉裤也被炸出一个大窟窿，棉絮乱飞，鲜血殷红了洁白的棉花，血迹慢慢散开，一颗颗晶莹透亮的钢制滚珠钻进他的大腿里，形成一个个出血点。我离着二黑他爸很近，此时我正坐在二黑他爸大腿旁边的地上，老猫这一枪水平不老高的，火药从枪口喷射出来枪膛内巨大的压力促使着火药出膛呈现喷射状，愣有几颗打进了我的腿里，这挂落儿吃的！好在火药的力量到我这儿劲儿已经不大了，只是浅浅地在皮肉之中镶嵌上了几颗钢珠。

此时此刻我已经被眼前的局面弄得不知所以了，这架没法再打下去了，这罗圈架打得都谁跟谁呀？二黑和他爸已经都这样了，我肯定不能再次下黑手去办他们爷儿俩了。此时的老猫却依然对这爷儿俩不依不饶，三傻子平时就对二黑照顾有加，拿二黑当他小兄弟看待，现在三傻子的大哥老猫却不给面子，一心一意地要把二黑他爹摁泥儿里去。三傻子心里肯定不悦，但又实在惹不起老猫和他手下的六枝、大香这对雌雄打手。二黑他爸要找我报仇，搅了老猫的局让他极其下不来台又栽了面子。二黑他爸办我，李斌肯定得为我踢脚，李斌平时与三傻子私交甚好，如果说这场事儿李斌站在我这边，三傻子站在二黑一边，那李斌和三傻子又是对立面，哎哟，我去！这架打的，真是说什么好！

我正在疑惑之际，李斌对老猫说："猫哥，您看这事儿照这么下去如何收场？咱们接下来该那么办？"老猫回头看了一眼地上的二黑爷儿俩，阴沉地说："从此以后，这事儿跟你们都没关系了，以后这老王八蛋要是还有寒气儿，我直接办他，三傻子你什么意思？"三傻子直接回答道："猫哥你看着办，你就当没我这人！"我在旁边听了这番话，心想："这就是所谓的江湖义气？生死关头时屈从于比自己势力强大的大哥，却把曾经为自己卖命的小兄弟给供出去了，靠！三傻子这大哥当得够口了，江湖败类！"

直到现在小石榴始终没有出现，看客们是不是觉得很奇怪，其实我那么一说你们就不奇怪了。话说小石榴一直在楼下望风，他人小，不显山露水的，又坐在一个不起眼的角落里，所以二黑他爸一拨人和宝杰他们一拨人进门上楼时，谁也没看见他这个暗藏在角落里的小毛孩子。一直到楼上开始混战，小石榴就隐藏在那些看热闹的围观者当中，这小子关键时刻有那么股机灵劲儿，看到我和李斌、宝杰、老三、国栋们没吃什么亏，就一直忍着没动。不是他不想动，委实是他不敢动，您要问为什么不敢动？因为那两瓶硫酸呗！这两瓶硫酸在石榴身上，无异于两颗定时炸弹，保护得好，两瓶硫酸就是关键时刻扭转局面一击定乾坤的宝贝家伙，保护得不好，那就是自毁伤身的绝命散，所以石榴一直用双手紧紧地捂着吊在脖子上的军挎，生怕一有闪失或者不慎摔个跟头把自己给废了。而这架越打越乱，二楼大堂飞椅子、抢棍子，碟子、茶碗漫天飞的时候，看热闹的人群又把小石榴从楼梯口连推带搡地拥下楼梯。多亏了石榴这次的下楼，才使得二楼所有参战的人们得以全身而退。

两次被看热闹的人群连拥带挤地推下一楼的小石榴，依然不改他一贯的眼观六路耳听八方，胆大心细遇事不慌的本能，四下观察着局势。无意中看见了一男一女两个服务员模样的人，向大门外急急忙忙地走了出去。石榴打了一个激灵："这是要去报官啊！"他急急忙忙跑上楼，冒着被飞来的碟子、茶碗砸中的危险，在二楼楼梯口大叫一声："都快撤吧，饭店报官去了！"

3

那时管辖红旗饭庄一带的派出所，并不在现在的东北角大胡同口的位置，而是在估衣街里谦祥益对过的位置，门脸不大里面院子却很深。派出所接到饭店报警之后，一听有那么多人参与的群殴，这在当时也算是大事儿了，但因为是在晚上，派出所的警力有限，也就留了几个值夜班的，那个年代还没有现在"武警、特警、防爆警"这么多队伍，所以派出所决定先上报分局，这也就给了众人一定的时间撤退。石榴一声吆喝，大伙一听不好，顿时作鸟兽散，也不管谁对谁了，你推我挤一起就往外涌。可你们别忘了，这饭店里还有好几十号人看热闹呢，二楼打架的恨不得赶紧跑出去，而看热闹的人却依旧指手画脚地议论着，不见要散的意思，好不容易这帮人冲到了饭店大门口，却又一次被大门口男男女女不下百十来号人密密匝匝地堵在饭店里了。此时饭店对面的华北影院同时正在电影散场，一时间人山人海拥挤不堪。我们这些人虽然在楼上已经打红眼了，此时一冷静下来，也对这种情况没招儿，关键时刻还得说我们"麻秆大侠"石榴大哥，猛然间从军挎里掏出两瓶浓硫酸，将其中一瓶往大门口的地上一摔，顿时有一股子辣眼呛鼻的强烈气味直冲人们鼻孔，再看地上泛起一大片白沫，"煞煞"作响。看热闹的人们有懂这东西的，大叫一声："是硫酸！"大伙一听，立马一哄而散。石榴回头对我和李斌他们又说一声："跟着我走！"随后手持另外一瓶硫酸一边泼一边开道，看热闹的人们纷纷让开一条石榴用硫酸泼出来的路。我们冲出混乱的人群，往西北角方向跑去。

半路上全跑散了，我和石榴两个人往西北角方向一路狂奔，快到北大关时，回头见一辆解放半挂车从后面徐徐驶来。石榴喊我一声："快扒车！"我答应一声，二人一前一后扒上了大半挂车的后兜。那时扒汽车后兜是调皮捣蛋的男孩子们的一项基本技能，不管是出去玩儿，还是上学，抑或放学的路上，只要一见有大卡车从身边经过，必定会有三两个熊孩子扒上卡车后兜。再说这大卡车一路将我和石榴带到西北角，趁卡车司机往大丰路转弯减速，我和石榴跳了下来，穿街过巷又是一路小跑，来到了葛家大院李斌家的那间小屋前。见到屋里没有开灯，断定李斌还没回来，心里不免嘀咕，要说以李斌的头脑和经验应该不会在回来的路上有什么闪失，他也肯定不会沿着大路往回跑，他多半会走胡同绕小道，更何况他身边还有高参老三的出谋划策。你还别说，这李斌一向也是自大自负、目中无人，也有一定的准主意，谁的话也听不进去，唯独对这个老三是言听计从，所以我料定李斌他们暂时不会有什么意外，但无论如何我还是有那么一些不放心。我还担心李斌他们在回来的路上与二黑他多再次遭遇，这种想法越来越强烈，让我不得安静，于是我喊石榴："不行！咱不能在这傻等，咱得去迎迎李斌他们去。"谁知道这一迎还就迎出事儿了！

4

正在我和石榴沿着中营拐进大唐胡同，一路快步到府署街城乡礼堂时，迎面有几个人走过来。我和石榴当时就提起神来，定睛观看，来者何人？五位约莫三十多岁的样子，胳膊上统一佩戴一圈红箍，上书黄色大字"治安执勤"！原来是街道的安保人员在进行治安巡逻，老远一见我俩便迎头而来。小石榴一拽我的衣角，示意我拐进旁边的胡同，但我觉得已经来不及了，现在要跑恐怕已经晚了，何况我腿上还有几颗滚珠在肉里，虽然不影响走路但要是跑起来还是要受牵扯跑不快的。没办法，硬着头皮上吧，我示意石榴把手抓住我的胳膊。我又拿出装瘸的本领，在小石榴的搀扶下，一步一晃地迎着那几位执勤人员走了过去。双方一照面，那拨人中一个看是岁数大点的大约是个领头的，大声叫住了我们俩："站住！你们俩先别走！"石榴表演的天赋再一次被派上了用场，停住脚步问："伯伯，什么事儿？"领头的治安巡逻员说："深更半夜的你们俩这是干吗去？在哪儿住？哪个学校的？"一连三个问号扔给了我们俩。石榴一脸苦大仇深的表情说道："伯伯，我们俩是同学，也住一个门口，这不刚才一块逗着玩儿吗，结果逗恼了，上脸儿了，我就追他，他一跑崴脚了，一下就栽到那儿了，现在这也走不了路，我弄他去二中心看病去，您老几位能帮帮忙，跟我们去一趟吗？我们害怕，而且我们俩口袋里都没钱，您能做做好事儿帮帮我们吗，到医院先帮我们把钱垫上，我回家找家大人去，要来钱再还您行吗？"石榴这招太绝了，那个年代也是一样，万事儿别提钱，一提钱都躲远远儿的，这是亘古不变的真理，一提钱——没面儿！

石榴一说让他们先垫钱挂号，这几位立马口气就有所改变，还是那个头目模样的人说："这大半夜三更的，俩小毛孩子瞎逛什么，也不怕撞在哪儿把脖子撞腔子里去是吗？你们家大人呢？"我回答道："我们俩家大人都在一个单位上班，都上中班，这不还没下班吗，您几位伯伯就受累，跟我们去一趟吧，我这疼得要命，哎哟！哎哟不行，我这脚现在根本着不了地……"说着我一屁股坐地上了，并用手揉搓脚脖子。这老几位也看不出个所以然来，又怕一管闲事耽误了自己睡觉，因为治安联防队大多由所在街道的企事业单位抽调员工组成，每天也就是例行公事的转悠一圈，再回各自单位睡觉。这时这几个人当中有一个人就到我面前，用手往上抬了抬我的帽檐，认出了我，并向那个头目说道："闹半天是你呀，这黑小子我认识，唐家胡同墨老师的儿子，当初他爷爷老墨老师是我的班主任老师，没事儿！这料蛋孩子，天天上学把书包带拿脑门子顶着，有一次和他同学俩人尖着个嗓子学救火车的警笛儿叫，一声高一声低，学得还挺像，我们那边正上着班儿哪，听见响动全跑出来想看热闹，一看就是这俩小子！"说完还用手拍了我后脑勺儿一下，又说，"那就赶紧看脚去吧，别回头耽误喽，哎！我想起来了，你爸呢？你爸也不在家是吗？"我说："伯伯，您老可别跟我爸说，我爸去我爷爷家了还没回来，您老千万别跟我爸说，他就知道让我在家写作业，不让我出来玩儿！"那个人说："行行行！快走吧，我不告诉你爸，赶紧走吧！"我心里说可不得赶紧走啊，再混下去弄不好得露底了，急忙一拽石榴，假戏真做地对石榴嚷道："我一步走不了啦，有你那么逗的吗，你要不追我我能崴脚吗？你还不背着我？"小石榴应声道："哦！我追你你就跑是吗，还竟往黑胡同跑？"

在我和石榴一唱一和的做戏中，那五个人已经渐渐走远，一场危机再次化险为夷，终于没出什么事儿。此时我和石榴都不禁长出一口气，心口"怦怦"直跳。平静了一会儿，我想李斌他们可能和我们走岔了，城里胡同交错，小道纵横，没准他已经回去了，但是一个胆大妄为的想法浮现在我脑海中——回红旗饭庄那儿看看什么情况！我把这想法和小石榴一说，小石榴差点没背过气去，也不顾得夜深人静了，跳着脚的跟我嚷上了："你刚在坟地睡的觉是吗？让鬼吓蒙啦？跑还来不及了，你还惦记着往跟前凑合，好不容易跑出来了，你又自己往人家手里送是吗？要去你去，可别拽上我，你这不愣子吗！"我一看小石榴急眼了，就说："咱不是要到饭店跟前去，咱就远远地瞭望一下，看看是怎么个情况，那样咱俩心里就有底了不是？"小石榴说："你甭弄这事儿，跑出来时就我在前面打头阵，就我显眼，我估计那帮围观看热闹的不记得你也得记得我这个泼硫酸开路的！"我说："那不行你就先回李斌那儿再看看，他们要是回来了你就在那儿等我，我自己去看看吧！"说罢我和石榴各自分头，刚走了几步，石榴就又喊上了："你真去是吗！"我脸头都没回，只短短俩字："真去！"老远就听得石榴往我这边跑："我还是跟你一块去吧！"我说："你属毛驴的？牵着不走打着倒退的玩意儿！"小石榴说："玩蛋去！你这瘸了拐了的真有什么事儿跑都跑不了！"我说："我跑不了与你有什么相干？怕我供你出来？"二人打打闹闹的继续往东北角方向走，刚刚出了那么大的事儿，一个饭店都给弄翻天了，竟然还敢在成功脱逃后再一次回头去查看情况，现在想起来我也弄不清是少年轻狂抑或胆大妄为。

5

为了保险起见，我和石榴并没有按逃跑时的原道回去，而是先绕道官银号大菜市，从天津影院拐到北马路上。距离红旗饭庄还有那么百十来米的时候，就能依稀远远地看到了饭店门口围得水泄不通、人山人海，由于围观的人太多，加之距离太远，一直没能看明白饭店里面的情况。我就拉着石榴一点一点往前靠，小石榴急得直咧嘴，并压低声音极尽哀号地对我说："行了行了，别往前靠啦，我的小爹，你想要我命是吗？这是逗能的时候吗？你再往前去我可不跟着你了！我不管你，我先撤了！"我说："都到这儿了，不看个明白不是白来了吗，再说你怎么就知道会有人发现咱俩，咱俩又不显眼。"石榴说："你非要今天奔这儿不可是吗？你这是到茅房门口了——奔死去的，真没见过你这是哪路损鸟外国鸡，要不咱想想办法再过去。"石榴这话提醒我了，我说："来来来，咱俩把衣服和帽子换了再过去。"石榴不情愿，却也没辙，只好点头表示认同。我们二人互换了衣服帽子，这才心安理得地向红旗饭庄靠了过去。到跟前一看，我和石榴不禁心惊肉跳，脊梁沟直冒凉气，我勒个去！这下弄得动静太大了，门口一辆大卡车、两辆吉普车，光侉子就五六辆，帽花们一个个荷枪实弹，把守着饭庄大门，大门外只见三两个帽花，正蹲在地上用棉签提取着地上的腐蚀物质——硫酸。看到这儿，我回头看了一眼石榴，石榴赶紧把头深深低下，又往下扯了扯帽檐。四周围的围观人群，都将注意力集中在案发现场，还真没人注意我和小石榴。

我们俩渐渐地往前挪，直到把整个现场看了一个清楚，饭店里有几个帽花正在分别给几个饭店员工做着笔录，有几位拿着相机照相，围观的人们叽叽喳喳地议论纷纷，还有自称目击者的，将所看到的一切添油加醋胡侃乱吹。正在我俩看得出神儿的时候，一只大手拍在了石榴的肩膀："你在这儿哪！"直吓得我俩魂魄出窍，大吃了一惊！我回头观看，见此人四十出头，身材瘦小，目光迷离，满嘴酒气，发乱嘬腮，胡须嘈杂，身着一身在当时也算邋遢的泛着油光的劳保棉猴，一副落魄的市井平民模样，你道来者何人？——石榴他爸！石榴家境不好，只因他家孩子太多，他家还不像老三家男孩多女孩少多少有点奔头，眼见着家里几个浑小子都快长成了大小伙子就能出去挣钱贴补家用，可想而知，那日子是往上奔的。石榴家就不同了，石榴上面是四个姐姐再加上他奶奶，一家八口都指着他爸爸和妈妈的工资过活。生活不如意，压力也大了，于是石榴他爸就养成了每日大酒的毛病，今天这正是刚刚在同事家喝完回家的路上，看到红旗饭庄有热闹看，便借着酒劲儿挤进人群，正好看见我和石榴在这儿，就从后面一拍石榴肩膀，他老人家这一巴掌把我们俩惊得够呛。我们俩混迹于人群当中，本已提心吊胆，又怕他爸这借着酒劲儿一咋呼，弄不好我们就得暴露了。我急中生智，赶紧往人群外推石榴他爸，石榴他爸一看到我也是没想到，就直呼我的名字："哟呵！墨斗！你也在这哪！"这老爷子真是怕什么来什么，怕他喊我们的名字他还就直接喊出来了。石榴也急眼了，就和我一起把他爸连推带搡地拽出人群。石榴他爸也不知道是怎么回事儿，依然好奇地问我俩："你们俩这大晚上的跑这干吗来？饭馆里怎么了？"我此时已经冷静了下来，急忙回答他："我和石榴刚在华北影院看完电影，这刚一散场就看见这儿围着老么多人看热闹，我们就跟着过来看看，走吧，咱爷仁一块回家吧！"石榴他爸依旧没有要走的意思，反而问我："我一猜你们俩小子就又凑在一起了，咱先别走啊，我还不知道里边怎么个情况，我再看看，我再看看……"说完又往人群里钻。少马爷的相声真把咱天津人尤其老天津卫老百姓的心态和生活状态剖析描写得淋漓尽致，大都有看热闹不嫌事儿大之心态，石榴他爸借着半斤白酒下肚后激发起的好奇心，毅然决然地非要看这场热闹！

6

这老酒鬼可要了我和石榴的命了，眼下是多待一分钟就弄不好是一辈子的危险，不行！必须得把他弄走，还必须无声无息地哄走，我脑子里飞快地转了几个来回，此时闻到石榴他爸嘴里的阵阵酒气，我猛然想起一个足以让他马上离开的理由。我将石榴他爸拽到一边，故作神秘地压低声音对着他耳朵边小声说："您老就别过去啦，就在刚才也有那么一位和您这岁数差不多的师傅，让人家老爷从饭庄里赶出来了，他也喝酒了，还没少喝，就在门口卷大街，把老爷卷急了要办他，叫过来俩老爷要拿他，他就扒拉开人群跑了，现在人家老爷正找他呢，您要是一挤进去，人家拿您当刚才那位了，这黑灯瞎火看不清也备不住把您弄起来，再做一宿的笔录，那又何苦呢，这大半夜的咱爷们儿还是多一事儿不如少一事吧！"石榴也过来说："爸！咱回去吧，再晚了我妈还得给咱等门，明天我妈还得上班去呢！"老头儿禁不住我和石榴的轮番轰炸连哄带吓唬，就一脸不情愿地在我和石榴簇拥之下，离开了这块让我们心惊肉跳的危险之地。

我和石榴一致认为当晚暂时先不会有什么事情再发生，至少不会快到马上掏家拿人，于是我就让石榴先搀扶着他老爹回家醒酒休息，定好明天在 96 号小杂货屋里见面。而我决定先不回家，还是得去李斌那把我看到的情况告诉他们，好让他们有所准备。在这个月黑风高之夜，我一人摸到了李斌所在的小屋前，屋里的灯光透过窗帘投射在门口的青砖斑驳的墙上，依稀听到屋里有人在高谈阔论着。我敲敲门，屋里立即停止了话语声，连灯也被急速地关闭了。李斌压低了声音问："谁呀？"我答道："是我，墨斗。"随即听到踢里踏拉的脚步声，我心说："完了！我们大哥也肝儿颤了！"门敞开一条缝，灯光再次亮起，从门缝里挤进屋门一看，各路豪杰都到齐了，正一个个地自我检查伤情呢。李斌的左胳膊肘上便被旋了一道月牙形的大口子，将校呢衔服也废了，肉翻着，用云南白药敷着伤口。老三是耳唇撕裂，他平常就是血小板低，哪儿要有个破口子，止不住地流血呢，此时老三更是手不离耳朵紧紧地捂着，却依然从手指缝里不停地流出细细的血丝儿，手中的药棉花已经被染成红色，同时老三的肋条骨也还在隐隐作痛，据他自己说乱战之中不知道被谁踹了一脚。看上去最不挂相的是宝杰，从一动手他就开始且战且退，我们这边打成热窑儿了的时候，宝杰大将军已经成功地撤退到了大街上，他象征性地比画了几下，自己全身而退及时避险打赢了一场"敌众我寡"的自我保卫战，并使得自己毫发无伤依旧那么精神焕发，在屋里扯着大嗓门儿吹嘘着自己在刚才的混战中，是如何成功击退一拨又一拨的敌人向他发起的攻击！

　　我进门坐下，把我和小石榴所看到的一切都如实地和李斌说了。好像李斌已经有所预料，并没见他有任何的慌张。老三低着头，缓缓地说："我就意料到了，要是光打了群架，后果不会那么严重，大不了就是个群殴，但这六枝一开枪，这性质可就变了！现在咱就得自求多福了，但盼着所有的参与打架的人甭管是谁，都没什么大伤才好，要是再有个落残的，弄不好这事儿就得上报市局，各人都早做准备吧，这事儿现在已经不是咱能掌控的了，今儿个这一宿对付过去，之后有一个算一个，各自投亲靠友去，越远越好，大斌你说呢？"李斌现在也没了主意，老三的话也给了他一定的启发，只是他又补充了一条："必须把墨斗看到的这些情况，尽早告诉老猫他们，甚至还得知会给二黑和他爸，现在事情闹大了，所有人都是一根绳子上的蚂蚱，跑不了你也飞不了我，牵一发而动全身，这些人里哪怕有一个让人逮住，弄不好就得把他认识的人都撂出来，到那时咱就谁也跑不了，现在要说也简单，没别的辙，就两个字——外飘！人多目标大，咱是爹死娘嫁人——各人顾各人吧，一旦风声过了，如果大伙还在，再互相通知一下，但是你们谁要去哪儿，谁也别和谁说，免得一个出事儿了连累别人，这可不是讲哥们儿义气的时候！对了，那个什么，墨斗你身上有什么伤？"李斌这一提，我这才感到自己腿里还留着几个滚珠，这一通紧张的经历下来，居然给扔脖子后面去了。我赶忙把裤子脱了下来，还好，只见腿肚子和膝盖侧面在肉里镶嵌着六七颗小小的滚珠，已经被流出的血糊在了血痂里。不弄出来可不成，好在进去得不深。李斌递给我一根铝制挖耳勺，我一咬牙，一个一个把滚珠挖了出来。我这皮糙肉厚的，有一会儿就结痂止血了。小哥儿几个坐在床上、沙发上正在议论着以后的局面和后果，耳轮中只听得"啪啪啪"几声拍门声响，众人心头一紧——谁来了？

"啪啪啪"的敲门声，使得一屋子人立刻神经绷紧，但是听这敲门声的节奏和力度，好像并没有什么敌意。李斌双手下压，做了个稳住的手势，便去将门打开，带着一股寒风门口闪进了老三的二哥。二哥进门就一屁股坐在了床上，他问李斌和老三："你们刚才惹祸了吧？"李斌说："二哥你怎么知道的？"二哥歪头看了看李斌，说道："哼！

我怎么知道的？北马路从东北角到北大关都是穿官衣儿的，就差戒严了，我刚送你们嫂子回家，回来的路上就看见了整个北马路气氛紧张，我也被拦下了检查盘问了，到门口看见石榴出来替他爸爸倒尿桶子，石榴就跟我说了你们的事儿，都还在这渗着？还不赶紧想辙该怎么跑，在这儿等着人来掏你们是吗？"李斌这才面露一丝惊异的神色："我靠！闹出这么大的事儿了，我们这不也是刚刚商量着对策，要赶紧分头外漂吗，只是都没什么准备，二哥你的意思是让我们连夜走是吗？"二哥说："我什么话也没说，我也管不了你们这么多人，我就只管我兄弟老三和墨斗，你们该怎么着都自己想办法吧！"二哥这话都已经挑明了，只是二哥不想受牵连，怕以后一旦有事儿会有人供出外漂的主意是他出的，他叫老三把我带着去天重。我一直犹豫着不想动身，二哥一见就急眼了，一脚踹在我的屁股上："你妈你还有时间犹豫是吗？还不赶紧跟老三走！你妈慢毒儿玩意儿！"我被二哥一脚踹得差点从门口飞出去，站定了我就把我的想法一五一十地和二哥说了出来。

7

我说："二哥，事已至此，我想把这事儿自己扛下来！先前我没想到这事儿会发生那么多的岔头，我以为一有老猫从中说和，这事儿也就过去了，没承想半路让二黑他爸给搅和了，还弄出这么大的动静。要看现在这意思，这事儿没人扛肯定是过不去了。我是事儿头，我想出面把事儿兜下来，好让哥儿几个脱身，别再为我把哥儿几个给弄进去，不值当的！"二哥怒不可遏地骂道："傻×！你以为你是谁啊！

小毛孩子，一捏儿的岁数你知道前门楼子几丈几？这么大的事儿，到现在是你说扛就能扛下来的吗？你有什么光辉业绩？你扛得动吗？你现在就跟人家说这事儿都是你一人所为，人家官面上就信了是吗？你以为人家都是卖白菜的是吗？还你妈自己扛，现在是你讲哥们儿义气玩造型的时候吗？你去去去！现在你就出去扛去，我还真看不出你骨头能硬到扛得住几根电棒秃噜，以为你是玩意儿！"

我被二哥一通骂，无地自容面红耳赤，脸上有些不挂，但我心里起火又不能跟二哥发泄，二哥这些话都是为我好，只是话有些重，我心里有些不服，就抬眼和二哥对视瞪眼，用眼神告诉他我心里的不服气。二哥一见我冲他瞪眼，他的脾气也让我给钩上来了，又一次从床上跃起，用手里拿着的手套一下一下地打在我的头上，嘴里一面吼道："我说你 BK 还不服是吗？服吗？服吗？服吗？"真拱火啊，我这立马就要发作，太阳穴的青筋都暴起来了。老三和李斌一看不对，急忙上前连抱再拦地把我和二哥分开。宝杰也急忙从中劝解："二哥，二哥，别着那么大的急，他岁数太小，心气儿太盛，他这就算刚上道儿，二哥你得多指点他！"二哥这才说："我要不是看着他是那么回事儿，我才不爱管你们这些闲事儿，在我那儿养了这两回伤，我就看他挺懂事儿的，也有把骨头，我挺看重他的，今天我来这儿，因为你们都是老三的弟兄，我也一直拿你们都当自己的兄弟看。为什么你们别人我都不管，我就只管老三和他？一来你们都比他在外边混的时间长，如果真的外漂了，家里也都有亲戚在外地可投奔，而据我所知他在外地没有亲戚朋友。二来咱这些人里就他家里哥儿一个，没有哥们儿弟兄，他要是进去了，他家就得塌天，所以我必须得管他，喂！你小 BK 听我的吗？"二哥的口气开始缓和下来，而我此时却依旧梗着脖子犯着轴劲儿。李斌搂着我的肩膀劝说："行了，二哥是为你好，他可是前辈，经验也多，你就听二哥的没错，跟老三走吧！"我掏出烟来，给二哥敬上一根烟，然后对二哥说："二哥，我知道你的意思，我就是心里边过意不去，不想让他们哥儿几个因为我受连累，我现在要是和老三马上就走也不是不行，只是我不能扔下小石榴不管啊，今儿个要是没有石榴，我们这些人恐怕都得被堵在饭店里，要不行老三先走，我等明天找到石榴和他一起走那么样？"

　　我对二哥说到打算明天带上小石榴一起外漂。二哥不置可否地回答道："道儿我已经给你铺好了，该怎么走你自己看着办吧！老三你先走，让宝杰用后三送你一趟！"二哥的语气里明显带着赌气的成分，但也没再发作，扭头带着老三和宝杰出了屋门。李斌让国栋也走了，并且嘱咐他不要回家了，直接走人。现在屋里只剩我和李斌俩人。李斌屋里的一个五斗橱里拿出他的钱包，打开数了数后装进口袋，回头问我："你西门里那间小屋现在还空着吗？知道那儿的人多吗？"我回答："小屋倒是空着，知道这小屋的人也就是咱这帮人，范围不大！"李斌就把他的想法和我交代了："咱现在不能再在这儿待了，咱俩先去你那间小屋忍半宿，明天一早你就去找石榴，然后咱仨一起去三傻子那儿，看看老猫怎么样了。咱俩先分头走，一会儿在小屋见吧！"我想想现在也只能这么着了，便出了屋向西门里走去。夜风凛冽，彻骨侵寒，鼻子里呼出的哈气渐渐在我嘴唇上方刚刚钻出的青涩须毛上凝结成一颗颗冰珠，月朗星稀，万物萧瑟，月光拉长我留在地上的影子。在这深寒严冬季节的深夜，一个懵懂的初涉江湖的少年，亡命天涯的生活从此开始了！

西城风云 三傻子篇

第一章

1

返回西门里 96 号小屋的道上，我特意绕道从石榴家门口经过，看到他家院子大门紧闭，灯黑声寂，心里才觉得有些踏实。一拐弯儿到了西门里大街，溜着大街上的墙边踟蹰而前，不一会儿走到了 96 号。打开门进屋等着李斌，小屋里寒冷至极，根本坐不下，我自己在屋里跺着脚，活动着倍感寒冷又被火枪误伤得火辣疼痛的双腿，渐渐地困意袭来，蜷曲在墙角的一个破长椅上头枕书包就要睡去。此时已经将近夜里三点，也正是这所谓"鬼龇牙"的时候，一阵阵寒意袭来，不禁打了一个寒战，但寒意终归没有战胜困意，我逐渐地进入了梦乡。

我梦见了刀光见红，我梦见了血色漫天，梦见电光石火，梦见触目惊心的一处处伤口，梦见我被两个老爷押着戴上手铐，肩膀被二黑刺伤的伤口汩汩地流出热血，浸到手铐上一点一点地将手铐熔化了。在我正要挣脱老爷的束缚时，却发现扭着我的双臂的是二黑和他那位被六枝用火枪喷了脸的老伯，他老伯的脸上依然带着一颗颗火枪喷出的滚珠，一脸的星光灿烂，一只耳朵在腮帮子旁耷拉着，迎面一张八仙桌子，旁边的一把太师椅上端坐着二黑他爹，正对我怒目而视，而身后的二黑和他老伯用脚踢我膝弯，大声呵斥着让我跪下，我执拗地歪着头，不肯下跪，二黑爷儿俩就一脚一脚地踢着我……直到我睁开了眼，看见李斌正用脚踢着我，嘴里在嚷嚷着："醒醒！醒醒！"这才将我从梦中惊醒！

我让噩梦吓出一身冷汗，定下神来看李斌，他已经手提一个大包，做好了外出的准备。因为提前就已经定好了，谁也不许问谁要去什么地方，所以李斌要往何处去我也不便问，只是彼此叮嘱在外面小心，不要惹是生非。之后我和李斌有一句没一句地瞎聊，一直到天光放亮，大街上有了人迹，鼻子中钻进阵阵炸果子的香气，顿时觉得饥饿难忍，于是去了西门里大合社对面的早点铺吃早点，一个糖果子、一碗老豆腐和一碗浆子，吃完喝完，觉得身上暖和多了，人也有了一丝精神。我便和李斌一起去石榴家找他，来到石榴家大院门口，就见石榴蹲在院里劈柴点炉子，不知他家有没有人，不便进屋，就在院门口远远地招呼石榴。石榴冲我们点头招手，那意思是让我们进去。石榴自己有一间自己家搭建的七八平方米的小房，几节烟囱从紧挨着他这间小屋的他家大人住的大屋里穿出，在他的小屋里拐个弯儿，再从他的小屋延伸到院里，烟囱下的地上已经被冻住的烟囱油子堆起老高，窗户上的玻璃被冻得泛起各式不规则的冰花，院子里挤挤插插地住了七八户人家。一大早起来，有刷尿桶的，有点炉子的，有做早点，有晒被窝的，一派市井生活的场景。

石榴家的人上班的上班，上学的上学，已经都出门走了。见到他家里没人，我和李斌也就放开了，坐在石榴的小房里点上一根烟。石榴已经将外面的木柴和蜂窝煤收拾妥当，进屋里洗洗手，随即从饽饽碗里抓起一块干馒头抹上一块酱豆腐，坐到床上啃了起来。我等着李斌开口和石榴讲他的计划，可李斌始终都不言语，只是闷头抽烟，看意思是想让我和石榴说。我就把昨晚和李斌商量好的事儿对石榴全盘托出。石榴一听面带难色，原来石榴也没地方可去。我说实在不行咱先找三傻子去吧，有什么事儿回头再做计议。李斌点点头表示认可，石榴也赶紧换好衣服就要动身锁门，临出门石榴还不忘问一句："咱还带家伙吗？"

2

　　三傻子家就住在东门里大街老牌楼底下，东门里二中对面的两间门脸房里。我们仨人绕着胡同穿过小巷，一路上小心翼翼地生怕被人发现。到了三傻子家门口，李斌先在马路对过仔细地观察了半天，没有发现什么不对劲的地方才敢上前敲门。出来开门这位，是三傻子的二哥二傻子，愣头愣脑地问李斌："你干吗？找谁？"李斌赔小心地问道："三哥在吗？"二傻子说："没在，打昨天晚上就没回来，你们找他干吗？"李斌说："没什么事儿，想找三哥喝酒去，您能告诉我往哪儿找他去吗？"二傻子说："你们上五合商场门口找去吧，他一般没什么事儿都在那待着！"李斌说："好嘞！那我们先走了，您回去吧。"我们又沿着东马路往北走，躲开了文庙后面的东北角派出所，眼看着就到了五合商场门口了，在一间邮局门口就路遇了三傻子，老远就看见他正拿着一沓油印的印度电影《流浪者》的歌词在那儿叫卖，他看见我们仨人，迎头走过来，二话没说，一把将我们拽进旁边的胡同里，找了一个朝阳的犄角旮旯停下。我们和三傻子对面站定之后，三傻子左右仔细看看，他见周围没人，才给我们爆了一个大料。我们一听之下，顿觉心惊肉跳灵魂出窍！

　　从三傻子口中我们得知，昨天晚上红旗饭庄一战动静太大，已经惊动了市局，早上已经见报，扣上了一个"反革命聚众斗殴"的帽子，虽然至今还没有一个落网的，但老百姓之间相互传言坊间议论纷纷，大都埋怨现今社会治安的混乱，更有人说出如今在饭馆里吃顿饭都有被群殴打架误伤的危险，而六枝放的那几枪也的确为这件添上了浓墨重彩的一笔，有老百姓甚至传言在群殴现场有人拔出了制式手枪，并非只有一把，而是有多把枪互射，添油加醋云山雾罩赶上讲枪战片了。在那个年代信息闭塞，老百姓茶余饭后也没有那么多话题，哪儿要一旦有什么大事发生，必定要在坊间广泛流传，并且一定有人会把这事儿传得神乎其神。回过头来再说六枝打得二黑老伯那一枪，直接就把二黑他老伯的耳朵轰掉一只，而那满脸的滚珠又打进了他的一只眼睛，打掉的耳朵在混乱中连踏带踩的，即使后来又找到了，也已经没有了再次缝合上的可能性了，一只眼睛被打得视网膜损毁导致脱落，总之此人算是重残了。二黑他爸因为大腿被老猫一枪近距离喷射，有几颗滚珠嵌进太深，不得已做了外科手术，从大腿上取出了二十多颗滚珠，最后还有几颗因为深及腿骨与腿大动脉之间无法取出，只得将这几颗钢珠留在了腿上，以后再做保守治疗。而三傻子再一次提到了老猫他们几人，老猫在参与了劫刑车后之所以一直没有被拘押判刑，全仰仗着他有重度的尿毒症和肾衰竭，没有监所愿意收押他，怕他一旦发病死在里面，所以说官面也拿他这"半条命"没辙。老猫更是依靠着这随时可以要命的病有恃无恐变本加厉地折腾。在一次巧遇中，老猫结识了六枝和大香两人，这二位的确是在那个时期一段时间内的雌雄杀手，六枝只要是场面足够无可退身，必定拔枪，拔枪必射，射必伤人，大香也是女中豪杰，重情重义对六枝不离不弃，死心塌地地跟着他亡命天涯。

要按照以往的规律来看，此时的六枝和大香恐怕早已经末路狂奔地远走他乡了。那么多参与这场事儿的人，都已经人心惶惶地躲灾避祸去了，为什么他三傻子却依然敢大模大样地出现在繁华热闹的东北角五合商场的门口，还继续做他的贩卖歌片儿的生意？其中有个缘故，三傻子属于那种每天在东北角一带显山露水的人物，在分局有名在派出所挂号，已经数次进入拘留所和两劳单位，再加上一家子哥四个全都是玩玩闹闹的主儿，所以官面对他家的所有人的行动作为都了如指掌，他跑也跑不出官面的手心，但凡他一惹事儿，那就得等着挨官面的办，数次出入分局和两劳单位的他，对自己的底子了然在心，也只能听天由命了，你来掏我我就跟你走，你不来掏我我就照样该那么招摇还那么招摇，每天上街卖卖歌片儿赚俩小钱，扎扎蛤蟆蹭顿小酒，给别人帮帮事儿换回点面子什么的，反正是凭他自己也惹不出大事儿，但你要整他也绝对能整出一箩筐的猫子狗子闲七杂八的小事儿，你说判他吧，不够罪过，不判又老是给人添堵。他倒是心安理得地等着有人来掏他走，他在外面和在里面都是一个意思。所以此时的三傻子，成了我们这帮人里除了老猫之外最踏实的一个，但在当时李斌和我已经都意识到了不能在这件事儿上让他三傻子落到官面手里，那样就对参与此事的人都有威胁，他不在乎不代表他进去后不撂别人！

　　我和李斌苦口婆心地力劝三傻子避避风头躲躲灾祸，谁知三傻子榆木疙瘩脑袋不开窍，越劝越来劲，满脸的七个不含糊八个不在乎："我怕什么？天塌下来有穆铁柱顶着，在哪儿我不是一天三顿饭，你们怎么想的我全明白，你们放一百二十个心，我三傻子进去过多少回了，从来没有人在我嘴里折进去过，我比你们谁都知道怎么跟穿官衣儿的打交道。我到里面是装傻充愣一分钱不少挣，装王八蛋一分钱不多赚，分局的预审科的豁罗孟怎么样，照样拿我没辙不是？你们走你们的吧，反正以后要是真有人找到我头上，我就一句话——当时喝大了，什么也不记得了。最后我告诉你们啊，据说二黑他爸和他老伯够惨的，没敢在市里看伤，连夜去了大港医院找的关系才给留院治疗。可这老猫还没完了，昨天夜里知道信儿后，惦记着让六枝、大香俩人去大港医院补刀，要不是我玩命地拦着，恐怕这阵儿二黑他多这哥儿俩都已经在重症监护室里吸氧打强心剂呢。我劝老猫了，杀人不过头点地，差不多就完了，此事就告一段落吧，你们大伙能跑的跑，能避的避，躲过这一阵子风头紧的时候，如果咱福大、命大、造化大，以后有什么事儿咱再讲。现在你们就走你们的吧！有点儿风吹草动就在东北角老少爷们儿的视野中消失了，那可不是我三傻子的行为风格！"我心想："去你大爷的，这都什么时候了，你还在这吹着牛 × 屹立不倒呢？你三傻子的名号真是实至名归！"

3

三傻子的傻劲儿一犯上来，任凭我和李斌好说歹说也不为所动，认准了"天塌下来先砸穆铁柱"的无知理论，弄得我们一时也没有别的办法，只能听之任之，让他继续在东北角官银号一带摆着玩儿闹大哥的造型，做着他赖以生存的小买卖。既然规劝三傻子没见效果，我和石榴只好与李斌就地分手各奔东西。李斌直接去了东北角长途汽车站，我带着石榴还打算去杨柳青轻机厂找狗尾巴去。我和石榴一路疾行刚到西站准备坐 53 路公共汽车，一到西站只见得西站三步一岗五步一哨，正对出入西站的人严加盘查。我心里不禁一紧，顿觉有些不知所措。难道是因为昨天的事儿造成的今天风声如此紧张吗？想想李斌要在东北角长途汽车站上车，西站盘查得如此之紧，难道东北角长途车站就会平静如水没有官面儿检查盘问吗？一定会有的，心里不禁为李斌捏了一把汗，默默祈祷着李斌能逢凶化吉见机行事顺利出逃。机灵鬼小石榴也感觉到了事态的严重，见我面色凝重，他用手拉拉我的衣角，把我从疾驶的脚步中叫停。我一回头在和石榴一对脸的同时，目光越过石榴那窄小的肩膀突然看见我和石榴身后不远处有几位全副武装的老爷正跑着步向我俩身前疾步赶来——崴了！到底还是要折这儿了！

眼看着几个帽花离我俩越来越近，我的头发根儿几乎要炸起来了，心里一个劲儿地提醒着自己"稳住了，一定稳住了"！此时如果扭头转身就跑，帽花百分之百地会追上来，你如果不跑倒会有百分之五十全身而退的可能性，在这种侥幸心理的驱动下，我稳住了神，伸手从口袋里掏出烟来，抽出一支递给石榴，在用火给石榴点烟之际，我俩同时低头，我一边用余光瞄着渐行渐近的帽花，一边用极低的声音对石榴说："石榴，你只管低头点烟啊，千万别回头看更别抬头，目光一定不能游离出我周围的范围啊！"石榴多机灵，立马领会了我的意思，面无表情地低头点烟，后长长吐出一口烟并开口说道："你这又是偷你爸的烟抽了吧？我爸的烟从来不让我看见，老头现在防着我，哈哈哈！"石榴表情自然，佯装与我打着哈哈，我也配合着他骂道："谁偷我爸烟抽啦，你吃甜咬脆儿是吗！"说完上去一脚，踹在石榴大腿上，然后扭身便跑。石榴也装模作样地在我后面追，完全是两个坏学生放学路上打打闹闹的情节，这一系列的做戏表演当时完全蒙蔽了几位帽花，在与他们擦肩而过很远后，我俩才把"突突"乱跳的心稳定下来。来到了西北角太平街的一个商场门口，心里不禁庆幸，好悬！

定住了神儿，一个问题始终萦绕在我的脑海，市面儿上这么多的帽花是怎么回事儿？一个个荷枪实弹的如临大敌，就是昨天的红旗饭庄的事儿闹得不小，但也远远不足以让帽花如此兴师动众草木皆兵啊，这是不是要有什么大事儿发生哪？我决定再一次冒险闯一闯，观察一下究竟是怎么回事儿，按照当时我和石榴的穿衣打扮走在街上也就像个学生模样，应该不太会引起别人的注意。于是我有一次带着石榴回到大丰路上，但没敢一直顺着大丰路走，而是穿过北大寺旁的小街向北走，一直走到了河边。无意中看到几个街道居委会的大娘在电线杆子上贴告示，一时好奇便走过去观看，顿时恍然大悟，原来是东北的王宗玮、王宗坊哥儿俩案发，当时号称"东北二王"，有情报说他二人要出逃南方途经天津，所以才弄得人心惶惶重兵警戒。电线杆子上贴着通缉令，悬赏一万元巨款捉拿，一万元——八十年代初是个什么概念？得相当于现在的几十万元哪，而且二王案件也是新中国成立以来官面儿上第一次公开发布通缉令捉拿案犯，一时间街头巷尾议论纷纷，大爷、大娘奔走相告，市井凡人谈之色变。公安警力一时间都在忙于这场捉拿二王的行动，也就会无暇再把红旗饭庄的事儿摆在第一位去过问了。我们现在面对的问题，是按原计划去西站坐公交 53 路去杨柳青找狗尾巴，还是原地不动玩一出所谓"灯下黑"，就在城里家门口利用熟悉的地形和人脉先潜伏下来再作打算？用了两根烟的工夫，我和石榴合计了一下，最后我们决定选择后者，暂时先回城里。

按照当时的事态，我和石榴想要回家那是太胆大妄为了，如果不回家那么只有一人可以依靠，此人就是——大伟。大伟家自己住一套独门独院，坐落在西门里的芝琴里胡同，那个年代的老城里的住房还不像现在那么紧张，大伟的爸爸以前是电力局的，在一次外地架设高压电缆的工程中被高空掉下的大电瓷瓶砸中脑袋不治身亡，因而评定为因公牺牲，后电力局为照顾他们一家分给了他家这套小独门独院，并安排了大伟的两个姐姐到电力局上班，大伟的寡妇妈妈拉扯着他们姐儿仨一直没有再嫁，可谓"含辛茹苦"，所以我在平常的时间里一直挺护着大伟。但大伟家的当时生活条件已经大为改观，老娘和两个姐姐都上班，只养活大伟一个吃闲饭的，大伟因为是家里仅有的一个儿子，又没有了父亲，所以家里对他宠爱有加。白天他家里几乎没人，妈妈和俩姐姐都上白班，只有大伟上学，当天正好是星期二，学校下午没课，在我和石榴商量定了之后，也已经是中午了，所以我俩就一路匆匆地回到了 9 中门口。当时没敢公开露面，学校正在放学，找了一位平时关系不错的同学把大伟叫了出来，远远地见到大伟跟着那位去喊他的同学疾步而至，看着近前大伟因为意外和激动而涨红的脸，我心里一时不是个滋味。想想以前我和石榴、大伟在学校的铁三角同窗生活，一起打打闹闹，一起上学下学，一路逍遥嬉笑怒骂皆成文章，彼此抄写作业，互相冒充家长写假条在作业回访上签字……而现如今只落得大伟一人在校求学形单影只，而我和石榴将要外漂跑路亡命天涯，这一切的一切究竟图个什么？为了什么？只是名声？面子？想到此处，我心里如同打翻了五味瓶，委实不是个滋味！

4

大伟家的院子阳面一溜三间，一明两暗，阴面两间，东西头各有一间，作为厨房和杂物间用，他在家受尽宠爱说一不二，养成了一种特别"独"的性格，再加之正处于青春期躁动，平时蔫蔫嘎嘎的人在家里，却跟老娘和俩姐姐时不常地犯顶，所以他就要求自己住一间房子，不再和姐姐在一块住，老娘被他逼得没办法，就将阴面的那两间房收拾出来了给大伟住。大伟的岁数还小，当然还不懂得什么阳面房子比阴面房子好住暖和，反正有火炉子取暖，有了自己拥有的一块空间比什么都强，所以大伟虽然手里拿着他妈妈那三间北房的钥匙，但也从来不会或者很少开锁进他妈的屋子，这也就给我和石榴俩人在大伟家暂时待一阵提供了条件和方便。一段时间内，我和石榴白天就待在大伟家，而到了晚上就会到96号的小杂货屋里去睡觉。一天三顿饭有大伟安排，倒也不太耽误他上学，并且还能给依旧对求学之路孜孜以求的石榴同学补补课，一时间倒也相安无事。眼见着大伟就要参加期末考试了，就快要放寒假了，也要过年了，直到终于有一天石榴沉不住气了，非要哭着喊着参加期末考试去。石榴同学对学习的态度值得我学习一辈子，这也是我最初特别佩服他的一点，但我只能安抚他，承诺出去探探风声，只要形势不紧张，我就让他回学校参加期末考试。我这一出去，几天下来打听到的消息有喜有忧，更有足以让我俩感到震惊的事情发生——六枝和大香在玉田县落网了！

原来六枝在红旗饭庄枪喷二黑老伯，造成二黑老伯毁容并且一只耳朵残缺之后，自知后果严重，再加之东北二王的涉枪案件的突发，一时间社会面上风声吃紧。六枝和大香二人在市里东躲西藏，惶惶不可终日，最后两人决定还是远走他乡先避避风头。大香的老舅在上山下乡时被分到玉田县的窝洛沽镇插队，并在那结了婚落了户，于是大香便联系了她老舅，正好赶上天津运输六厂要到她老舅那儿拉鱼饲料和鱼骨粉，通过她老舅的安排她和六枝便搭上了开往玉田县的半挂解放货车，一路并无任何闪失。怎知一到了玉田县粮库，司机把他俩放在了粮库门口，距离大香的老舅家还有几里地的路程，两人一看此时正值天时过午，已错过午饭时间，于是决定先在镇上找个饭馆好歹对付一口，再找个商场给大香老舅的孩子买些礼物，然后再去老舅家。走了不远看到有一间看上去还算干净点像点样的饭馆，两人就进去找了一个靠墙靠窗户的位置坐了下来。已近下午两点多了，饭馆里已经没有多少人了，只有一桌客人还在举杯豪饮，按照当时六枝他俩的打扮，再怎么装模作样也可以让当地人一眼看出这俩人不是他们本地的。邻桌的酒客用挑衅和下流的眼神一直瞄着六枝他俩，六枝心里便十分不爽，当时就要发作，便拿下斜挎在肩头的"粑粑桶"包，随时准备着掏家伙。他这个举动把大香惊出一身冷汗，大香太了解六枝了，她非常明白只要六枝将挎包拿下就必定是要掏枪有所动作，大香此时要比六枝冷静些，她知道在此处他们人生地不熟，只要一惹事必定要连累她老舅，一个镇子能有多大？在这儿枪一响马上全镇子人都会知道，便一把将六枝按住，用眼色制止了六枝的下一部动作。可那桌的酒客却依然仗着酒劲儿和一种欺生的心态对他俩寻衅滋事。

六枝把头深深埋在酒桌上，努力控制着自已将要爆发的情绪。一直到那桌的几位终于开口了，对大香一通调戏。此时爆发的却不是六枝，而是一直想要压事儿的大香！

如果这几位当地的农民兄弟只是用眼光对大香远距离调戏，六枝、大香可能也就忍了，或者不言语，或者扭头走开找间别的饭馆吃，他俩何尝不知道强龙不压地头蛇的道理？而就在俩人几乎就要出去再找地方吃饭的时候，那桌酒客中的其中一位晃晃悠悠地站了起来，手拿一根自己卷的大烟叶卷烟凑乎到大香身边，将手里的卷烟递给大香，用一嘴浓重的接近唐山口音的玉田话说道："大妹哑，奴莫到咱这前儿了，天儿都响午料，咋还木吃饭捏？来抽根儿我们当地的旱烟叶子，你要赏脸就到你大哥这边凑合一口吧，大哥好酒、好菜管够！"大香抬手挡住了对方递来卷烟的手，那是只皱了皮的、扒了裂的、熏了黄的粗糙的大手，不免皱了一皱眉，抬眼看看对方。哪知这位不识趣的、不开眼的老乡不知收敛，仍要伸手过来。此时大香眼神里已经充满了杀气，她也绝非是随随便便、水性杨花之人，岂肯让这些乡下人冒犯，一只手挡住对方伸过来的手，另一只手已经抄起来了桌子上的一个头号大玻璃烟缸，那挑事儿的老乡正在一脸坏笑地把脸往大香眼前凑乎，满嘴的酒气一口一口地喷在大香脸上。大香可不是个好脾气的人，没吃过这种亏，只见她柳眉竖起，猛然间站起身形，手起烟缸落，砸了对方一个"红光崩现，血溅四方"！

5

生事之人肥硕的身躯，立马如软布稀面一般瘫了下去，四肢抽搐，眼往上翻。在座的除了六枝以外，谁也不会想到这位看上去柔柔弱弱略带忧郁气质的小女子，会有如此的胆量和爆发力。一时之间，惊呆了邻桌的各位酒客。而在大香站起身的同时，六枝就已经将手伸向了背包，在大香出手的一刹那，他起身飞起一脚将饭桌踹翻，双手持枪各指一方。这帮当地的土混混儿，毕竟只是独霸乡里的一群乌合之众，何曾见过这种阵势，吓得他们一个个目瞪口呆，但这也就是几秒钟，在六枝护着大香向门外退去的时候，这些人也缓过神儿来了，纷纷起身欲拉开架势拼命豁个。试想一下，两个外乡人在自己的地面儿上将自己弟兄砸得倒地不起，更何况还是一女流之辈出手伤人，就更激起了这伙人的同仇敌忾之心，各个义愤填膺、摩拳擦掌向上猛扑。而此时六枝大香已经退却到了饭馆大门口，那帮不依不饶的当地人，只要是手边能够着的家伙，都已经持在手中，步步紧逼，六枝一看一时间恐难以脱身了，大叫一声："想豁命的就往枪口上顶，想回家的都站着别动！"那帮人哪能听你这个，一出大门空间开阔了，他们便从四面围拢上来，六枝两把枪已经不能顾及所有的围拢上来的人，而且一到外面这帮人的本乡本土的"父老乡亲"越聚越多，直到彻底地把六枝他俩围在了正中央，此时的大香也掏出了一把三角刮刀，和六枝背靠背地与众人对峙！

　　照这个局面六枝、大香二人是无论如何走不出去了，只得冒死一拼。要是按照以前六枝在市里的一贯作风，不用到饭店大门外，那指定是枪出包、火出膛，而这次他考虑得太多了，他怕在这儿放枪会给大香的老舅找来麻烦，不想刚到此处却横生事端，犹豫之间贻误了战机。如果六枝在饭店里面就将这帮人一枪定住，还有可能在对方一时的惊慌之下争取逃跑的时间，此时的被动局面正是六枝一时犹豫造成的，如何才能成功突围？六枝脑子里飞快地转动着，两把枪，只有两响，枪响以后如果不能及时往枪膛里续火药和滚珠，那这两把枪就是两块废铁，这也是以前的火枪最要命的短板，当下已经没有时间去过多地考虑了，六枝咬咬牙发发狠，心想：愿意怎么样怎么样吧，发昏大不了死！枪响人倒，杀出一条血路，成败听天由命！念及此处，他举枪对准一个貌似是领头的人，一枪喷了出去！他抬手一枪，电光火石之间只见那位看似领头之人顿时仰面而倒，好在两者之间的距离稍远，火枪的威力到他面门是已经不算太大，没有像二黑他老伯那样被轰掉一只耳朵，那也打得满脸流血倒地打滚。围拢的人群被彻底激怒了，有几个愣头儿青脱下大衣蒙在头上手持棍棒不要命地冲了上来，于是六枝的第二枪又响了。那个年代的乡下人，毕竟还是见识少，他们不知道这种火枪是需要一枪一充火药，但见六枝和大香再次举枪的时候，就有几个又想看热闹又想趁机打便宜人的老乡，在六枝枪口的威逼下暂时散开了一个缺口，也正是这个稍纵即逝的机会，成了六枝俩人突围的豁口。俩人跑出人群一路狂奔，身后的人群奋起直追，并将手里的砖头、瓦块、酒瓶、锅盖儿一股脑儿地飞向六枝他俩人。天气正值严冬，人们普遍都穿得厚重臃肿，奔跑不便，没跑出几百米，就再一次被当地人连追带截堵在了一条小土道上。眼见得没了退路，二人也再跑不动了，便背靠一堵墙看着聚拢过来的人群"呼哧呼哧"地喘着粗气，人群已经渐渐地越围圈越小了。大香一看这会儿是彻底穷途末路了，一万个也想不到在此穷乡僻壤落难，她生来性子就烈，一把将手里的刮刀倒过来顶在自己的脖子动脉上，大喊道："今儿个你们谁要靠前，那就绝对是人命官司，逼急了你姑奶奶咱有今天没明天！"可你当这是在市里哪？自古道"穷山恶水出刁民"，他们可不明白你这一套，但让大香这么一吓唬，一时也不见有人敢冒死上前。虽然没有一拥而上，但这不下百十来号人，纷纷手拿砖头、瓦块扔向六枝和大香，打得二人头破血流。人们依旧不依不饶，见六枝他俩已无反抗能力，就把他俩团团围住，棍棒乱抡，手打脚踢，乱拳相向，正所谓"墙倒众人推，破鼓万人捶"，直打得二人趴在地上再无还手之力，只可怜这老城里的曾经风云一时两个人，远在他乡遭此厄运。

出事地点距离镇派出所不远，不一会儿便惊动了帽花，来了两位警官，分开人群，但只见地上躺着一男一女，均已昏迷不醒，周围大片血迹横流，周围的砖头、瓦块几乎将二人埋了起来。两位警官上前扶起二人，见他们已经被打得血肉模糊不成人形，立即找来一辆警车风驰电掣一路狂奔地将他二人送到了县医院。经医院检查，六枝头皮开裂深达颅骨，脑内有积液急需开颅手术，一只胳膊被砸得粉碎性骨折，全身伴有外击性软组织挫伤。大香的腰椎第十二节爆裂性开放骨折，脾脏毁损需要摘除，三根手指骨折，严重脑震荡。那时还没有身份证这么一说，所以对这二人的来头无从查起，只能当盲流看待。派出所所长先行在医院开的手术告知书上签了字，使六枝、大香二人得以进行手术治疗，而在他俩住院昏迷期间也无法调查，只是在两人清醒时候做一点断断续续的笔录。那位在饭馆里挑衅大香并被大香一烟缸砸躺下的当地狗烂儿也被伤得不轻，也是颅骨骨折，也住这家县医院。直到一个多月以后六枝和大香恢复得差不多了，派出所这才开始正式调查这件在当地闹得满城风雨的事儿。

6

话说六枝和大香在玉田县医院连治疗再康复待了半年左右，身体才逐渐康复，俩人身体都已经落下了不同程度的伤残，六枝多少还算比大香好点，大香的脾脏被摘除，腰椎落下了严重的后遗症，打那以后就一直需要每天戴着"腰硬子"生活，值得庆幸的是没有落下瘫痪的后果已经属于奇迹。后来俩人结婚，大香怀孕生子之时，还冒了好大的风险。据说她这种腰椎损伤后遗症严格说来是不可以怀孕生子的，弄不好会再次造成孕妇瘫痪，但大香为了给六枝家留下个一男半女的后代，不惜自己冒着瘫痪的风险，毅然决然地给六枝生下个七斤七两重的大胖小子，娘儿俩安然无恙！在二人治疗期间，当地的官面儿已经将案件的经过调查清楚，由于当地的那几个人也都已经痊愈康复，但毕竟是那方面挑起的事端，而六枝持枪并在公共场所公然放枪，所以各打五十大板，对方咱们就不说了，毕竟人家都是当地本乡本土的，有所照顾也在所难免。咱单说六枝俩人，六枝被唐山市法院判决劳改四年，在邢台监狱服刑，大香因为内残严重被遣送回津监督改造，此间俩人谁也没有撂出在红旗饭庄的事儿来。现在想来我们大家都命好，托六枝和大香的福，没有把我们给撂出来，六枝和大香的命也好，在他俩的事情都已经尘埃落定，判决完之后，长达几个月的大搜捕运动就开始了，他俩这事儿如果发生在大搜捕期间，那后果可是不堪设想的，弄不好得把这俩人给"凿了"。

咱回过头来再说市里的我们这帮参与了"红旗饭庄"事件的人，老猫在六枝和大香还没有出逃前，不止一次地找上二黑的家门。老猫毕竟经过了太多的事儿，他有他的一套处事方法，他非常懂得处理这种事情的脉络，这也就是现在所说的"有着非常丰富的反侦察经验"。所以他就三番五次地找上二黑的家门，采取威逼利诱的手端，对二黑他爸上了足够的手段，让二黑他爸去派出所自己撤销案底，对官面儿说只是两拨人发生摩擦从而打起来的偶然事件。一开始二黑他爸当然不认头这么善罢甘休，何况要论双方的伤情局势，二黑的老伯毕竟掉了一只耳朵，属于重伤，二黑他爸心中实在不甘。好在那个年代还没有现在的人的心机，还不懂得有事儿拿钱了，原本指望官面儿能给他家一个说法，但二黑一和他爸分析这事儿的是非利弊，不由得犹豫起来，再那么说也是二黑他爸领着人去红旗饭庄闹的事儿，而且他们去的时候也都带着家伙了，所以到最后，二黑他爸也只能忍了。

最后老猫和二黑他爸达成口头协议，谁也不再追究此事了，一切后果两相情愿不再提及，但老猫这件事儿办得也有疏忽，就是没有及时将这个结果告诉六枝和大香，才使得他俩感觉风声太紧远走他乡，才有了后面的玉田县被抓。

老猫与二黑他爸达成协议了，但二黑他爸也不会"法盲"到自己去分局撤销案底去，那无异于自投罗网，双方对立面彼此不再追究了，不代表这事儿在官面儿上也算完了，"二王"事件让官面儿足足忙活了一个来月，风头一过，缓过神儿来了，就是一场声势浩大的打击涉枪案件运动。红旗饭庄事件被市局当作了重点，同时在那个年代每年过年前都要收敛一批祸头进去，好使市面上的治安形势有所改观，都赶在一块儿了，我们这些人刚刚有点松懈的神经再一次绷紧起来。对于我们这些人来说，这个年关实在是不太好过，谁心里都明白，帽花找上门来是早晚的事儿。

李斌他们一干人等还都在外地投亲靠友的避祸躲灾，因为提前就已经说好彼此之间都不留下外漂的落脚地点，所以我和石榴想要通知他们先别回津的想法一直没能实现，不得已我只能和石榴挨家告知，尽了我们自己能尽之责。我将认识的所有家都已经通知到了，不想在之后一个星期的一天下午，我和石榴终于在西关街影院门口让帽花按住了。

第二章

1

一个隐患！一颗埋在身边的"定时炸弹"终于在大家的不经意中引爆了——三傻子最终还是折在东北角派出所了。官面儿以不追究他的刑事责任为交换条件，诱使三傻子将我们几个一起招供出来，当然这其中他没敢撂出老猫，但他没想到的是最终他还是让老猫给办了个"体无完肤"，这是后话，暂且不提。

那天9中在放寒假的最后一天前开了结业式，下午学校组织到西关街影院观看电影《神秘的大佛》。距离红旗饭庄的事儿已经过去一段时间了，这段时间内我和石榴依然是白天在大伟家里窝着，夜里到96号的小杂货屋里睡觉，市面上风声已经不太紧了，所以我和石榴也就偶尔出去玩玩，放松了绷紧了一个多月的神经。

正好学校组织了电影，大伟踅摸来了几张富余票，于是我们几人就相约在西关街影院一起观影，平生第一次看到武打片，只看得热血贲张跃跃欲试，特别佩服电影里的反面人物"沙舵爷"，能将手里把玩的健身铁球当武器使用，还想着受到启发了以后自己也可以尝试着练练这招，再打架就能手托铁球，甩手便可制敌与几米之外而不必近身。脑子里幻想着这一系列的梦想，随着散场的人流走出影院大门不远，我发现石榴被拥挤的人流挤散，便停下脚步四处找他。

好不容易找到了石榴，我俩一边兴高采烈地谈论着电影剧情一边向西门里的方向走。就在这时，从身后传出一声打招呼的声音——"哟！这不是墨斗吗？"我一回头，却发现和我打招呼的几个人并不认识，但嘴里还是本能地应声问道："谁啊！谁找我！"话音刚落，那几人猛扑上来，三下五除二地将我和石榴一起七手八脚地按在地上，我还没反应过来呢，铐子已经箍在手上了！

2

既然说到"铐子"，咱正好说一说怎么"戴手铐"。那个时期在公安系统内抓捕犯人，有着一系列不成文的规矩，其中抓什么人，戴什么束缚犯人的戒具，也分个三六九等。那个年代市面上或分局里管小偷扒手叫"皮子"，管在火车上顺包、偷包的叫吃"大轮儿的"，还有一种"绺窃"，就是在商场趁卖家不注意或者有打托儿的转移卖家视线，然后用钓鱼竿，竿头涂抹上黏子，趁人不备从柜台里往外沾钱票，这叫"钓鱼的"，但凡是这几种人，一般不算剧烈犯罪。那时的职业扒手有着自己的职业操守，只偷窃不动手，逮着了就认头学艺不精手艺不到位，认栽、认打、认裁决。我听说过但没见过的是有一种女偷窃者专门偷外衣上面口袋插着钢笔的，具体手法是用自己的辫子挑钢笔。那个年代的女人留着两条大辫子的满街都是，要是一见有外衣上面口袋插着一杆或者两杆钢笔的人便上前凑合，一见时机成熟，在口袋插钢笔者身前一甩自己的辫子，便可将钢笔在神不知鬼不觉的情况下，用自己的辫子将钢笔挂在辫子上带下来，此乃神技，但市面上也绝不少有。总之，向这种偷盗系列的案犯一般抓现行的较多，通常用不上手铐，应为这项犯罪活动不剧烈，没有什么危险性，所以都给这些人用"法绳"拘缚。前提是这种案件一般都有充裕的时间去就地审问和取证，然后就将逮着的犯人用法绳将一只胳膊从胸前上举，绕到脖子后面再往下压，另外一只胳膊从腰间往后背，去够前面的另一只手。好像现在女的练瑜伽里有这个动作，我在家看我媳妇练过这个动作，她一练这个动作，我就会想起那个年代大街上逮着小偷后被捆住的场景。所不同的是瑜伽不捆法绳，小偷的两手拇指用法绳捆吊在一起，名曰"苏秦背剑"。这要是捆得时间长了，两手拇指一定红得发紫血液梗阻，而且形象难看。大街上人潮涌动，如果见到身后俩三位官面儿老爷押着一位"苏秦背剑"者，就必将被认为是"皮子"，从而饱受别人白眼。更有甚者，有一次看到一次批斗大会，有一位偷自行车的惯犯，偷了两辆自行车，挨斗时官面儿老爷就将他偷得的赃物——两辆自行车一并挂在了他的脖子上，还得低头猫腰认罪，这两辆大加重自行车怎么说也得五十多斤吧，愣在他脖子上溜溜地挂了一上午，差点给他脖子大筋挂断了！

我在蓟县鱼山白灰厂劳教时遇上一位老偷，那会儿他已经六十多岁了，一眼看上去老人家斯斯文文、白白净净的，说话慢条斯理、有章有节，像个老教授似的，但熟知内情的都知道这位可是名噪一时的公交老偷——谢老三！谢老三已经六次出入两劳单位，拘留就更甭提了，他自己都已经记不清拘留多少次了，对于他来讲小小的拘留对于他来说简直是家常便饭。据他自己说，这偷钱包是一种"瘾头儿"，一旦时机成熟自己管不住自己就下手了。在蓟县劳教就是因为偷了一个大娘的钱包，最后被逮着一看钱包里只有三块钱，最后被判了劳教三年，合着一块钱换一年刑期！

他自己在队里和我们闲聊时说，他是起小就跟了一位据说偷遍大上海十里洋场、浦江两岸的高手学艺。这位高手师傅也是因为在上海把所有繁华热闹的场所偷了一个遍后，因为在上海官面儿留底儿太多，几乎所有官面儿反扒的便衣都认得他了，只要他一出现在街面上身后必有几个人跟踪观察，他的那张脸当时就如同全国粮票一样被官面儿熟知，在上海实在混不下去了，才领家带眷来到天津卫，在老十月影院门前收了谢三爷当徒弟。从一开始在一脸盆开水里用两手的食指和中指往外夹肥皂片，到最后练就了从他师傅口袋里往外掏晒干了的树叶子，且不可使树叶掉渣损坏，还不能让他师傅发觉。前前后后三年时间，谢三爷终于出道了，而这门所谓的"手艺"也贯穿了他的一生！

以上说的是束缚扒窃犯案，如果是比较爆裂的恶性伤人案件，事发现场就没有那么长时间去用法绳捆住案犯了，通常是用普通意义上的一般手铐，因为这种手铐对于突发性事件的处理运用最便捷、最实用，也最简单，只要在你手腕子上一磕铐子半环儿，那半环儿就会立马合口，只要是把人控制住了不许几秒钟时间就可让你束手就擒。但是这种手铐也有着它致命的缺陷，第一就是这种铐子只能束缚双腕，使整个双手活动范围受限，但却不足以让那些戴手铐比戴手表时间还长的人受此约束，只要一枚女人通常用的卡子，或者一枚大头针曲别针，再往损处说——一根牙签都能把锁牙拨开。遥想当年二纬路的"小年"在南窑关独拘时，关进去时戴着手铐，在以后的时间里不论他是出来打饭还是放茅，都能见他一只手戴着自己打开的半只铐子，一只手腕子水光溜滑的，所以一般的手铐对于经常进去的人来说，想打开根本不是难事儿，形同虚设。当然戴手铐也有"前铐"、"后铐"、"背铐"等多种铐法，前铐后铐都比较好开，只要是背铐一般人就无能为力了。不过戴上背铐的时间不会太长，时间太长就会造成胳膊瘀血甚至导致残废，后来在一般的手铐的基础上又发明了"铜铐"和"指铐"，铜铐与一般意义上的手铐结构和原理都是一样，只是在手铐的硬度上较比以前的手铐硬，不容易拨开锁牙。而"指铐"则更厉害，顾名思义"指铐"就是一般手铐的缩小版，这种指铐只铐双手的大拇指。这种玩意儿可太厉害了，你想，要是一般的手铐只要你不挣歪，一般不会给你铐得太紧，但也绝对不会掉下来，像两只手镯一样的在腕子上晃晃荡荡地吊着，甭管多长时间都不会受罪。而这"指铐"却不然，它是要铐在你大拇指的关节下面，还必须铐得紧，铐得松了一吞就能吞下来，但要铐得紧了，不消一会儿，你的大拇指就会发凉、发木、发麻，黑紫透亮儿，彻底瘀血！

3

关于手铐和法绳的约束方式还有很多种，咱就不在此一一介绍了，如果以后还会说到这个话题，咱再细表不迟。

话说我和石榴一起在西关街影院观影，在散场回家的路上被几个便衣摁住，手铐上腕一路押解到东北角派出所。进到东北角派出所的大院里，有几个值班的八毛，什么叫八毛啊？那个年代公安警力不够，有不少联防队员或协勤的帮忙，不是白帮忙，一天给八毛钱。那几个八毛让我和石榴在大院的围墙边上一头一个撅着，身体成 90 度弯曲，双手下垂，双腿闭紧，然后就没有人理会我们了。时值下午四点多，天色阴沉得厉害，不一会儿，纷纷洒洒飘下了鹅毛大雪，加之阵阵的刺骨寒风，直吹得我透心寒凉，不禁扭头望望石榴。石榴此时那瘦小的身躯，在片片雪花种已经后背堆起厚厚的雪层，一阵阵的狂风吹得他一阵阵打晃。小石榴瘦得皮包骨头，几乎没有一点儿脂肪，御寒能力自然就比较差，只见他将脖子缩到大衣领子里面，不住地瑟瑟发抖，不时地用手擦拭着不争气流淌出来的鼻涕。看得我心里更加泛起丝丝寒意，有些心疼他。时间过得太慢了，几乎要凝固了，天色已经彻底黑了下来，袅袅地不知是派出所食堂还是周围的住户家里，飘过来一股一股的炝锅味儿和炒菜味儿。我们两个半大小子正是长身体吃跑老子的年纪，这阵菜香刺激着我们的鼻腔，腹内"咕咕"直响，饿得俩眼发黑，也许是撅得时间太长所致。最刺激的场景出现了，之前在屋里暖暖活活烤火闲聊的老爷们，此时都出来到食堂去打饭，端着饭盆儿，好像炫耀似的从我俩跟前一个个过去，人已经进屋了，却将一股股饭菜的香气留在了我和石榴的周围！

貌似没人理会我俩，其实只要是我和石榴俩人一旦撅累了，上身稍微抬起来一点，就会有个八毛从屋里打开窗户大声呵斥"你们俩，撅好喽"，"往下撅，吃了草火棍儿啦"，"再不撅好了拿电棒秃噜你们俩，信吗"……我想应该等老爷们吃完饭就该提我们俩过堂了吧，看这意思今晚弄不好就得在分局过了，看看实在不行观察一下，有没有机会能成功脱逃呢？正在我脑子里浮想联翩地计划着，看看哪边的墙比较矮能跃过去的时候，耳中只听到"哎哟"一声。循声看去，只见石榴已经痛苦地坐在厚厚积雪的地上，石榴的腿可能连冻再撅地麻木了，自己已经控制不了自己的双腿了。其实我也是咬牙坚持着，我怕我一旦撅不住摔那儿了，让这帮老爷看不起。没几秒钟的工夫，窗户再一次打开，又是那位八毛大吼一声："别装洋蒜，你给我起来撅好喽听见了吗，这才哪儿到哪儿，我告诉你们俩照着一宿撅！小毛孩子！"我一听他这话顿时就火撞脑门子，反正已经落在你们手里了，爱谁谁吧！我也立马直起身来，冲他大声回应道："这算怎么回事儿？既然把我俩弄进来了，该怎么这就怎么着，光让我们俩在这撅着，也你妈不管我们俩，算什么事儿？我今儿个还就不撅了，有辙你就想去吧！"说完我狠狠地往地上啐了一口唾沫，并且用不屑的眼光挑衅着他。那位八毛一听这话，火儿大了："嘿！你个小BK的，嘴硬是吗？好嘞！我还就真没见过你这样的，你牛掰！你等我把这口饭装肚子里啊，你看我那么收拾你的！"我豁出去了："你随便吧！我还真就不理你！"

4

还没等他搭话呢，有一个八毛从屋里"咣当"一声一摔门蹿了出来，到我跟前一把揪住我后脖领子，然后就用力在原地一转，又在脚底下使绊，一个"弹踢"把我撂倒在了雪地上。当时我的腿也已经撅得差不多麻木了，这一下脆脆生生地就摔那儿了。就在此时，屋里的窗户边已经围满了一堆脑袋，都是刚刚吃饱了晚饭没事儿干的，拿我和石榴开涮消食，一看我被摔到地上了，一个个笑得前仰后合，而这位在外面摔我大马趴的八毛也是个人来疯，一见他的同事们被他的壮举逗得哈哈大笑，更加肆无忌惮了，又一次拽住我的脖领子往上提我。我借着他往起提了我的劲头就劲站住脚跟，然后双腿一岔想站住桩，上边两手便抓住他的两只胳膊，跟他较上劲了。他见我双腿岔开跟他角力，随即将他的一只腿伸到我的两腿之间，马上又将这只腿往自己怀里一钩，钩住了后再将我往外使劲一推。这招我已经看出来了，但由于冬天穿得太多加之双腿已经连冻带撅的不太灵便了，此时我想"掏腿"但已经掏不出来了，着着实实地又一次摔坐在了地上，屋里随即又是一阵哈哈大笑。

就这两下，再加上屋里的人们的哈哈大笑，弄得我是气急败坏恼羞成怒啊，我不顾一切地再一次从地上爬起来，拿出要和他豁命的架势，一把抱住这个八毛要跟他好好过过招。此时石榴从一边连跑带摔地奔过来又把我一把抱住，死命地拉我，怕我做出不明智的举动。而此时那位八毛却撒开了手，弹弹自己腿上的雪，告诉石榴："你过来干吗？谁让你动的？你给我接着上那边撅着去！你们要造反是吗？你放开他，我倒要看看这小子能有多大的油水，能不能尿出一丈二的水儿！"

我再一次和他较上力，正在这儿僵持的时候，另外的一间办公室一开门走出一位岁数大的帽花，一看就是有点身份的"官帽"，大衣不穿着而是在身上披着，迈着四方步一边往我这边走，一边大声吆喝着："行啦！差不多完了。"走到我们跟前就问那位摔我的八毛："这俩小不点儿什么案儿？"那位八毛说："嘿嘿，这俩小毛孩子是老董他们组弄回来的，我也不知道什么案儿。"看似当官的帽花说："噢！行了行了，你跟俩小不点儿较嘛劲，进屋进屋，我跟你们说点事儿。"随后一推他，两个人一前一后地进了屋里。我和石榴又在外面待了一个多小时，也没人再盯着我俩撅的姿势那么样了，好像所里所有的帽花都在开会，没人理我们俩了，脱逃的念头再一次涌上我心头。我冲石榴使着眼色，石榴心领神会，左右张望着，寻找脱逃的机会和路线。我俩正在八下子观察着这个大院儿，一回头忽然看见一间办公室里一开门，在两个帽花的带领下，走出一个熟悉的身影！

从屋里出来的不是别人，正是三傻子！这回和三傻子的不期而遇，印证了我心里这一段时间的担心，果不其然是三傻子把大家给撂出来了！一时间心里所有的怒火一起涌上心头，我和石榴不约而同地向三傻子扑了过去，送三傻子出来的两个帽花一见，立即一人弄一个，把我和石榴一人一个大掖脖儿把我俩顶在了墙上。其中一位帽花又回过头，对已经快走出大门的三傻子嘱咐了一句："这些日子别出门啊，出门过来跟所里打个招呼！"我回头痛快地骂了一句："三傻子你个大傻×！败类！"

没等我下面的脏话骂出来，顶着我掖脖儿的老爷一个大嘴巴子就扇在我已经冻木的脸上，打得我两眼直冒金星。看到三傻子已经出了门，这俩帽花一人押一个把我和石榴分别押往两间审讯室。一进门顿觉室内温暖如春，屋子不太大，有个十几平方米的样子，屋里中央点着一个大炉子，炉子上还坐着一壶水，已经开了"突突"地冒着热气，屋里还有一位年纪稍微大一点的帽花，押我进来的帽花比较年轻。岁数大的帽花姓董，以后就叫他"老董"，年轻的姓陆，以后就叫他"小陆"。进门后小陆便开始对我进行搜身，把我身上里里外外搜了一个遍，好在那天我和石榴谁身上也没带家伙，并把从我身上搜出来的东西一一交给老董查看，然后就开始又让我在屋门后撅着，嗨！好歹在屋里也比在外面撅着好受，就又撅屋门后面了。当老董打开我的钱包看到里面的那张全家福的照片时，脸上微微一怔，不禁回头打量打量我，然后摇摇头继续干他的活。老董这一系列表情的变化都被我观察到了，心里就寻思着这老家伙的怪异表情是从何而起呢？

老董在看完和检查完我的随身物品后，我看到他和小陆耳语了几句，便打开门走了出去。屋里只剩下了我和小陆俩人。小陆就叫我站了起来，但是依然让我冲墙站着不准回头。约莫过了十几分钟，小陆让我坐在他对面的提把椅子上，好像要开始审讯我了。我看见小陆面前的桌子上摆放着笔录用的专用稿纸，以及红色的印泥等，但小陆接下来的一个举动让我顿时又一次感到后脊背沟冒出阵阵寒意——他从桌子抽屉里拿出一把"高压电棒"来，威胁意味十足地摆在了桌子上，并有意无意地触动着电棒开关，电棒顶头的电极顿时"噼里啪啦"地冒出阵阵蓝火星子，我靠——这是要过热堂的节奏吗？

5

　　小陆把审讯的文具、戒具准备妥当，坐在我的对面盯着我的脸，满目狐疑、眼光阴沉。小陆二十五六岁的样子，小脸儿白净，戴着一副比较夸张的近视镜，岁数不大，却已经有些微微的谢顶，他此时紧盯我的眼睛，仿佛要从我的脸上找出什么答案。我心里有些发虚但依旧故作镇静一副泰然自若的样子，与他对视着并不回避他咄咄逼人的目光，这是传说中的"心理较量"吗？我当时其实也并不知道，只是自己不习惯回避别人递过来的不屑或挑衅的眼神，一有这种眼神出现我必定要以十倍的不屑与挑衅给逼还回去。屋里静得只听见炉子上的那壶开水"咕嘟咕嘟"冒泡儿的声音。我心里知道，审讯一定是要同时两人在场方可开始讯问，此时屋里只有小陆和我，小陆是想先入为主地在心理上先把我拿下搞定，然后再开始审讯便可顺理成章、顺顺利利地把想要得到的审问材料搞到手。我在心里打着自己的算盘：三傻子肯定已经成了他们的所谓污点证人了，但是他到底撂了多少？都撂的是谁？怎么撂的，撂得彻底吗？这一切还都是问号，看这意思小陆是在等老董呢，那个老董干吗去了？怎么刚要开始的审讯他却急急忙忙地又出门去了？

　　时间就这么一分一秒地在我与小陆的对视中溜走了，直到屋门一开，一股寒风夹杂着雪花，将老董卷了进来，他冻得直缩脖子，进屋后一句话没说，只是拿了一只茶缸子，提起炉子上的水壶往里倒了一缸子开水后，将茶缸子放在我的面前，并且还将一根烟和火柴一并也放在那儿了。我不领情地抬头瞄了他一眼，指着小陆从我口袋里翻出的个人杂物说："我抽不惯您这个，我还是来我那墨菊吧！"老董都没拿正眼看我，一扭身将我那盒墨菊扔给我。我急忙抽出一支叼在嘴里，点上了烟深深地狠嗑一口。老董在小陆身边的椅子上坐了下来，用深邃的目光审视了我几秒钟，扭头对小陆说："开始吧！"以下我就以笔录的形式描绘一下，我第一次被派出所与老爷讯问的情形：

小陆问："知道今天为什么把你弄到这儿来吗？"

我说："不知道！"

小陆问："还用我们给你交代交代政策吗？"

我说："坦白从宽，牢底坐穿，抗拒从严，回家过年是吗？"

小陆说："嚯！听你这话的意思，你染得已经够黑的啦，没少惹祸是吗？我告诉你，我们没有依据不会随便抓人找你，既然把你弄来了，你就肯定有事儿，要不我们也不会费心拔力地蹲你！"

我："噢！宁可错杀一千绝不放过一个是吗？这话我在电影里听过！"

小陆绝对是被我的态度和回话激怒了，一拍桌子大声呵斥："你甭跟我这儿油嘴滑舌，你甭看你现在满不在乎，一会儿我给你上上手段，我看你还能挺得住吗？"

我说："你把这句话也写笔录上吗？"

小陆腾地一下就站了起来，并且伸手就要抄起高压电棒，却被他旁边的老董一把抓住了，又示意他坐下。小陆再一次坐了下来，口气有些缓和地说："看这意思你还是在外面没撅够，就欠还让你在外面冰天雪地撅着去，好好想想吧，最好别等我们费事儿，自己竹筒倒豆子——有嘛说嘛，咱也别伤和气，你说你今天不撂出点事儿出来，这事儿能完吗！"

我说："打一进来你就让我撂这个撂那个，到底是什么事儿？你到底让我撂什么呀？"

小陆说："你最好自己说出来，这样对你有好处，也代表你态度端正，你要让我说出来可对你不利。我们已经掌握了你的所有材料了，现在也就只看你的态度了，最后该怎么处理你全凭你自己对事情的认识和态度，你这事儿可大可小，完全在你自己掌握，你要是顽抗到底最终是死路一条！"小陆在那儿义愤填膺、正气凛然地冲我吹胡子瞪眼，我心想可笑，你以为你在这儿审判十恶不赦的反动派刽子手呢？这一套一套的词跟演电影一样啊，别看小陆在那儿叽叽喳喳地乱咋呼，我对他倒不感冒。真正让我心里犯嘀咕的，却是一直在那儿不言不语的老董。这位老干警喜怒不形于色的阴沉劲儿叫我觉得可怕，我现在倒是希望老董开口审我，也好能摸清他的底牌，这人看这意思够老辣，不好打交道！

在我和小陆的对峙僵持下，老董一看还真是打不开局面，终于开口讲话了："小子，你别太狂妄了，我儿子跟你差不多大，我知道你们现在的小年轻的脑子里想的是嘛，你们这一捏儿的岁数，能有什么事儿？又能有什么大事儿，不就都是猫子、狗子那么点儿屁大的事儿吗，你老老实实地赶紧撂出来，没你亏吃，你也不想想这是什么地方，比你事儿大的进来的有的是，有几个能扛住喽？不秃噜出点事儿来你回得了家吗？我们是干吗的？我们见天儿和你们这样的人打交道，什么人没见过？那手起刀落提着人头过来投案的咱不是没见过，比你的事儿大不大？你这点儿事儿还真不算什么，赶紧撂吧，你要是不撂也没关系，自然有人会撂，你也甭给别人扛事儿，哥们儿义气没有铁板一块的，你最好主动点，到时候要让别人先撂了你，你可就被动啦，到那时我想保你可都保不了！"

这两人一打一托，一个唱红脸，一个唱白脸，对我展开了心理攻势，一时间几乎要攻破了我的心理防线了。老董的怀柔政策对我这吃顺不吃馋的主儿，还是起到了一定的作用。毕竟那时自己还是太小，没那么多的经验，对老董这种和风细雨的开导和家长式的聊天般的审讯方式心理准备不足，一时间弄得我有些无所适从。

6

最后我想：算了，任凭你老董再怎么和风细雨苦口婆心，任凭你小陆再怎么威胁利诱威逼恐吓，我心中自有定数，与其跟他们故作镇静、泰然自若，倒不如给他们来一出装聋作哑、装疯卖傻。您了别看老董不露声色地跟你在这儿像唠家常聊闲磕儿，你只要是一回话你就算是入了他的套儿啦。言多语失，但凡有那么一两句不该说的话让他抓住把柄，那他就会给你来个顺藤摸瓜，借着你自己的话，他就能把整个事情的来龙去脉在你神不知鬼不觉的情况下给你一点儿不剩地套出来。他们这套活儿在外面时就已经听二哥说过好几回了，眼下还是少说为妙。我把大衣领子往上扯了扯，把自己的脖子缩到大衣领子里，一耷拉眼皮给他们摆出一个"聋子不怕惊雷响，死猪不怕开水烫"的架势。老董依旧讲事实摆道理对我展开心理攻势，什么利害关系，什么法律常识，什么家庭教育，在老董的耐心说服中，偶尔还穿插着小陆的一句一句的呵斥声和拍桌子声。我依旧该怎着还怎着，一言不发偶尔抬起眼皮看看他俩，就在这种状态中时间已经过去了将近两个小时。期间几次小陆要起身动我，都被老董一次次拦下了，小陆气得太阳穴青筋暴露怒目圆睁，忍不住要伸手去拿桌子上那根高压电棒。老董一看一直打不开局面，就看了看自己的手表，又和小陆耳语了几句，就再一次出去了。屋里只剩下我和小陆了，小陆再一次让我抽了一根烟，然后对我说："我们决定再给你一点儿时间，你起来撅那儿去，好好考虑考虑吧，你一会儿不说就真得后悔啦，去去去，门后面撅着去！"

再一次以标准姿势撅在屋门后，也就几分钟，耳轮中只听得屋外面"噼里啪啦"一阵嘈杂声，掺杂着"嘎吱嘎吱"地踩着雪地的脚步声在院里泛起，就听得外面响动异常，吆喝声、呵斥声此起彼伏。小陆阴阳怪气地对我说了一句："去！站窗户那儿去，好好往外看看啊，敬酒不吃吃罚酒，拿你当人看，你偏学狗叫！"我站起身来两步走到窗户旁边，透过外面漫天的大雪我看到了几个八毛将被扒得全身只剩下秋衣、秋裤的石榴团团围在当中，每人都手拿一支电棒正要在给石榴过热堂呢。小石榴被反铐着双手，在几个膀大腰圆的八毛围在当中更显得身形瘦小骨瘦如柴。与其说石榴已经是一位青年了，其实他更像一个发育不成熟、营养不良的小孩儿。此时他在八毛们的吆喝下瑟瑟发抖，撅在院里的大雪当中。石榴一挪动脚步我才看见——我靠！连鞋都不让石榴穿，石榴是光着脚站在雪地里。几个人好像是在问着石榴什么，石榴却一直佝偻着身体，几乎把头埋在了他细细的两腿之间，没有任何回应。几位老爷已经没有耐心了，虽然他们一个个的穿着厚厚的大衣，却也不认头在这冰天雪地里待的时间太久，便开始了轮番地对石榴进行电击，石榴始终还是一言不发，把头深深埋在两腿之间。脚下的雪是湿的，加大了电棒的电流，石榴一次次地被电棒击倒，又一次次地站起来继续摆好姿势撅在那儿，好像在拿自己的意志和骨头和八毛们叫板赌气。最后这几个八毛一看轮流地去电石榴不起作用，便一起上手，五根电棒一起电向了石榴。石榴在雪地里站不住了，就在雪地里上下翻飞，左右打滚儿。院里昏暗的灯光下真真切切地能看清电棒接触到石榴身上时"噼里啪啦"地冒蓝火。石榴现在是求生不得求死不能啊，我在屋里看得满眼泪水，再也控制不住自己的情绪了，立马拉开屋门就要往外冲。此时我心中的悲愤不可言表，

149

这其实已经不是什么哥们儿义气的事儿了，完全就是一种本能的冲动，一种摘心撕肺的痛！那是我从小玩到大的铁哥们儿，哥们儿如手足啊！他们这不就是在我的胳膊上剁刀子吗？既然你们摘我手足，那也就怪不得我跟你们豁命了！

我大骂一声："你大爷的！"说着，拉开屋门冲了出去，大院里的八毛们听到了我的骂声，当时也是一惊不过很快就回过神儿来，扭身向我冲了过来。我身后的小陆也忙不迭地起身跑了过来，小陆三步并作两步赶上我，从后面一把薅住我的脖领子用力将我拉倒在地，又使尽全身力气往屋里拖我。扭身跑过来的几个八毛有搭胳膊、有搭腿的，将我摁在屋里的地上，抹肩头拢二背地把我靠在了屋里一个值班用的单人床床腿儿上。一位八毛狠狠地朝我胸口踢了一脚，嘴里大骂道："不知死活的玩意儿，甭急！一个一个来，收拾完他就是你，你等着啊，一会儿我弄不死你的！"我咬牙切齿地说："别等一会儿了，有本事你现在就弄死我！弄不死我我还就骂你了！"这一句骂，又一次换来了数不过来的耳光，只打得我嘴角流血口中发咸，可我仍是骂不绝口。

这一拨人在吵得正厉害的时候，老董一步插了进来，满脸阴沉地看看屋里的局面，对几个八毛说："行了，行了，你们都出去吧，把他交给我办。"那被我骂得狗血喷头的八毛临出门还不忘回头指着我骂了一句。我朝他"呸"地啐了一口唾沫。帽花老董看他们几个都已经出去了，拉了一把椅子到我跟前坐了下来。沉吟了片刻，老董开口了："墨斗，你认为你们这事儿能那么不明不白地就完了吗？事儿闹得那么大，连市局都惊动了，没个交代过得去吗？你现在不是要狠犯浑的时候，你冷静下来，好好想想，我也不逼你，你什么时候想好了你就跟我说，我再告诉你，你自己心里明白就得了，也别跟别人说——我和你爸爸关系很好，我自己的亲弟弟是知青，回城还是找的你爸爸帮忙办回来的，你老爹对我有恩，你出了事儿我也不能不管，更何况我们所里还和你老爹的学校有合作关系，于公于私我都得管你这事儿，你就得配合我才能把你浑身洗干净了，你懂吗？"

我知道老董不是胡说，我老爸有一阵被借调到知青返城办公室帮忙，有那么好一阵子，我家里经常有人来找我老爹办知青回城的事儿。我说："董伯，我谢谢您了，您把我洗干净？我有什么事儿能麻烦您了把我洗干净？您就是不把我洗干净了我这浑身上下是挂满了屎还是沾满了尿了？您什么话都别说，你先让外面的几位伯伯把手停了，您要交不了差，您让他们有本事冲我来，我那同学剥皮净重才八九十斤，禁不住你们那么折腾他，我扛折腾，你们冲我来吧！"老董一听我的这一番话立即面色铁青地直起腰来，拿出一根烟来点上后又递给了我。我接过烟，狠狠抽了几口。老董见我是彻彻底底顽固不化，就背过身脸冲窗外说了一句："我就在刚才去了你家，你爸一会儿来接你回去，你同学就走不了啦，今儿个夜里他得在这儿过，你一会儿回去，在家好好想想，明天一早八点半准时到所里报到，给你俩办个学习班，你们先受受教育吧！"说完老董出门叫停了外面的几位八毛，此时我才真真正正地有点傻眼，一万个没想到老董刚才去了我家，虽然在家里我老爹已经管不了我了，几乎就放弃了对我的管教，但让派出所找到家里去毕竟还是第一次，一会儿老爹来了我该怎么对付？小石榴该那么办？绝对不能让石榴在此过夜，不能让自己的弟兄一个人留在这儿！此时我的脑子是彻底乱了，千头万绪捋不出个头绪来，没有两根烟的时间，屋门一开，老董在前我老爹在后两人进了屋来。

7

　　老董和我老爹多年的关系，促使老董想还我老爹一个人情。我偷眼一看我老爹，那把脸儿啊，真正是够十个人看半个月的，面沉似水，双眉紧锁，还好并没有马上发作。老董把我老爹让到椅子上坐下，给我老爹倒了一杯开水，又走到我身边把我腕子上的铐子打开了，让我坐在了床上。老董把事情的过程一五一十地向我老爹叙述了一个清楚，过了一会儿，他喊来小陆，把我带到了旁边的屋里，好像老董有什么秘密的话要和我老爹说。我当时也管不了太多了，石榴也在那间屋里，我先见着石榴再说。出房门时老董与小陆耳语了几句，小陆微微点头表示认可，便将我带到了旁边的屋里。

　　一进这屋才发觉这屋才真有点审讯室的意思，十几平方米的屋子里，只有一张审讯用的桌子，桌子上摆着一个台灯，足有两百瓦的灯泡子锃光瓦亮地对着桌子对面的一把椅子，照得人睁不开眼。在屋里的一个墙角，小石榴双手背铐，双脚离墙一尺多远，身体呈一定的度数，正用脑袋顶着墙罚站。小陆进屋后就把石榴叫了过来，让我和他一起并肩地站在墙边，随后小陆也出去了。此时屋里只剩下我和石榴了。我一扭头，几乎和石榴异口同声地说："三傻子把咱都给撂出来啦！"我问石榴："都问你什么了？"石榴小声说："问了老么多了，我一句没撂，你呢？"我说："我想问咱俩的问题应该差不多，咬住了牙口啊，不撂还有一闯，要是撂了可就彻底沉底儿啦！"石榴紧着点头："我明白，我明白！"我又跟他说："我老爹让他们叫来了，今夜可能让我老爹先带我回家，把你留下过夜，说要给咱俩办学习班，一会儿要是让我回家，咱俩就一块儿撞头，咱俩必须同进退、共患难！"石榴想了一会儿说："一会儿要是放你走你就麻利儿地赶紧走，他们不会也不能把我怎么样，你回去之后，上我家里去一趟，跟我家打个招呼就行了。"我说："你玩勺子去吧你！咱俩要走一块儿走，要留就一块留，我走了一会儿他们接着收拾你怎么办？"石榴一脸满不在乎："他们要真想收拾我，你以为你在这儿能挡得住是吗？"我说："最起码我能给他们搅和搅和啊，统共值夜班的也没几个人，咱俩谁挨收拾都一起闹，他们人手就不够了。"我和石榴在这儿你一言我一语地来回争论着，不知不觉声调渐高。小陆一开门探进头来喊了一句："不许交头接耳谈论案情。"

随着小陆的一声吆喝，石榴小声骂了一句："傻×！"便低下头不再吭声了。大概又过了半个小时，老董进来了，一屁股坐在了椅子上，把我和石榴叫到了跟前。此时老董的脸上已经不见了先前的严肃和威严，虽然提不上和颜悦色、和风细雨，但也算稍微和气了一些："你们小哥俩儿这次的事儿可闹得不小，但现在局限于整个事件还不清楚，你俩又是小毛孩子，都在上学，有什么事情我们会和你们学校联系对你们的处分，好在墨斗你的父亲也在教育口，有事儿我们可以及时联系他，鉴于以上几点，我们研究决定暂时先放你们回家，但必须每天到派出所报到，参加给你们俩办的学习班，并且在学习班认真学习，石榴你今天也可回家了，墨斗他父亲已经签字画押了，担保你出去后不会潜逃，你可得对得起他老爹啊，你小子要是跑了你可就把墨斗他老爷子撂里了，到时候咱可就得公私段儿啦，行了，去旁边那屋找小陆办下手续走吧！"

提了几乎一天的心，终于在我和石榴签完字后放下了，以后到底会怎么样，只有到时再说，反正眼下是能回家了。临出派出所大门时，老董还看在我老爹的面子上送了出来，分手是又一次嘱咐，让我和石榴千万别再惹祸，最后重重地留下一句话："你俩现在可是有案底的人啦，别积少成多零存整取！"老董说这话时声调并不高，但在那个大雪纷飞的深夜，却如同铁锤钉钉子般一个字一个字地砸钉在我的心里，年纪轻轻，哪儿还没到哪儿，十几岁的时候却早早地背了案底，不禁怅然——几时能洗清身上的污点！

老爹在前，我和石榴在后面跟着，"嘎吱，嘎吱"地踩着地上厚厚的积雪，一声不响地向西门里走去，一路上谁也没再说话，马路上也只有我们爷儿仨在昏暗的路灯下留下的长长的影子。尽管一次次吸到鼻子里的空气寒冷阴湿，但却格外的清新，这毕竟是自由的空气，我贪婪地狠狠地吸了几口这略带咸味的凉气，不由得打了几个大大的喷嚏，在暗夜中犹如炸响了几颗炸雷，在狭长的街筒中悠长地回响着，可算是有点儿动静了，沉闷得我快疯了！

第三章

1

　　终于到了中营石榴家的门口了，石榴推开院子沉重的大门，一看屋里还亮着灯。甭问，一家人也是看石榴一直到这点儿了还没回家音信全无不放心，正给他等门呢。我老爹和我站在大门口看着石榴要进院了，我老爹对石榴说了一句："石榴，把你父亲请出来我和他交代几句话！"口气那叫一个不容置疑斩钉截铁，石榴"哦"地答应了一声便扭身向他家走去。不一会儿，石榴和他老爸一前一后地出来了。两位家长以前见过几次面，住得又不远，有几分熟悉，寒暄了几句就直奔主题了，无非也就是家长之间的相互托付。石榴他爹依然醉意十足，但倒不糊涂，一会儿石榴的老娘和他四姐也出来了，看看什么情况，非让我老爹和我进屋里暖和暖和身子。我老爹一看时间已经太晚了就推托着领上我回家了，走到西门里快到大合社的时候，忽然听到身后不远处传来"啪，啪"两声清脆的声响，打破了夜里的沉寂，直刺我的耳膜。

　　我转头一看，一辆马车从西门方向往鼓楼而来，马挂銮铃"叮叮当当"，车把式两声响鞭，催促着驾辕和拉套的三匹大马徐徐向前。大马车上好像是拉了一大车冬储大白菜，车载不轻，车上用厚厚的棉被盖着，大粗麻绳紧紧地勒着把式扣。那三匹大马浑身被汗浸湿了，在那么冷的寒夜里几乎全身都冒着热气儿，大大的鼻孔里也"突突"

地喷出股股白气。车把式浑身捂得那叫一个严实，厚厚的大衣包裹全身，大棉帽子几乎遮盖住整个脑袋，围脖缠颈只露出双眼，眼睫毛和眉毛上挂着些许哈气凝成的寒霜，此时正摇动着长长的马鞭子，悠然自得地坐在车辕侧边轰悠着这三匹大马向西门里大合社行进。从我身边刚过去不远，只见马车忽然车头一低，顿时车上的白菜纷纷从车辕上方砸了下来。原来这驾辕的辕马在大雪纷飞、道路湿滑的情况下马失前蹄，蹄下打滑，跪摔在地，同时车上纷纷坠落的白菜叶，几乎将这匹辕马和车把式埋了起来。

见此情形，我老多叫着我紧跑几步，上前扒拉开埋在车把式身上的大堆白菜，把他从地上拉了起来。车把式一起身，嘴里骂骂咧咧地一口静海话，骂牲口、骂天、骂地、骂路况。我们仨人一齐动手，将落在地上的白菜码在大车旁边。车把式开始往起赶驾辕的辕马，而那匹辕马此时双膝跪地，膝下血水已经将地上的皑皑白雪染红。马鼻子里不断地呼出团团白气，挣扎着想要站起身来却无奈马车前部太沉，几次三番地蹄下打滑，始终不能起身。车把式嘴里大声地骂着脏话，挥动鞭子一鞭一鞭地抽打在辕马身上。辕马哀鸣着打着响鼻儿，它何尝不想站起身来，只是车辕太重，任凭车把式一鞭鞭狠狠地抽打，辕马一次次挣扎却始终站不起来。马眼瞪得溜圆，充血通红。把式依旧不依不饶地一鞭一鞭地抽打着它。我打小什么都能过得去眼，只是看不了不会说话的哑巴牲口挨欺负，看着车把式穷凶极恶的嘴脸，顿时一股无名火只撞脑门子，也搭着我这一天点儿背，积攒下的怒气一股脑儿地要发泄出来，后退几步冲车把式跑了过去，飞起一脚踹在了车把式的后腰上！

车把式被我双脚踹了一个大马趴，同时我也一屁股摔在地上。我一骨碌爬起来，骑在了车把式身上，一顿疾风暴雨般的拳打脚踢。车把式双手护头，杀猪般大喊大叫。事发突然，我老爹还没来得及反应，愣了一愣，忙跑过来一把薅住我的脖领子，把我从车把式身上拽了下来。我四仰八叉地倒在地上。车把式一骨碌爬起来，往后推推被我打歪的棉帽子，扒拉开满地的白菜找他的马鞭子。我老爹一看赶紧上前和人家客气着说着好话，还猫腰撅腚跟着一起收拾一地的乱七八糟的白菜。此时我才算把这一天的怨气、怒气、戾气发泄出来了，两眼紧盯着车把式看看他下一步有什么动作。而车把式在我老爹的一再好言相劝下没有发作，也仗着天寒地冻的穿得厚重，我那几下子并没把他揍得太重，就是他一直也不明白，我为什么帮他码着半截白菜做了半截好事，怎么突然间就发作了，让他莫名其妙地挨了一顿爆揍。他想不明白啊，他就过来问我："这是怎么了小兄弟？好好儿地我招你、惹你了，你就给我来那么一顿？"我恨恨地说："你再拿鞭子抽那匹马试试，我给你马鞭子撅了，信吗？"车把式说："哦！为了这个啊，我还以为是什么了，驯马你们市里人可不懂，你要不抽它刺激它，它就一辈子也起不来了，牲口这玩意儿就得狠狠地抽打，它才能听话驯服！"后面他还一个劲儿地嘚啵嘚啵，我老爹一看怕我又和人家呛呛，赶紧拽上我往家里走。

　　我和我老爹一路无言地回到家，到了家门口，老爷子一开门，一脚就把我踹进屋里，随即回手把门从外面反锁上了。此时以经是夜里四点左右了，正是"鬼龇牙"的时候，屋里没点炉子，冰水拔凉，我肚子里没食儿，饿得前心贴后心，现在是老常（肠）和老魏（胃）打起来了，就得老范（饭）劝哪。我急急忙忙地扒拉着饽饽芊子，找出两块发面饼，刚要放嘴里嚼了，听见外面开门声。我还以为是我老娘来给我点炉子呢，却原来是我老爹凶神恶煞地进来了，我就知道好不了！老爷子一进屋，反手插上屋门插销，将我老娘反锁在门外，从腰

157

里解下他那条宽宽的电工专用牛皮带，一句话不说就劈头盖脸地一通狠抽！皮带打断了，换鸡毛掸子，鸡毛掸子打折了，再换火筷子上！直到火筷子打弯了，累得我老爹满头大汗，我始终不言不语地挨着。老娘在屋外一个劲儿地敲门哀求，我爸也不敢太高声惊动了邻居，当他要再找趁手的家伙并把眼睛盯向碗橱时，我知道他要拿擀面棍子了。于是我终于开口了，掷地有声地说了一句："打够了吗？再没完没了我可还手了！"这忤逆不孝的话一出口，立即将我老爹的怒火顶起万丈之高，一扭身果不其然地打开碗橱取出我老娘平时擀面条用的酒瓶粗细、两尺来长的擀面杖，就要痛揍我一顿。我此时也豁出去了，一瞥眼看见了桌子上放着一把剪子，一伸手将剪子牢握手中，一条腿架在床铺上。我老爹一回身已经看见了我手里紧握的剪子，瞪圆双眼问我："你小子要造反是吗？"我徐徐地说道："我知道我这次祸惹大了，也让您没面子了，您也跟着我累了多半宿，您就别再费劲打我了，够累的了，我替您惩罚我自己吧！"说完我一狠心一咬牙，"扑哧"一声自己将剪子尖儿深深地扎进我的大腿里！一下不够，"扑哧、扑哧"又是两下！三剪子下去，汩汩流出的鲜血染红了我的军裤，同时我老爹也对我绝望了。我分明已经看到了我老爹眼里的目光变得空洞了，我也第一次看到了我老爹眼里流出的失望的泪水，他一句话都不再说，转身打开门出去了。

2

我家老爷子不到二十岁时由于成绩优秀被 36 中留校当了教师，后来学校保送上了师专，一辈子在 36 中、湾兜中学、东门里二中、83 中任教，可谓桃李满天下，此时正在东门里二中担任政教处主任，想当初三傻子和他哥二傻子一帮一伙在东门里二中站脚，见到我老爹从学校出来也得毕恭毕敬地说一句："哟哟哟！主任好，我们马上就走，马上就走！"立马就领着他们的小兄弟离开了学校门口，倍儿给我老爹面子。然而就在他儿子身上，他的教育方式方法却显得如此失败、如此无能。不用去追究什么时代背景、政治环境、教育体制，现在看来说出大天去就一句话——我就是这么忤逆不孝，没别的理由。后来折进去后我在自己小腹上让人刺了一幅"哪吒闹海"的图案以示自己是个"逆子"！闲话先撂一边，再说我老爹一脸绝望无奈地出去了，我老妈赶紧一步三慌地跑进来了，满面泪水横流，那种心酸、无奈、无助是一位母亲发自肺腑的心痛，赶紧过来扶住我已经有些摇晃的身体，嘴里一直叨咕着："你这孩子，怎么就不能让我们俩省省心哪，天不天地出去惹祸去，这一天到晚让我们提心吊胆地过日子，你说你图的是什么啊，有学不好好上，没事儿就到外面瞎惹祸去……"老妈把我的裤腿儿用剪子剪开，一看到剪子捅伤的三处伤口还在流血，心疼地说："你说你这是人肉吗，你怎么就那么狠心下得去手哪，你这不是成了活牲口了吗！"说着从柜门里拿出红药水和绷带，给我包扎着，好歹先包扎好了。这时从门口传来我老爹瓮声瓮气的一句："那得去医院看看去，感染了那么办！"我妈就要拿钱，领我去西门里红十字会医院去看伤。我此时还一个劲儿地梗着脖子不愿意去，在我老娘的一再劝慰下才郁郁寡欢地一瘸一拐地在我妈的搀扶下去了小医院。

半夜三经到了西门里红十字医院，挂个急诊号，这一段时期以来医院可没少跑，依旧那一套雷打不动的就医程序：清创——消炎——打破伤风针——缝合——包扎——取药——走人，都完事儿了已经早晨七点左右了。回家后，老娘给我忙活完早点，已经和我老爹都要上班去了，老爹临走时依然不忘嘱咐我几句。今天头一天去派出所报到上学习班，八点一过石榴在院门口大声喊着我的名字，锁门走人，一出院门，石榴见我瘸着个腿，就似乎觉察到了昨夜我家里发生的一切，只是他并不知道是我自己给自己来了那么三剪子，冷笑热哈哈地嘲笑我："怎么着？看这意思昨天夜里在家过热堂了吧？你老爸下手够重啊，差点把你腿打断了是吗？"其实昨夜我也一直嘀咕着石榴这一宿那么过，他老爷子：一杯酒，千钧力！就石榴那不到百十来斤的那一掐儿，他老爹真要是酒后借着酒劲儿一通爆揸，一准没轻没重，还不得把石榴弄个半死？没想到今天这一见到石榴，哟嚯！全须全尾儿水光溜滑，什么事儿没有，不禁心中存疑：这是怎么了？石榴在家这关是怎么过的？

石榴搀扶着我，我俩一路向东北角派出所走着，这一路上石榴跟我述说着他家昨夜里的事儿，我才了然了，为什么石榴没挨他爸的办，原来昨天夜里我和我老爹把石榴送到家走后，石榴他爸也是怒不可遏地打算要狠狠地修理一顿石榴。就在他爸要办他的时候，石榴他老娘却使劲拦着不让他爸下手打石榴。石榴的姐姐也一个劲儿地替他求情，石榴在家里老娘、姐姐都宠着他这根独苗，谁摸石榴一下那就是摘了她们的心啊！最后发展到石榴爸妈两人之间的战争，老两口你一言我一语地有来有往，陈芝麻烂谷子的陈年旧账都倒腾出来了，这一宿就没识闲儿。石榴回到自己的屋里，隔着窗户听着老两口的骂战，捂嘴偷笑暗自庆幸。最后一直到后半夜，石榴他老爹是茶壶也摔了，茶几也踹翻了，一直闹到同院的邻居跑过来劝架。这老两口却没想起来"盐从哪儿咸，醋从哪儿酸"，居然把石榴惹祸的事儿扔脖子后面去了。石榴是个机灵鬼儿，一见他爸妈为他连吵带骂地干了一宿仗，这小子赶紧早上替他爸妈叠被拾掇屋子、倒尿桶子、点炉子，一直把他爸妈哄得没脾气了，才一颗心落地，这顿打算是躲过去了！他又急了忙慌地出门来找我，等小石榴都把他家的这一宿的事儿说完了，也就差不多到了派出所门口了，学习班的第一天就这样开始了！

3

到了东北角派出所，找到了小陆报到。小陆正在他屋里往漱口杯里兑热水要漱口呢，不太干净的眼镜片后面一双水肿通红的眼睛，无神地对我俩打量一番，一抬头，用下巴指点着我俩去大院墙边，脸对墙站着先反省去。我俩默不作声地出门，站在了背风处的墙角。过了一会儿，小陆出屋将一盆洗脸水热热乎乎地泼在了大院正中，厚厚的积雪立马被污染脏了。此时也没人管我和小石榴，我俩就四处打量张望，透过小陆屋里的窗户，看到他正往自己的那张苍白无色的脸上玩命地抹雪花膏，我和石榴不由得对视一笑。帽花们开始陆陆续续地都出现了，到上班的点喽，一声电铃响过，老董和小陆以及一大溜儿帽花都端着饭盆儿到食堂打饭。老董从我身边路过时用眼光和我对视一下，算是打了个招呼，一会儿就端着一盆鸡蛋西红柿面汤拿着俩花卷回来了。石榴对小陆挑衅地说："哟嚯！陆伯，伙食不错，怪不得出拳那么有劲儿呢！"小陆反呛石榴道："等着吧，一会儿吃饱了劲儿还大，你准备好挨揍吧！"石榴做了个鬼脸嘴一撇，不屑地坏笑着。我急忙冲石榴使眼色制止他，不惹他们还不知道一会儿怎么过堂呢，你没事还招他，歇会儿吧！

雪已经停了，却刮起了大风。雪后寒的早晨，风毒辣地在脸上肆意抽刮，冻得我和石榴直流鼻涕，两脚都快木了。我俩一个劲儿地跺着双脚，双手揣进棉大衣的袄袖里，冻得跟三孙子似的。上午九点多，老董把我喊进屋里，让我坐在椅子上。我想难道这就开始要"学习"了？老董递我一只茶缸子，我接过来一看里面沏了一满茶缸子麦乳精，热气腾腾的煞是诱人，我双手捧在怀里好好暖和缓和。老董俩眼盯着我的瘸腿问道："昨天回家你爸打你啦？"我说："啊！打了！"老董摇了摇头："你说你惹这祸干吗，现在学校都放寒假了，你打算这个寒假怎么过？"我说："怎么过，听候您的发落呗！"老董说："你小子现在后悔吗？"我说："有什么后悔的？我又没干后悔事儿。"老董貌似有一句没一句地往外套我的话，我却已经打定主意装疯卖傻跟他来个驴唇不对马嘴的虾米大晕头。要说这老董也真不愧是一位老帽花，有着极强的耐心和职业素养，不温不火、不紧不慢，你说他这是审讯吧，一不记笔录，二不涉及案情，就这么跟你唠家常般地闲聊。我却始终在心里提醒着自己，话多语必失，言寡无破绽！一上午就在我和老董你一言我一语地来回拉锯战中结束了，中午老董就让我和石榴回家吃饭去了，一路上石榴跟我学着小陆和他这一上午谈话的过程。我用心听着，并努力回忆着我和老董的一上午交谈中有没有露出什么破绽。不知不觉已经到了西门里大街，我和石榴就在一个小卖部买了大饼和炸豆腐，一起回到我家，沏了一碗香菜酱油汤，热乎乎地吃了起来。好不容易把这一上午的寒气驱散了，谁知道下午再回到派出所却又横生枝节，差点儿让老董在我俩身上坐了大蜡！

在派出所本来一上午也没什么事儿，但是到了下午，我和石榴又一次赶到派出所，刚一到时也没人理我们俩，老董和小陆出去办案去了。我们俩有心开溜，谁知道一走到门口，值班的帽花把我俩喊住了，说老董已经交代了——让我俩在所里等他。我俩只能在一个朝阳的墙边待着。过了一会儿，从外面稀里呼噜地进来几个人，有两个在五合商场剽窃的被带了回来，押着他们的就有昨天晚上和我摔跤的那位八毛，派出所那么多八毛，数他个子高，是这帮联防队的头儿，一进大门他就开始吆五喝六，我以后才知道他叫"大徐"。这大徐是那种跟谁都倍儿熟，可就是鸡蛋画红道——充熟的那种人，对什么事儿都"疾恶如仇"，一脑门子阶级斗争，看谁都不像好人那种，而且这人说话办事的方式都显得混劲儿十足。大徐将他带回的那两个偷包的交给帽花，进屋洗了洗手，出来泼脏水，一抬眼看见了我和石榴在墙边站着呢，就直冲我俩瞪眼。我俩谁也没理他，过了一会儿大徐再次从屋里出来的时候。就瞪着俩牛眼大声呵斥着我和石榴："别跟没事儿人似的，太阳根儿底下一站还挺舒服是吗？都给我撅那儿！"我心说："有你的什么事，我们俩这事儿又不归你管，你一天领八毛钱工资，还真拿自己当帽花了？茅房里念经——你算哪道！"但是人在矮檐下，不得不低头，我和石榴交换了一下眼神，无奈地撅在墙根下了。

自打这一刻开始，我和石榴便恨上了大徐。而大徐也好像和我们前世有仇似的盯着我们俩，出来进去骂骂咧咧甩闲话，什么以后要落他手里他怎么怎么办我们俩，什么小小年纪不学好啦……他这货跟脑子有毛病似的，整个一条"疯狗"。

到了下午四点以后，老董领着小陆回来了，进门一看我和石榴正在墙角撅着呢。老董脸上有些诧异，但也没说什么便进了屋，一会儿大徐再一次从他屋里骂骂咧咧地出来了，走到我俩跟前背手猫腰看了看我们，就喊了石榴跟他进屋。我还正寻思我们这事儿不属于大徐管，他喊石榴进屋干什么？一转眼石榴端着个脸盆从大徐屋里出来了，我回头问他："他找你干什么？"石榴小声说："让咱俩给他擦车。"我去！我在家连我爹的车都没管擦过，跑这个鸟都不拉屎的地方给他擦车？更何况我从心里憎恨这大徐，我才不伺候他呢！我一梗脖子一摇脑袋，小爷不伺候，东南一指——让他玩儿去！

4

我把石榴喊到跟前，要过他手里的脸盆，石榴以为我要去打水擦车，谁知脸盆一到我手我一扬手——走你，高高远远地招呼去吧您哪，使劲给大徐的脸盆扔出去了，耳中只听"咣当"一声，脸盆让我摔得老远。大徐从屋里听到摔盆的声音后，一脚踹开房门，气势汹汹地朝我大步奔了过来！

大徐一脸凶恶地跑到我面前，那脸上的表情——恨不得一口把我吃了才解恨的样子："你个小毛孩子还有脾气是吗？给你脸你不会运动，撅！撅！撅！撅好喽，你给我往下撅，吃了柴火棍儿了是吗，你小子不是不愿意活动活动嘛，你就在这儿给我撅着，我撅不呲你的！"我猫下腰扭头用眼瞪着他。大徐怒道："你还瞪眼是吗？"说完一抬胳膊肘，狠命往我后背就是一个水晶肘子——肥而不腻，这下砸得我岔了气儿，喘了半天这口气儿才算喘匀。我躺在雪地上蜷曲着身子，大口地喘着粗气，一口气上不来，嗓子眼儿堵了似的，一个劲儿地咳嗽。终于缓过来了，我爬起来依然咬着牙用眼睛瞪着大徐。大徐拎着我的脖领子往下按我："撅！接着撅，往下撅，我还弄不呲你？"等我再一次撅好了后，大徐后退几步，一个助跑到我跟前，膝盖直接重重地顶在了我的大腿侧面，正是我刚挨完剪子的这条腿，我当时就感觉伤口崩开了，疼得我眼前一阵发黑直冒金星，隐隐约约地还有些翻心作呕的感觉，我去！今天我和你大徐算是豁命了，我强忍着大腿的疼痛，一扭身向大徐扑了过去，一伸手双手拉住大徐的脖领子。石榴一看我要跟大徐玩命，赶紧过来抱住我的腰往后拽我，但他嘴里不含糊地大声喊着："你在这儿吹什么牛 ×，你大徐要真有道行，出了这门儿咱再比画，你这不是欺负我们吗？"

石榴这一嚷嚷，再加上大徐本身也是个大嗓门儿，屋里的帽花和八毛们就都出来啦，看看发生了什么事儿，这其中包括了老董和小陆。老董了解事情的缘由，拿眼咧了咧大徐，面露不快，一脸愠色，对我和石榴说："你们两个给我进来！"话毕扭身回了屋。小陆两手分别按着我和石榴的脖子，把我俩推进他们的办公室。一进屋老董迫不及待地问我："到底因为什么？大徐那么让你们干活了？"没等我答言，石榴一通添油加醋地绘声绘色地把事情经过都和老董说了。老董气得直咬牙，腮帮子一鼓一鼓的，对小陆："大徐这手也伸得太长了，打那次老万的案子他就跟着瞎掺和，你联防队有你联防队的任务，我们有我们的案子，井水不犯河水他管得着吗，谁同意他支使我的人了？他自己不也刚弄回俩偷包的吗？怎么不让他自己的人给他擦车？回头我就跟他们领导说，这不是一回两回了，我们办案子他老跟着瞎搅和！"老董在愤愤不平地发着牢骚，原来这大徐和老董在所里都是红人儿，大徐急功近利，胳膊上挂了红箍就不知道自己姓什么了，不该他管的他也乱搅和，往往适得其反，经常被老董批评。大徐心里总是不服，就没事儿搅和老董办案，来个蔫儿坏损。老董也不好说什么，只能心里憋气，这次算是把老董惹急了。

正当老董和小陆生气的时候，我觉得鞋坑儿里黏黏糊糊的，我知道这是大腿上的血流下来了。我一猫腰把鞋脱下来一看，果不其然，鞋坑儿里已经都是血了，袜子都湿。老董急忙问我："到底是怎么回事儿？"我就把昨天在家和我老爹的"谈心"过程说了一遍。老董喃喃地说："我昨天临走时还跟你爸说了回家好好跟你说，归其还是揍你了。"老董说完一扭头就出去了，看这意思是去请示领导了，等他再回来时就告诉了我和石榴一个好消息："你俩都先回去吧，过年前就先不用来了，有什么事儿年后传你俩，随传随到啊！赶紧看伤去吧。"我和石榴顿时喜出望外，没想到因祸得福了！

　　难道就这么简单，此事就算了结啦？惹祸的成本也太小了吧？其实不然，这里面有几个深层次的原因，咱事后便可分析出来，也是这几种原因状况集中在了一起，才促使老董做出先放我和石榴回家过年的决定，并且取得了他的上级的认可。第一，老董作为在这公安战线上打拼了一辈子的老帽花，经验老到，遇事沉稳，他现今放我俩回家，其实就是欲擒故纵，放长线钓大鱼。红旗饭庄这起大案牵涉人员众多，此时案情已经调查清楚，参与人员老董已经从三傻子那里都掌握了，只是大都已经外漂，无法缉拿。于是老董就想出这招，他知道此时我腿上有伤，再次外漂的可能性不大，其次他更明白通过他和我老爹的关系，他可以间接地了解我的行踪，不会对我失去控制。放我们回家给同伙们造成此事已经不了了之的假象。实际上老董和小陆却是外松内紧，只待我和石榴不明真相地把消息放出去，吸引手上有火枪的六枝他们回家过年，以便一举擒拿。第二，老董因为看我腿上有伤，怕我一旦再有什么意外既不好和他的上级交代，也不好和我老爹这个对他有恩的朋友交代，在他的职权范围之内，他不会再为难我和石榴了，能替我兜着的就替我兜着。如果一旦他实在兜不了了，我老爹于情于理也不会埋怨他了，也就算他尽心尽力了。第三，老董这回一直在和大徐置气，据说以前大徐也是几次三番地使坏，没少给老董添堵，甚至往所长那儿打老董的小报告。大徐"贼心傻相"，表面上跟个二百五一样，其实他心胸狭窄，经常在领导那儿争功，惦记有朝一日转了正。老董已经是快退休的人了，大徐说到底只是个八毛，连老董的同事都不是，只是给他们打下手的，老董觉得犯不上和他大徐上脸儿，淡着他。可这大徐蹬鼻子上脸，看老董不怎么搭理他就得便宜卖乖，装傻充愣的屡次让老董犯难。大徐明白，他找碴儿收拾我，既给老董添了堵，老董又不能因为一个犯了事儿的小毛孩子和他翻脸，只有忍气吞声，哑巴吃黄连——有苦说不出。所以老董就请示了领导把我和石榴先放了，看你大徐还怎么使坏。第四，老董自从知道了我是他朋友的儿子这层关系后，其实他也挺为难的，不办我吧，事儿就在那儿摆着，三傻子指名道姓地把我和石榴撂出来了，压是肯定压不下，办我吧，眼睁睁的事实是我老爹把他亲兄弟从下乡的农村用一己之力给办了回来，这在那个年代相对于一个家庭来说，可是感恩戴德记一辈子的大事儿，所以老董也一直为这件事儿犯愁，无奈他是这案子的专管，也只能往下赶着走。他却有办案方法的回旋余地，他原本想在我身上用一种所谓的"怀柔感化"的方法，让我自己觉得不好意思再跟官面儿较劲儿把情况全盘托出。可是老董没想到，好不容易刚刚又是麦乳精又是促膝谈心的良好开端，却被大徐的坏门儿给搅和了前功尽弃了，您说大徐对我这一下我还能不在心里对帽花有抵触情绪吗？必须不能，我在心里狠狠地恨上了大徐也就是恨上了官面儿了，甚至包括老董和小陆，基于以上这几点，才是老董放虎归山的真实目的！

第四章

·

1

从深秋到过年，这小半年的时间了，终于在老董开恩之下暂时消停了，提心吊胆的日子一时尘埃落定，就这段时间家里大人也一直跟我们一起，过着一听见有人敲门就血压升高的日子，先都稳当稳当吧。距离阴历年还有十几天的时间，大街小巷中年味儿已经渐浓，大合社里人们挨着寒风在冰天雪地里排起长队，举着副食本儿，拿着各种票证在买年货，这一群是排队买带鱼的，那一帮是挨个儿买大肉的。粮店里供应着此时才能见到的花生、瓜子，裁缝铺里挤挤插插的家庭主妇们，在给自己的几个孩子扯布料做新衣服。大街上已经依稀可听到孩子们零星放小钢鞭的声响，偶尔还会惊响一声麻雷子、二踢脚的声音"咚，吭"。胡同里谁家炖鸡飘出的香味儿，这个院里谁家在炒花生、瓜子把锅沿碰得"噼啪"作响，街上的人们一个个赶赶落落，神情既兴奋又慌张，一个个自行车或衣架上驮着大包小件儿，忙年这就开始了！

这段时间我腿上的伤已经彻底痊愈恢复，依旧和小石榴天天腻在一起，大伟也时不常地来找我俩，只要我们这三块料聚在一起，就在96号小屋里打打闹闹。大伟还得负责给石榴补习落下的功课，写寒假作业。我是已经休学半年了，一身轻松，招一把撩一把给石榴一个蹬灌儿，打大伟一个脖溜儿……气氛到也其乐融融相安无事，而就在大年二十六这一天，二黑突然登门造访，约我出去有话要说！

哼哼！夜猫子进宅——无事不来，二黑带着一脸谄媚地进得门来，这一笑更加使他那张已经残疾的脸显得越发恐怖瘆人。此时二黑剃了一个大光头，布满疤痂的脑袋上泛着青光，脸上有疤、有癣使他那圆圆的脑袋看上去更像一个立体三维按比例缩小的地球仪。此时二黑再也不见了往日的嚣张和蛮横，毕恭毕敬地把我们约请出来。在大街上二黑讲出了找我们的缘由，原来在三傻子在老董那儿把大家都给撂了，老猫得知此事，就一直在找他。这三傻子你别看他一点儿都不含糊官面儿办他，他是一人吃饱全家不饿，用他自己的话说："在哪儿不是吃饭？你今天把我弄进去了，今天就得有人管我这一天三顿饭，明天我放了，我就得自己挣命去自己找饭辙去！"但老猫要办他，他三傻子可真是怕了，咱在前边说过，老猫是前期肾衰竭并发尿毒症，这半条命和三傻子有着根本的区别，三傻子是不拍折进去，而老猫是根本就折不进去，官面儿也怕他在里面病情发作最后挂了，那只要老猫家属一追究，这官司就是人命官司！老猫也对这点门儿清，所以派出所办三傻子他三傻子一点都不惧怕，老猫已经放出话去了要清理门户，用家法治理三傻子，一下就把三傻子吓得找不着人了！这货慑于老猫的威力藏起来了。二黑找我们的目的，正是要把我和石榴再叫上李斌他们一起，由二黑摆桌，让我们出面替三傻子说情，好让老猫网开一面，抬手放过他三哥三傻子。

难道这就是所谓的"江湖没有回头路"？你一旦懵懵懂懂、误打误撞地一脚踏进去，就再也不会有什么安逸清净的日子可过了，更别想再过个"安乐祥和"的春节了，二黑的到来，再一次让这个事情复杂起来。三傻子"出卖兄弟"，老猫"快意恩仇"，这一切的一切都将在以后的几天里发生！往好了处理这事儿，我应该会出面找老猫，就算不替三傻子求情，也该压一压老猫的心气儿，只是不知道此时的老猫，能不能、给不给我一个面子。如果老猫欣然应允给了我面子，那以后老猫提出的所有要求我都不应该回绝。来而不往非礼也，你老猫给我面子，我日后必定还你老猫人情，更何况此时老猫已经失去了六枝和大香两员大将，身边正需要人手的时候。老猫有事儿一句话，我必然义无反顾地要冲在第一个。如若把这事儿往另一面处理，其实也是我最希望看到的就是——不应允二黑的请求，一来这案子还没完，绝对不能再出事儿了，趁着过年"韬光养晦"，有什么事儿过了年再说。就是过了年派出所那儿再找我，事情的范围也就控制在了红旗饭庄这一件事儿上，再有老董暗中给我使使劲儿，往乐观里说，也许就弄个拘留什么的一走过场就把这事儿结了。还有一招，也是最损的一招，三傻子现在众叛亲离，我何不借老猫之手把他弄沉，你三傻子不仁不义在先，串通官面儿出卖弟兄，以后就是老猫不弄你，我缓过手来也得办你。但如果这样办这事儿，就得从长计议了。一番沉寂之后我最终决定采用最后一种办法，借老猫之手击沉三傻子，于是我和二黑推脱说李斌他们都还在外漂，等李斌他们都回来，你再叫上三傻子一起去请老猫，这样才显得三傻子有诚意。我此时的这个主意，无异于将三傻子当肥肉往老猫嘴里送。我还一再跟二黑强调，只要李斌回来，我和李斌一起去老猫那儿给他求情，想必老猫不会不给我俩面子。这样二黑和三傻子也就都放松了警惕和紧张的神经，才不至于慑于老猫的威力而不敢去见他。眼下只能先拖着这事儿，李斌快回来了，也就这几天的事儿，只等李斌一回来，三傻子你的好日子就快到头喽！

2

在大年二十九这一天，李斌、宝杰、老三等人陆续返家了，充分证明了一点：咱天津卫的老例儿——"有父母在，孝子过年守于二老膝下"。老几位都刚刚放下行李包裹，便急急忙忙地各自通信，于当晚在李斌家的小屋聚齐。由李斌出资请客，在西门脸儿"家乐餐厅"摆桌相聚。酒席面儿上我把这些日子经历的所有一切都如实跟大家说了，但是我并没有提到二黑找我和李斌的事，这事儿大的方向我已经打定了主意，以后如何去实施却还没有具体形成计划，我想在大家走后单独再和李斌说，于是在大家觥筹交错耳酣面热之时，我就一个劲儿地给大家降降酒温，怕大伙这酒一到位后再惹出什么不可意料的事儿。最后大家谁也没喝那么多，只有平常最不可能喝多的石榴喝得不省人事了，好在这货人小体轻，几个人七手八脚地连搭带抬，将他弄到了李斌的屋里。大伙各自述说着这些日子离家在外的各种经历和奇闻逸事，我就把李斌叫出屋门，在外面开始了这次关于要不要借老猫之手办掉三傻子的议题争论。

和李斌说了一遍三傻子"爬围"，以及二黑来找我的经过。一开始李斌有些不相信三傻子会弃玩儿闹义气于不顾，将信将疑地要找三傻子当面核实此事，直到听我说出在东北角派出所里，我和石榴已经看见了三傻子从老董的屋里先我们一步出来，要不派出所的帽花那么会在西关街影院堵到我和石榴，并准确地叫出我的名字。这一系列的事儿无一不是和三傻子有牵扯和关系，李斌终于不再在三傻子"反水"的事情上有所存疑，但李斌从心里却始终不愿为此事出面把三傻子诓出来交给老猫处置。李斌与三傻子之间必定有那么点交情，三傻子也曾经因为当年李斌因为一条苏联时期的"板儿带"，与东门里的闫义"闫老逼"哥儿几个打架。板儿带也叫武装带，一种苏联军人所系的铜扣牛皮腰带，在那个时期相当稀缺，是只有大玩闹才会拥有的稀罕物件，为这个打出人命的太多了。当时李斌势单力孤，多亏三傻子出手相救，用自己的名声和在圈儿里的地位连打带吓唬，把闫老逼一伙人当场镇唬住，使得李斌在闫义一伙人的刀枪棍棒之下全身而退，"板儿带"也没让人抢走。自那以后，李斌便对三傻子感恩戴德，所以李斌不愿出头，也是想利用此事还三傻子一个人情。

可你李斌也是当事者迷啊，难道你不出面把三傻子诓出来，老猫就会对三傻子善罢甘休吗？何况三傻子在派出所时会因为你和他的交情，就把你抛开而不撂出你李斌吗？你李斌如果跟三傻子还有那么点交情，你就更应该出头摆平这件事儿，在老猫面前给三傻子找个台阶，让老猫和三傻子都能比较体面地全身而退，才能把这件事情化解！我是掰开了揉碎了，把这事儿的利害关系和前因后果给李斌讲了一通。李斌终于点头认可了我的想法，其实此时我还有着自己自私的想法：以我当时的身份地位，在这圈儿里还属于人微言轻的阶段，我在李斌表示不想参与此事时，不是没想过抛开李斌自己去找二黑骗出三傻子，把他诓出来交给老猫，但我深知三傻子对于我的信任度远远不如李斌，而且到了老猫那儿，李斌要是拉下脸来为三傻子求情，老猫应该会买李斌的账，对三傻子的惩罚程度也会因为李斌的说情而大幅度缩水。但对三傻子这样出卖弟兄换取自己利益的败类必须严惩。我准备在老猫与三傻子对话的现场即兴发挥，给老猫对三傻子的满腔怒火添上一把柴、浇上一桶油，借老猫之手直接将三傻子摁在泥儿里，让他为他出卖兄弟付出代价！

三傻子当时的所作所为就是到了现在我也理解不了。他自己嘴上一直标榜自己从来不怕折进去，却为了讨好官面儿出卖弟兄；打打闹闹的场面三傻子也见识不少了，却害怕老猫对付他；大伙都纷纷外漂避难之时，他却不把帽花放在眼里，照常每天出现在他每天出现的地方，如今却因为老猫的找寻而东躲西藏。由此可见，三傻子真是圈儿里的一朵奇葩，也是个不按常规出牌的主儿，我等凡人不能理解他这一系列的行为方式！

　　三傻子慑于老猫的淫威，一直藏身于东北角曙光楼他的姘头家，三傻子的姘头叫"吕品"，小名"三萍"，大名因她在家里行三，加上父母一共五口人，所以给最小的她取名"吕品"。三萍当年已经将近三十了，二十三四的年纪上与她爸的徒弟结婚，婚后两三年的时候，她爷们儿在单位平步青云一步登天，被调到所属局里担任了要职，后被局里负责掌管公会的一女干部看中，二人"日久生情"，发展到夜不归宿抛家舍业的地步，后被三萍捉奸在床。经过一番你来我往的闹腾，爷们儿被贬了职，两口子也闹了离婚。离婚后三萍这位原本老实巴交的规矩女人，却因为如此打击变得玩世不恭，自己美其名曰"看透红尘"，还好没在这段婚姻中留下一儿半女，三萍孑然一身倒也落个逍遥自在。离婚时曙光楼的房子是三萍以死相逼，才迫使她原来的爷们儿留给她。一开始每天按时上班，下了班到自己娘家吃饭，饭后回家独居，倒也过着安然随性的日子。直到在厂里结识了几位有那么点玩玩闹闹的姐妹，才算有了那么点儿不走正道的意思，不过本质上三萍还是一个老实巴交的女人，只是耐不住这每天两点一线的循规蹈矩的寂寞。终有一天在和厂里的姐妹们去水上公园旱冰场溜冰时，被三傻子看中，并逐步实施追求手段，半个月后被三傻子追求到手！

　　要不说三傻子是一朵奇葩呢，当初水上公园旱冰场——天津几乎所有玩儿闹云集的地方。老实巴交的女孩子谁也不会去那个地方，那是相当的危险。三傻子放着那么多年纪相当有姿色的小货儿们看不上眼，唯独一眼就把三萍给盯上了。三傻子便有意无意地在三萍眼前晃晃荡荡，时不常地使出俩花样儿，什么"燕子穿云"啊，什么"冰上四步"啊，什么"快三步"啊，眼花缭乱的花样旱冰吸引了三萍的目光，两人便开始眉来眼去——飞眼儿吊了棒槌！三萍作为旱冰的初学者，也一直想找个滑冰技术高的带一带自己，两人一拍即合。再一看住得还都不远，就更加有了一定的亲切感，一来二去便自己私下定日子再一块来溜冰。三傻子这回倒好，旱冰场上两拨人为了争一个小货的，当初可没少打架，几乎每天都有因为争风吃醋而约架定事儿的，甚至当场就比画的，而三萍虽然远远还算不上"人老珠黄，半老徐娘"，但也那么说也是小三十的人了，所以也没人跟三傻子争，俩人相得益彰地就算开始了一段所谓"浪漫史"！二人之间的关系突飞猛进地发展着，三傻子当年二十四五岁的意思，为人怎么样搁在一边，论外表那绝对是一表人才，也是浓眉大眼，尤其他的身材高大挺拔，宽肩细腰窄背，由于几次三番地进去，什么力气活都干，倒落个健美的身材体型，身上穿什么衣服都是衣服架子，而且要说长相和气质，真有几分近似后来香港《古惑仔》中的张耀阳。在那个年代还不像现在这样开化，"姐弟恋"这事儿在当时绝对是为人不齿的行为，三傻子却死心塌地、矢志不渝地和三萍如胶似漆着，却因为所谓"公序良俗"的偏见，两个人在家门口一直保持着秘密的"地下恋爱"，一直到三傻子第一次登三萍自己家的家门，在一顿酒足饭饱之后，借着酒劲儿，俩人终于干柴烈火急急可可地行了一番"巫山云雨"。"颠龙倒凤"了一番之后，这两个人开始了不公开的同居生活。三萍对三傻子照顾得细致入微，本身就大三傻子几岁的三萍把三傻子照顾得别提多好了，也许这一点才是三傻子宁愿把大伙卖了也不愿再进去的原因，他有牵挂啦。但三傻子在圈里始终没和别人提过三萍这个人，所以三傻子在三萍家藏身，这一时半会儿还真就没人知道他的行踪，就连二黑和他三傻子那么铁的关系，三傻子都没告诉二黑他自己的所在，一直都是三傻子主动联系二黑。所以现在要想找到他三傻子，那还真是相当不容易！

3

大年初二，约定俗成的"姑爷节"，街面上一派欢乐祥和的市井景象，城里不宽的街道上人潮涌动熙熙攘攘，大人、孩子无一例外的新衣、新貌，油头粉面，老爷们儿骑着大二八大自行车，穿着只有过年等重要场合才会穿出去的呢子大衣、呢子裤子，三接头皮鞋锃亮，二八车大梁上带着孩子，后衣架上驮着媳妇儿，一脸的幸福神色去往孩子姥姥家。姑爷心里盘算着今晚酒席面上如何跟几个"一担挑"斗酒、斗法，或如何哄老丈人、丈母娘开心。媳妇在车子后衣架上唠唠叨叨地嘱咐自己爷们儿别喝酒喝高了，别在娘家现眼给自己丢份儿、栽面儿。孩子手里举着糖堆儿棉花糖，小脸、小手冻得通红，鼻子下已经分明能看到两行鼻涕快流过嘴唇了，一使劲儿又吸回了鼻子里。小男孩们三五成群放着两毛钱一百头的小钢鞭，"嗵儿啪"三响。时不时地还有不好好玩儿的，用破烂的壶盖儿、罐头盖儿盖住炮身，一旦爆炸将壶盖儿、罐头盖儿炸得老高，孩子们便纷纷大声欢呼，跟看见"神6"飞天似的。马路上年前下的一场大雪依然冻得如同冰板儿一样，不时地就有骑车驮人的"噼里啪啦"四仰八叉地摔在地上，点心飞了，水果散了，大人、孩子坐了一屁股泥，媳妇儿小脸儿臊得通红，起身埋怨着自己骑术不高的爷们儿。爷们儿不敢还口，赶紧去哄抱还在地上哇哇哭的孩子。这一派老天津卫独有的市井奇俗，你在别处还真看不到！

我自己家里一样不能免俗，一大早起来，老爷子和老娘就开始忙活着去我姥姥家的事宜，点心水果都已经在前一天买好了，老娘操持着给我妹换新衣服，我一个大秃小子对新衣服没什么兴趣，我也从心里不想跟家大人一起回姥姥家。我要是平时还可以去，一到过年这些姨姨舅舅们一聚齐了，保准有人数落我，什么头发太长了，什么身上有烟味了，弄得我老娘挺没面子。所以一般有这场合我都躲远远的，一家人除我以外都走了，我当然不会闲着，去找石榴和大伟玩去，刚要出门李斌就领着宝杰找上门来。

二黑在我这碰了个软钉子之后，在大年初一就赶忙找到李斌，再一次表达了他的意思，其实也是三傻子的意思。二黑之所以不遗余力地为三傻子出面跑动此事，也是因为他心里对这件事儿极为过意不去。原本老猫摆桌为他和我之间的纠葛说和，却让二黑他爹给搅和了。原本皆大欢喜的事儿，最后闹得打砸四起连火枪、硫酸都使上了，才导致后面一系列的事情发生，也就有了他三傻子后来的爬围。以前三傻子一直为二黑撑腰挡横儿，也可以说三傻子就是二黑在外面的靠山。如今二黑的靠山要被老猫出面铲平，二黑能不上心吗？能不舍下脸面为三傻子解围吗？怎奈急火攻心乱中出错，他俩越是急于摆平此事，越在我设计的路上义无反顾地一步一步走向我为三傻子织下的大网。而网中的老猫此时正虎视眈眈，三傻子就要为他的不义后果埋下惨重的一单！

4

具体约请事宜咱从略，反正在大年初三这一天，与此事有关的人，悉数在西南角聚齐。天津第一条地铁工程从西站至新华路，因为在1970年4月7日动工，所以命名为7047工程，由于7047工程正在收尾阶段，当时仍未竣工，西北角依然还有一工地。因为过年和冬季天寒地冻无法施工，工地上已经不见人踪。当天下午三点，我、石榴、李斌、宝杰、老三已经在地铁工地等候着这场事儿的几位主角的到来。远远地就见二黑和三傻子俩人一人一辆自行车往这边来了。来到眼前，我一搭眼看上去，三傻子和二黑俩人全然不见了往日的嚣张自在，只有一脸的不安和惊恐，由此可见老猫在他们心目中的地位与威严。俩人刚刚下车，还没站定脚步，我们几人便呼啦啦一起把三傻子围住。二黑急忙上前相劝，其实我们大伙在来此之前就已经商量好了，只要三傻子一露面，大伙便一起上前围住他，首先在气势上威慑一下三傻子和二黑，一个下马威能让这俩人先输一成，后面的事儿就好办了，既给老猫踢脚，又给自己提气，先把你三傻子以往的嚣张气焰灭了！

二黑见大家把三傻子围在当中，立马惊慌失措地左拳抱右拳给大伙作着罗圈揖，嘴里不停地替三傻子说好话求情，无奈大伙谁都不买他的账。而他三傻子却依然"人死架子不倒"地和我们玩着造型，三傻子心里只服老猫，在他眼里我们还都算小他一伐儿的，所以他还在梗着脖子，不服气地要跟我们哥儿几个来劲。他之所以叫"三傻子"因为他确实看不出个眉眼高低，也叫不识路子，他的这种态度，彻底激怒了我们当中的一位，那就是李斌。其实李斌倒没想将他三傻子如何如何，也没想太难为他。以他们俩以前的私交，李斌还恨不能在老猫面前替他求求情呢，可他三傻子此时的表现倒让李斌一股无名之火直撞脑门子。你三傻子到了官面儿上，可没念你和李斌的往日交情，一点儿没打嗵儿地将李斌交代了出来，而现在一点儿没有因为这事儿在大家面前"尿海"的意思，依旧梗着脖子七个不含糊八个不在乎地玩着屹立不倒的造型，这就属于拱火儿了！在我们几人个里，李斌是老大，到了这会儿，他没有不出手的道理了。李斌二话不说一个大"耳雷子"照着三傻子腮帮子抡了过去。三傻子身子被这一拳的冲击力打得身子一歪，但并没倒下。李斌这一拳，如同无声的发令枪响，我们几个旋即劈头盖脸地对着三傻子一通"破鼓万人捶"，但此时有一个原则，只能限于拳打脚踢，再怎么样也不能动家伙，毕竟还得留给老猫清理门户，我们大伙也只限于出出气。二黑是拦下这个挡不住那个，拦到老三那儿，却被老三一脚踹得远远的一个滚儿。没几分钟的时间，一辆"拉达"白色小卧车停在了工地旁，小汽车后面又陆陆续续地跟过来几辆自行车，车门一开，老猫从里面钻了出来。

老猫如约而至，只不过来得晚了一点，可以理解，毕竟是当大哥的，造型要到位，脑袋顶子上顶着雷也得沉得住气，泰山崩于前也得面不改色脚步不乱。不过这一切都是表面现象，心细之人便可以看出来，老猫此次来处理三傻子之事，车上车下带来了七八个人，这些人我们几个一位都不认识，这要搁以前，身边有六枝和大香俩人扶持足已，有那二位雌雄双煞在老猫身边，不论多大的阵势，不论多危难的局面，老猫心里也有把握。如今不然了，一下子弄来了七八个人来，这也就是老猫，到什么时候也有老大的风范，掐诀念咒地拘来了这几路毛神，当然这其中也可能不乏狐假虎威、狗仗人势借横的主儿。要当老大，必须有呼风唤雨、撒豆成兵的本事，那才可以立于一地岿然不倒。我想老猫可能把六枝、大香俩人折进去的账，也算在了三傻子的名下了，因为当时六枝俩人是怎么折进去的还都不知道，谁也说不清，所以今天老猫要为三傻子掰断他老猫的左膀右臂，以及置江湖道义于不顾，给同道中人立一立规矩。同时也给三傻子在老城里的玩儿闹生涯，画上一个血淋淋的句号！

5

正当三傻子被我们几人打得在地上"王八吃西瓜——连滚带爬"，老猫到了，如果说先前三傻子和二黑还心存侥幸地认为，老猫会念往日的交情对此事网开一面不深追究，此时一看到老猫到来的阵势，他们二人心存的这一丝希望，也就随着老猫带了那么多人而彻底破灭了。二黑刚刚还认为我们哥儿几个对三傻子的一顿拳打脚踢只是一时泄愤，还指望着老猫大哥背诵着"玩儿闹大纲"的第一条"敬兄爱弟"，从而略施惩处不计前嫌地放三傻子一马，然而当老猫身后的弟兄，纷纷从汽车后备厢了取出镐把儿、白蜡杆子，三傻子和二黑心里顿时就明白了，真不是那么回事儿啊！老猫身披大衣，面如铅色的脸上一副道貌岸然，一边往这边走，嘴里一边说道："哥儿几个太不像话了，你猫哥我还没到场，你们就动上手了是吗？太不给我老猫面子了，小不大儿的们不懂事儿！"说话到了跟前，老猫双手扒拉开人群，低下头观察着被打翻在地的三傻子。三傻子吐了一口嘴里咸腥的血沫子，抬手擦了擦嘴角，双手撑地坐在了地上，他一脸的官司，抬头看了看老猫，一句话也不说。老猫说："哎哟，三弟，你这是怎么啦？这可不是往日威风八面的三傻子啊，怎么尿海了，这帮小不点儿这不是以下犯上吗，没规矩！"老猫虚情假意地拿三傻子找乐。三傻子自知理亏，不敢开口答言。二黑走到老猫面前给三傻子求情："猫哥，今天我们俩都在这儿，三哥这回是不对，是打、是罚全凭猫哥你发落。只是一条，猫哥你给我们留点儿脸面，以后我俩还得在猫哥你的圈子里混……"二黑这句话不说还好，一说可把老猫的火给勾上来了。老猫一扭头，狠狠将一口黏痰啐在二黑的那张离了歪斜的脸上，怒目圆睁地呵斥二黑："去你妈的，给你脸了是吗？有你说话的份儿吗？这事儿从头到尾还不都是你那浑蛋的爹给搅和的，如果今天他三傻子在这儿缺须短尾儿了，那也是仰仗你爹所赐，沾了你浑蛋爹的光了！今天也就是六枝、大香没在，要是他俩今天在场，你们怎么从这儿回去都不好说，你不赶紧偷着乐去，还舔着个脸跟我讲条件是吗？"

二黑对老猫好言相劝，到头来倒换来了老猫的一口黏痰和一顿抢白，他也就不敢再言语了。坐在地上的三傻子看明白了，老猫等于把自己的台阶给断了，这是不会再有挽回的余地了，也就不再装厾了。老猫接着又猫下腰对着三傻子说道："三弟，我老猫一千个想不到，一万个想不到，倒灶的会是你！跟我鞍前马后这么多年你都白混了？可惜了的，连他们小不点儿的都知道'盗亦有道'不是？有事儿你自己扛不下来，把自己的弟兄都撂进去了，你还有脸跟我在这儿唱关公调？最可恨的就是出了事儿别人都知道避讳，就你有腰，就你腰硬，还成天地在大马路上摆造型，你行啊，你比我这半条命的还牛×！今天这不都在这儿吗，既然你还承认你以前是跟我老猫混的，我就得给你这事儿做个了断，要不以后传出去也让人笑话我老猫的手下没道义没规矩，你还有什么可说的吗？"三傻子抬头看看老猫苦笑一声："猫哥，你今儿个要是这么说，我三傻子也没话可讲了，您立您的威，您扬您的名，我三傻子这一百来斤全交给你了，也算我没白跟猫哥你一场，也算我配合你了，来吧！哥儿几个受累赏我三傻子一顿吧，所谓——东西大道南北躺，南北大道东西卧，我三傻子现在就叠个姿势，哥儿几个卖卖力气，送我三傻子一程吧，我先谢过了！"三傻子说完一扭身，脸朝下，双手护头趴卧在地上。老猫一看三傻子要卖"死签"，等于是将了他一军。老猫稍微迟疑了一下，旋即一咬牙，把嘴里的烟狠狠地吐在地上，低头对三傻子说："三弟，怎么的？今个儿非要在你猫哥面前卖一把是吗？好嘞！开弓没有回头箭，你可咬住了啊！"一回身往后撤步，把他带来的那几位让到前面，双手一挥："哥儿几个好好伺候伺候这位三爷！"他话音一落，那哥儿几个一起上前，顿时棍棒上下翻飞，纷纷落在三傻子身上。

此时的场面对于我这初出茅庐的小毛孩子来说，那是相当震撼。如果说以前打架时我可以不计后果下狠手去赢得上风，那可是你来我往，三傻子却一动不动，任凭棍棒砸在他身上，嘴里还一个劲儿地喊着："好棍！舒服！哥儿几个劲头不到位啊，哥儿几个受累右边再来两下，这边还差点儿意思……"我心里不禁感到一阵寒意袭，这就是道儿上的所谓规矩？同时在心里暗自佩服三傻子的这把骨头够硬，然而三傻子骨头硬的场面还在后面。就在老猫带来的哥儿几个已经打三傻子打得自己气喘吁吁的时候，三傻子自己大喊一声："哥儿几个别光伺候三爷的后身啊，来来来，三爷换个姿势你们哥儿几个也都卖卖力气，受累受累！"此话说完，三傻子一翻身，直挺挺地躺在地上，双手把自己头上戴着的羊剪绒帽子抹下来，盖在自己那张已因疼痛而扭曲的脸上。那哥儿几个再一次围在三傻子跟前，举起棍棒要接茬儿再打，老猫却在一边大喊一声："都停手！"众人停下手来，扭头用询问的目光看着老猫。老猫一伸手，从另外一个小子手里接过一根镐把儿，对着地上的三傻子说道："三弟！你得明白今天你猫哥也是不得已而为之，你走到这一步，我也只好挥泪斩马谡了！"话落棍起，耳中真真切切地听到了"咔嚓"一声，老猫的镐把儿着着实实地落在了三傻子的迎面骨上，眼看着三傻子的小腿就往后折了过去，三傻子大吼一声："我贪！"他蜷起膝盖，双手托着折腿，嘴里一个劲儿地喊着："痛快！痛快！谢猫哥！"老猫砸了这一镐把儿，再不多看三傻子一眼，扭头便走。我们小哥儿几个一时不知所措，便也跟着老猫走。老猫头也不回地就要往车里钻，钻到一半又像想起了什么，又一缩身出来了，冲着我们几个招招手。我们一起围了过去，等他示下。老猫的心情，分明已经到了极点，他低头想了一想，叹口气说："你们小哥儿几个，以后在外边多给他三傻子扬扬名，我估计他的那条腿已经废了，不管以后在哪儿遇见他，你们都抬抬手，捧着点儿他，今儿个的事儿你们把口风传出去，就说你们三哥并没服气我老猫，是我老猫尿了！"说着，老猫随手便翻口袋，翻遍所有的口袋，把自己的钱凑在一起，五块的、十块的一沓，也不知道有多钱，递给李斌："给三傻子拿过去看腿去吧！"说完再次钻进车里，好像跟谁赌气似的大叫："走！走哇！"汽车徐徐开动，老猫带来的几位弟兄也随着一路绝尘而去。现场只留下我们哥儿几个，以及远在身后的三傻子和二黑。我们再次回到三傻子周围，三傻子此时双肘支地，额头上全是黄豆大小的汗珠子，撒狠儿一样大口抽烟，好腿蜷着，折腿歪斜在一边。二黑傻愣愣地坐在三傻子旁边，一句话都说不出来。李斌蹲在三傻子眼前，将老猫留下的钱递给他："猫哥留给你看腿的。"三傻子扭过脸去不接。李斌便掖在他手里，起身又对我们大伙说："哥儿几个都给三哥凑凑！"我们便开始搜刮自己的钱包口袋，都把自己身上所有的钱都拿了出来，也不知道一共多少，一并都给了二黑。李斌又对二黑说："你自己弄三哥走吧，有什么事儿再找我们。"大家便一起顺着西马路往西门里走去，一路上谁都不再言语，默默地各自想着自己的心事，只有路边小孩子陆陆续续的放炮声，还在依稀地提醒着大伙——今天是大年初三！今天是三傻子断腿的日子！今天是老猫清理门户的日子！耳边远远地传来小孩儿的声声童谣："滴滴芯儿，冒火星儿，烧了裤子露狗鸡儿！"

6

老猫亲手废了三傻子，他那一镐把儿，导致三傻子小腿尺骨和桡骨双双折断，连石膏带夹板地瘸了小半年。三傻子刚刚卸下腿上的夹板，轰轰烈烈的大搜捕运动就开始了。大搜捕分为两次，八月八日一批，九月十八日又一批，三傻子是九月十八那一批被东北角派出所送进南开分局收审的，后来被处劳教三年。他在大苏庄待满了三年，出来后与我还有过一段交集，且按下不提，再后来他就在城里消失了，听说去了北洋桥席场一带，又在一次群殴中折进河北席厂大街津京公路派出所。再后来，三傻子被注销了城市户口，在新疆库尔勒农三师待了几年，出来之后往西安背过布，卖过旧货，摆过台球案子，后来和北京的几位一起往俄罗斯倒腾服装，十几年下来也挣了不少钱，再后来嗜赌成性，在俄罗斯参赌欠下巨额赌债，被当地人扣下签证到处追杀，从而死于非命，落得个"客死他乡"——一辈子四十年的寿命，玩过闹过，吃过见过，曾经一呼百应，曾经劳役他乡，曾经人上为人，曾经败者为寇，辉煌过、没落过、呼风唤雨过、寄人篱下过，一切的尽头只是那远在寒冷异国的一座坟茔，孤单荒凉得杂草丛生，乌鸦鼓噪。

关于三傻子的结局，在此可以告一段落了。至于二黑，他面部神经受损，一边脸是歪的，而且越来越歪，还有两道伤疤，一个是蛮子用雪茄烫的，一个是我用二人夺捅的，他自己也不好意思在外边招摇了，九十年代后期开了一家体育用品商店，做些个小买卖，他媳妇儿是商丘的。另外咱再说一说，关于我和二黑他爸的恩怨。要说二黑他爸这个人，的确就是有勇无谋，四十多岁五十不到，比二三十岁的玩儿闹们年纪大、见识广，吃过见过，比他年纪大的通常倚老卖老，不如他有冲劲儿，他又经常聚拢了一帮四十来岁的酒肉朋友在身边，还有三个亲兄弟，所以妄自尊大、目空一切。红旗饭庄一场大战之后，二黑他爸很久没再露面，我几乎都把这个人给忘了。直到若干年以后的一天，我走在老城里的路上，远远见到对面晃晃悠悠地走来一人。此人六十岁上下，小平头，窄脑门儿，扫帚眉下一双小眼睛，透着狡黠与猥琐，大嘴岔翻鼻孔之间，稀稀疏疏地留着一撇八字胡。这是一次不期而遇狭路相逢，来者正是我的宿敌——二黑他爸。打头碰脸走到近前，二黑他爸一把就狠狠地把我揪住了，嘴里大声地呵斥着我："可把你小子逮着了，你还认识我吗？"我说："哦！我还认得您，您是二黑他爸，伯父您好！"二黑他爸不屑地一撇大嘴："我好得了吗？咱那事儿还没完呢，说吧，你今儿个打算怎么着？"我连忙给二黑他爸赔着不是："伯父，您别生气，当初都怪我太小不懂事，您了大人不计小人过，饶了我吧！"二黑他爸说："不行！饶了你我在我那帮哥们儿、弟兄那儿都说不过去，今儿个你要不让我看见点儿嘛，你可走不了！"我一看今天实在是过不去了，又讨好地说："您了想见点儿嘛？要不这样吧，我请您看节目，咱爷儿俩看钢管舞去，怎么样？"二黑他爸猥琐地一笑，对我说："钢管舞？钢管五厂？我这岁数还看那个？"说完一笑两散。

西城风云 老哑巴篇

第一章

1

我与二黑之间的事儿，把我和李斌他们紧紧联系了起来。即便我和石榴并不想轻易入伙，但事后我细细一想，这半年所有发生的事情，几乎每件事情的过程当中都或多或少的有李斌他们参与其中，每件事的背后都隐隐约约有这几位的影子。于是我得出一个结论，只靠我和石榴两个人绝对成不了大气候，一定得借助李斌的现有力量，才可在城里占有一席之地，通常管这种情形叫"借横"。李斌对我和石榴也是所谓的"求贤若渴"，我们也就心照不宣一拍即合，一天比一天走得更近。李斌也确实有当大哥的范儿，我实话实说，一点儿都不夸张，李斌长得有几分像周润发，真的，也是大高个，小圆乎脸儿，一笑透着一肚子坏主意，当初在我们那一带第一个穿日本风衣的就是他，一脑袋油丝麻花的怀卷儿头，派头十足，要不最后城里有名的漂亮姐"大公鸡"玩命追李斌呢！

不过对于投靠李斌，石榴心里始终不太情愿，怎奈我的主意已定，石榴也就顺水推舟，跟着我一起混在李斌身边。我心里有件事一直放不下，当初从李斌手里接了一顶将校呢帽子，如今天天和他混在一起，老觉得欠他一份人情。这其中也包括李斌这一段时间为我出头平事儿，不论他在其中起的作用大小，他也都到场了。于是我也想送他点儿东西报答一下，思忖再三，我决定找一顶成色好一点儿的羊剪绒军帽献给李斌，权当我和石榴加入李斌团伙的觐见礼。这也就有了咱们一开头说的，我在南项胡同抢了西头老哑巴的剪绒帽子。当时我可想不到，为了这一顶羊剪绒军帽，居然引发了"城里"同"西头"之间的一场大战！

咱们还是先说人物，被我下了帽子的叫"老哑巴"。别看外号叫老哑巴，其实此人并不在语言上存在任何障碍，只因小时开口说话较晚，才得了这么一个外号。按过去迷信的话说——"贵人语话迟"，长大之后的老哑巴非但不是哑巴，反而一张嘴生得能说会道，嘴皮子不饶人，因为这嘴欠，也没少给他身子惹祸！说到他的长相，倒也眉清目秀，清秀中又透出一股贼气，搁到如今也是一帅哥，但在八十年代，审美标准崇尚浓眉大眼，长成他这样的并不吃香。

老哑巴家住西关街上的一条小胡同，那个地方叫"南小道子"，并且认识在西关街一带赫赫有名的"小林彪"，老哑巴一直视小林彪为自己的大哥。小林彪也是外号，此人手下门徒众多，但过命的知己并没几个，大都是为了各自的生存地位提名报号，打着小林彪的旗号在外面为虎作伥。那些打着小林彪旗号的人在外面招摇，其实根本不认识小林彪。老哑巴跟他们不一样，老哑巴在小林彪跟前那是马首是瞻、唯命是从。小林彪对老哑巴也算极为爱惜，所以一段时期之内，老哑巴在西头一带终日摇旗呐喊、目中无人，再有一张能言善辩的嘴，嘴上狠劲儿十足，遇事儿那是连打带吓唬，也就很少有人敢惹他，更别说下他的羊剪绒帽子了。那个年代头上要是顶着一顶成色尚好的羊剪绒帽子，就在大街上你都甭问，那一准是称霸一方的主儿，最损也在道儿上有一号。没有一定的路数和把握，你也不敢在街面上顶着一顶成色好的羊剪绒帽子出门。在自己家门口你都不见得待得住，更别说出了家门口去一个自己势力范围之外的地方，没两下子你就最好别充那大尾巴鹰，把帽子放家里方为上策！

在当时来说，老哑巴目中无人有恃无恐，在外嘴欠惹祸都不忘提一句自己是"西头"人！提到"西头"，咱就得说一说老天津卫口中的西头是怎么回事儿，是一个什么概念。前面咱说了"人物"，再说一说"地缘"——天津卫老西头。顾名思义就是以前的西城门以西马路为界向西一带。泛指"西关街、西营门、西市大街、南大道、西大弯子"这一大片区域。之所以过去老有那么一批人时不常地就提自己是"西头人"，其潜在的心理是因为西头历来是英雄好汉辈出之地。

　　要说远的，首当其冲就是清末民初的李金鳌——人称"李二爷"，那时西头掩骨会一带"锅伙"四起，人才辈出，累累英名，无不为后世传颂。天津卫西头民风彪悍，有的是铮铮铁骨的好汉，在民间口口相传。后有津门评书艺人于枢海将这些光辉事迹编纂为评书，名曰"沽上英雄谱"，俗称"混混儿论"，另有别名叫"朋友道儿"，曾在民国时期广为流传，成为坊间民巷争相口传之茶余饭后的话语作料儿，天津卫稍微上点儿岁数的，谁没听过"李金鳌二次折腿"？正所谓"朋友有道儿，混混儿有论"，折胳膊断腿朋友道儿，三刀六洞混混儿论。这话怎么讲呢？在天津卫当玩儿闹，出去开逛是为了交朋友，为了哥们儿义气，你得舍得折胳膊断腿。流氓打架才见了面直接动手，当混混儿有文武论，一个对一个，讲究玩文的还是玩武的，玩文的是拿刀剁自己。我剁个指头，你就得剁只手。你剁了手，我再剁条胳膊下去，不敢玩那你就栽了。玩武的是你捅我一刀，我捅你一刀，个顶个滚钉板，肩并肩下油锅，没有这个狠劲儿，不敢玩死签儿，你可成不了混混儿。所以在老时年间，混混儿又叫"耍人儿的"，耍的不是别人，耍的是他自己这一百多斤。出来开逛的都玩儿造型，可以从打扮上看出是不是耍儿。清朝大耍儿，讲究花鞋大辫子。八十年代初则是羊剪绒军帽、四个兜军褂、帆布军挎包，玩儿的就是造型。天津卫西头是个出大耍儿的地方，在我们那个年代只要是一提"我西头的"，这句话一出口，说话之人无不透出那么有自信，那么有底气，那么有优越感，那么谁都不敢惹！我惹谁不好，惹上了这么一位——西头老哑巴！

2

那天正好是老哑巴的一个哥儿们，和针市街的"嘎巴"打了起来，被嘎巴及嘎巴手下几个小兄弟一通狂扁，最后弄得是头破血流，被扔在了针市街的胡同里。老哑巴的哥儿们叫"红发"，不是红头发，打麻将的那个红发。他身上倒还好，没有致命的伤口，可是架不住时间一长，红发从针市街的东口往西口走，快走到民族文化宫那儿了，流血太多，头脑发昏，浑身乏力，往墙边一溜坐到地上了。有过路的出于好心，就问红发的地址或家人。红发告诉了人家老哑巴的电话，于是老哑巴便和"老鲶鱼"一起赶来了。二人将红发送到了二中心医院，等到红发住了院，都安置好了，已经夜里十点多了，俩人准备回家，刚一出医院门口，正好遇见我和宝杰在二中心门口等着头戴羊剪绒帽子的人，也就有了那段下帽子的情节。

前面的情节已经交代完了，再说后面的。老哑巴被我把帽子下了之后，一直在忙活红发的事儿，那跟我没关系，在这儿就不说了。只说在此期间，老哑巴始终也没放下找我寻仇的事儿，以他的性格肯定不会善罢甘休，丢了帽子事儿小，丢了面子事儿大。双方都在心高气傲的阶段，我在劫他帽子的时候已经给他留下了名号，所以老哑巴找我也不是什么难事儿。几经三番老哑巴终于把我的情况打听清楚了，便开始谋划着怎么把我"办了"！过完年的三月份，也是冤家路窄，在城里的板桥胡同，我走单了，其实那一阵我早已经把抢帽子这事儿扔脖子后边去了，正在为自己近一段时间内的声名鹊起而沾沾自喜，心里不免轻敌，心里一膨胀便开始目中无人桀骜不驯，谁也不放在眼里。合该让倒霉催的，刚在南门脸和几位南门的哥们儿弟兄喝完酒，喝完了大酒，我一个人醉意十足地往西门里走。刚刚走到板桥胡同中间，恰与老哑巴狭路相逢。醉眼歪斜的我，根本就没认出来老哑巴。老哑巴一行四人走到跟前，把我围在当中。还没等我反应过来，脑袋后面已经挨了一板儿砖。砸得我眼前一黑，当时就两腿发软，几乎站不住了。板桥胡同是一趟比较宽的小街，这几位怕人多眼杂，便把我往旁边的丁家胡同架。此时我已经昏昏沉沉有些不省人事了，心里明白是遇到冤家了，可是两脚不听使唤，被他们四人连拉带拽，弄到一小胡同里的犄角旮旯处，才将我在地上放平。老哑巴一脚踩在我的脖子上，踩得我只能出来半口气，这一憋，也就把我憋清醒了，但还是认不出眼前是哪路冤家找上门来了。

老哑巴在我脸上踩了一脚，咬牙切齿地发着狠儿说："我靠的！可你妈逮着你了，还认得我吗？啊！西头老哑巴就是我，我那顶羊剪绒帽子呢？你也不称二两棉花访访去，你也是活腻了，敢动我头顶上的帽子！今儿个你既然落我手里了，我不废了你就对不起我西头老哑巴的名号！"说完话，老哑巴把脚抬起来，又踩在我的脸上，问道，"你还有什么说的吗？我帽子呢？"老哑巴这脚一从我脖子上挪开，我终于能喘口长气了，嗓子眼儿一个劲儿地发痒，一阵咳嗽不止，咳嗽得眼泪都下来了，等到一口气喘匀了，我这脑袋才算清醒了一点儿，哦！原来是一个月前的因果报应啊，今天终于找上门来了，看这意思今天是祸躲不过了，那就没说的了，这一百来斤就交给人家吧！我把脖子一梗，说道："老哑巴是吗？你还想要帽子是吗？你也不看看这是在哪儿，这是城里，不是西头，今儿个你要动了我，你还打算出去吗？我让你出不了西门你信吗？"我依然说着大话压着寒气儿吓唬他，企图让老哑巴按照我的思路走：一旦对上话茬子，三言两语话一递过来，弄得好了就得盘道提人儿，如此一来，境况也许会有所改观，然后我再答应还他帽子，来一个缓兵之计，只要现在放我归山，以后你老哑巴会让我弄成什么样，可就两说着了！我想得挺好，但老哑巴根本就不上套儿！

老哑巴根本不理会我说什么，他踩着我的脸，恶狠狠地说："都到了这会儿了，你还嘴硬是吗？你可真是你妈不知死了，你不是吹牛×吗？你现在倒给我亮出点玩意儿来，让我也看看你有什么资格在这儿说话，小BK的我今天弄你个心服口服！哥儿几个别留情面，给我招呼吧！"老哑巴话一撂音儿，哥儿四个跟上足了弦赛的，拳打——那是掏心拳，脚踢——那是绝户脚，耳光——那是双峰贯耳！这就是打臭贼的面儿，我在地上卷曲着双手护住脑袋，胳膊肘紧紧夹住脸部，就这样搂头盖脸也没少挨踢。打了得有那么四五分钟，哥儿几个打累了，一个个气喘吁吁。老哑巴从腰里一拽，掏出一把剔骨刀来。此时我侧身躺在地上，老哑巴让他们一块儿来的一个大胖子压着我，大胖子一屁股就坐在我腰上了。我肏，这大胖子二百来斤，这一屁股坐得我的腰差点没折了。我这口气喘不出来，拼命挣扎，好让自己把气喘出来。起身是甭想了，能喘气就不错了。我俩眼紧紧盯着老哑巴手里那把剔骨刀，那小刀不大，却透着那么锋利，那么寒光逼人，那么摄人魂魄，要尖儿有尖儿，要刃儿有刃儿，刀刃瓦蓝瓦蓝的，横过来都能刮胡子了！一脸狠毒相的老哑巴，一低身坐在了我的腿上，我激灵灵打了一个冷战，顿时就彻底醒酒了，魂儿差点从脑袋后面飞出去，心说不好，老哑巴真要玩儿狠的了——他要挑断我的大筋。

3

这老哑巴还真是心狠手毒的货,"挑大筋"这事儿以前我就有所耳闻,脚后跟上的一条大筋据说连着颈椎,只要大筋一断,这人的头以后就算彻底抬不起来了。想象一下老哑巴这一刀下去以后,从此我的脑袋只能在胸口耷拉着,只见地不见天地过上一辈子,豁出命去也不能挨他这一刀,那也太"尿气"了。一闪念的想法,充斥着我的神经中枢,肾上腺素急速分泌,可别小看人在关键时刻激发出来的潜能,你平常也许搬不起你自己体重相当的或一倍于你体重的东西,但在危急关头你是绝对可以一鼓作气地抬起来这个重量。在这个绝对是千钧一发的时刻,我必须先把身上的胖子掀掉!求生的本能使我在一瞬之间,看准了胖子肥嘟嘟熊掌一般的双手。他的双手摁在我的胸前,我一只胳膊从他两手之间穿过,胳膊肘一打弯,圈住胖子的一只手,我的另一只有残的胳膊拉住自己的另一只手腕,使劲往外一带。胖子的全身力量都集中在他的两只胳膊上了,我这一角力,胖子一只胳膊摁空了,身体顿时失去了平衡,一下子就前扑在我上身了。我连头带脸地被胖子这一堆赘肉盖在底下,那一瞬间我仿佛"苏亚雷斯"附体,一张嘴咬住了胖子的肩膀,上下颌一使劲儿,只听胖子大叫一声,他一胳膊肘撞在了我的脸上,一股咸腥的血液从我鼻子和嘴里流出。我一抬手,用两只手指头一下戳在胖子的双眼上,狠命往里抠。这下胖子算彻底忍不住了,嘴里大叫着骂着脏话,同时抬手去捂双眼。这在这个节骨眼儿上,我使出浑身的力气,身子连扭带翻,终于把大胖子从身上掀了下去。

大胖子歪歪斜斜地倒在我身边,我上半身算是解放出来了。此时老哑巴和那俩人的注意力，还都集中在我的双脚上。胖子的一声大叫，转移了他们仨人的目光。老哑巴一看我要翻身了，急忙用剔骨刀往我脚踝上扎。我连忙摆动两条小腿，可是想躲也躲不开，眼看那明晃晃的尖刀，一下一下捅在我脚上。好在我脚上是一双"校官靴"，那时军工产品的质量真说得过去，厚厚的牛皮阻隔着老哑巴的刀刃，一刀一刀地攮下去，连小腿带脚踝接连被攮了十几刀。腿上的刀伤很深，但是校官靴厚厚的牛皮，以及我拼命地挣扎，使老哑巴的剔骨刀没能穿透我的脚踝。那两位一看这阵势，一下子又扑了过来，他俩要是真的再一次压住我，我也就再没力气挣脱了。我急中生智，使出吃奶的力气在老哑巴身下一扭身，双手着了地，用力一撑，这算行了！我双膀用力，上半身抬起，任凭对方连踢带踹的打击，我也顾不得护住脸部和双眼，终于从老哑巴身下挣脱出来，乱战之中顾不得脚上的伤痛，我一咬牙站了起来，急忙往身后倒退几步用力倚住墙。老哑巴一看挑大筋这招使不成了，那他也不会放过我，手里的刀子上下翻飞，在我身上乱捅起来，屁股、大腿、胳膊一刀一刀地捅下去，只捅得他们自己的人都已经害怕了，围住我的那几位，都在一步一步往后退。我挨了那么多刀，一时间脑子还算清楚，冒出一个念头：我得装死。这个想法一出现，我立即顺着墙往下溜，就在溜下去的同时，老哑巴的剔骨刀在我的腰部停住了。我坐在了地上，老哑巴最后飞起一脚，重重地踢在我的脸上，随后还不忘往我身上啐了口唾沫，骂道："你个不知死的玩意儿，敢下我的帽子？你也不打听打听我是谁，我是西头老哑巴。"他带来的那三位赶紧往后拉着他。老哑巴嘴里依然不依不饶地骂着脏活，抬头往左右看了看，迅速收起刀子，骂骂咧咧地往胡同外走去。

第二章

1

这回真的把我给整惨了，曹县人过年——要了我狗命了！长那么大这是第一次挨这么重的办。当时的感觉，我现在都记得清清楚楚。一开始我没太感觉特别严重，只是心里一直庆幸，没让老哑巴挑断我的大筋。老哑巴一行四人走远后，我抬头看看他们远去的方向，才发现周围已经围满了看热闹的人群，里三层外三层的人们指手画脚地互相介绍着过程，说话的人是眉飞色舞、唾沫乱飞，听的人是俯首帖耳、聚精会神，指指点点地议论着。还有一位大嫂子指着我教育自己的孩子："宝贝儿，看见了吗，看见了吗，这就是不学好的下场，小小的年纪不学好，你看都让人给捅成蜂窝煤啦，谁家摊上这么个孩子算完啦，还能指望着他得继？不惹来杀身之祸就算烧高香啦！"

人们围着我，叽叽喳喳不停地议论着。我当时是觉得别在这现眼了，都是住得不远的家门口子，再待下去太栽面儿了，就想起身回家，我手往后背，撑着墙根儿缓缓站起身来。人群不自主地往后撤了一步，我试了试迈开脚步，每走一步就有一股钻心的疼痛袭来，真可以说是痛彻心扉，走出没几步，渐渐地开始双腿发飘，软面条一般的两条腿已经不足以支撑身体，扶着墙的手也开始颤抖，止不住哆嗦，身不由己地再一次坐倒在地。

三月底的津城，春风已渐和煦，暖暖地在人脸上如鹅毛一般拂过，而我此时却感觉到从心里往外的寒冷，冷得我直打寒战，嗓子眼儿里黏黏的、干干的，渴得无法忍受。我无力地瘫在地上，望着离我十几步以外的人群，影像一点点由清楚变重影，最后变模糊，心里一阵阵的恐惧袭来。我心想我可能够呛了，说不定今天就要死在这儿了，脑袋昏昏沉沉仿佛困意渐浓，我使尽最后的一点力气向人群伸出手，张了张口，但是一个字也说不出，旋即失去了意识，恍恍惚惚感觉到了有人在推我的肩膀，还有人冲我喊着："别闭眼啊，清醒点儿，千万不能睡过去啊！"

　　仿佛好好地睡了一大觉，我醒了，睁开眼看见了雪白的天花板，看见了头上的吊瓶，随后又看见了自己的亲属家人，以及一顶顶蓝色的大檐帽。我的意识霎时又回来了，我靠！我得救了！依旧是口干舌燥，我舔舔嘴唇，说不出来话，但我示意着想要喝水。老娘眼里噙着泪摇摇头，俯下身子对着我的耳边说："大夫说了先不能喝水，再忍会儿吧！"我无奈地点了点头，有人出门去找来了大夫。大夫过来查看我的情况，从床头拿下病例开始记录着什么，然后就开始往外轰围在我病床周围的人们。大伙一个个都无奈地出去了，老娘也一步三回头地出去了。病房里除了仪器里传出微弱的"嘀嘀"声以外，不再有任何动静。我努力回想事情的经过，一想到刚才清醒时见到的大檐帽，心里又不由得一沉：我靠，我怎么和他们说呢？

　　呛人的来苏水味儿，一阵阵地刺激着我的嗅觉神经，因为涉及了刑事案件我被"幸运"关照，从重症病房转入一个单间治疗。两天后除了伤口还在隐隐作痛之外，"元神"已经恢复如初。一次大难不死换来了暂时的平静，被捅在板桥胡同里昏死过去后的一切经过，也在家人的叙述中渐渐地在我心里清晰起来。

那天我彻底失去意识之后，围观的人群里有几个胆大的爷们儿上前观察一番，发觉我并没有彻底咽气，还有微弱的生命体征，便七手八脚地把我抬到西门里大街上，截了一辆刚从东门里垃圾装运站卸载完的大解放汽车，直接就把我拉到了公安医院。还有几人去了派出所报警。您瞧我这命，都濒临死亡了才混上坐垃圾的专车，不过咱老天津卫自古就不乏古道热肠之人，如果不是在那个时代，如果不是那些平日在街面胡同里家不长里不短地说东道西传老婆舌头、自己利益受损时撒泼打滚儿坐地炮的大娘们，和一贯贫嘴呱舌胡骂乱卷的大老爷们儿们在关键时刻的仗义出手，我肯定会在那个初春的下午血尽人亡早早地上阎王殿报到了。真的，那个时候在咱老天津卫的市井中生活的人们，貌是世俗，下里巴人，成天仁饱俩倒混日子，可是关键时刻一到，真没有几个孬种尿海，一个个嘴里数落着你骂着你，手里却帮你办着可挽回你一条命的事儿，绝没人含糊，这就是咱们身边的，也许你都没正眼看过的街坊四邻——家门口子！

2

说说伤情吧，由脚脖子往上，脚踝、腿肚子、大腿根儿、屁股蛋子到腰，有深有浅、有大有小，一共二十一处伤口，也就是说捅在身上的有二十一刀，全集中在腰部以下，万幸没有伤及筋骨，都是皮肉之伤，也搭着前一阵子我身上一直断断续续有伤，这次又差点儿被捅成筛子，造成创伤性贫血，需要输血、输蛋白，也就这样治疗了一个多星期。这期间帽花不断地来调查，我一直以自己当天喝大了后路遇这几人，是我挑衅后被打、被捅，打我的人我一概谁都不认识为由，将调查对付过去，再后来派出所也就不来医院调查了。

躺在医院的病床上，那天的情形时不时地一幕幕还在眼前晃悠，每当伤口隐隐作痛，我心里不禁地要骂："靠！老哑巴我还真就看不起你了，嘴里口口声声地报号西头老哑巴，堵我走单儿，四个打我一个，还在我手无寸铁的情况下！我不佩服你，你老哑巴要是真'够杠儿'，咱俩可以定事儿，要么一个对一个单挑，你趁我不备出黑手是吗？你等着，等我缓过来的，你不捅了我二十一刀吗？我必定以一倍的数目奉还于你，四十二刀！绝对一刀不多一刀不少地还给你，你没挑了我的大筋，弄不好你老哑巴的大筋得让我给你断了，我就认识一句话，那就是一人投命，万夫足惧……"想着想着迷迷糊糊地又睡着了。

这一觉一直闷到了晚上的探视时间，家里来送饭了。我心里有事儿，有一口没一口地风卷残云般吃下去家里送来的排骨汤和排骨。等我吃碗饭，老娘出去刷碗了，就在这阵儿，病房门口有人扒头，不大点儿的小脑袋，顺顺溜溜的三齐头，叽里咕噜乱转的眼神——小石榴来了。

我也知道他差不多该到了，见他在门口扒头，冲他一招手，让他过来说话。石榴还是没敢进来，小声在病房门口问我："有帽花吗？"我说："帽花好几天没来了，你快进来吧！"石榴这才小心翼翼地进来，走到床边告诉我："我过来探探道，后面还有一批人呢，我喊他们去。"扭身又出去了，一眨眼的工夫，老几位悉数到齐了。李斌、宝杰、老三、国栋、小义子、亮子、司令，秃神瞎鬼地聚了一屋。哥儿几个手里提着水果罐头、麦乳精、香烟、点心之类一应俱全的慰问品，足足堆了一床头柜。只有宝杰不靠谱，给我拎了两瓶直沽高粱！

病房里人一多，叽叽喳喳的可就热闹了。我老娘回来一看都是一帮神头鬼脸的主儿，不禁有些不放心。宝杰和石榴都和我老娘比较熟络，便在一边劝我妈先回家。老娘一看离探视结束还有不到一个小时，我也吃完饭了，在我再三的催促下，老娘才不放心地走了。老娘一走这帮人的话匣子算打开了，屋里一乱，楼道里的一位小护士进来吆喝："你们都小声点儿，别的病号还得休息哪！"宝杰一回头，对着小护士凶神恶煞般地一立眼眉，瞪着俩牛眼大声喊道："干吗？出去！"小护士才红着脸扭头出去，不再理我们了，我们几人放肆地哈哈大笑。

现在屋里清净了，这才开始话入正题。我跟他们大伙说了这场事儿的前因后果。老三想想说："老哑巴在西头还是真有一号，我以前就听说过这人，此人号称——过手必残，也就是只要从他手里办过的冤家对头，都必然被他弄残，有名的心黑手狠。

前年，南头窑有一个刚立起点儿来的'五群'，因为在澡堂子和老哑巴相遇，老哑巴嘴欠，拿五群找乐。五群忍无可忍，跟他翻脸了。俩人约好出来比画，结果刚到外面，在五群还没准备好的情况下，也是一把剔骨刀直接从五群的眼上豁开一大口子。五群的右眼差点儿瞎了，至今还落个大疤瘌眼呢，而且老哑巴和别人定事儿，根本不按套路出牌，别人一般也都摸不着他的脉。主要是小林彪挺捧他，不过小林彪也掌控不了老哑巴。这事儿咱得从长计议，总之不太好办。"

李斌此时拿出他一贯的主事儿、拍板儿作风，用命令般的口气告诉我："你给我好好养伤，别的什么也别想，等我先摸摸他老哑巴的路数再说，这期间你可千万别轻举妄动，你给我留点儿时间，你这场事儿我主了！"看着李斌脸上发狠的神色，我没再言语，把话题岔开聊了聊别的事儿，足足聊了两个钟头，哥儿几个才在护士的一再催促下鱼贯出门，走在楼道里还在嚷嚷："好好养着啊！"

李斌他们怎么去安排，咱先撂下不提，我先说这么一位"爷"。我在医院养伤期间结识了一个朋友，后来可以说是过命的交情，很长一段时期中，他在我的生活中起着举足轻重的作用。我先交代一下此人的情况，此人大名"刘庆民"，小名"老蔫儿"，比我年长四岁，为了在外观上让各位有个比较直观的认识，我简单描述一下：老蔫儿身高大约一米七十五往上一点儿，一头又黑又硬的短发，长相如"四郊五县"般的淳朴，酷似万梓良，脸上散落着星星点点的顶着白头儿的"青春痘"，掉了两颗上门牙，不知道是不是缺齿少牙的缘故，老蔫儿大部分时间不苟言笑，甚至不太说话，他常年都是一身草绿军装，一伸出胳膊便可看见两只手腕上密密麻麻的疤痕，那是用烟头儿烫的几个"死签儿"，老蔫儿的身世也充满了各种传奇和意外。

3

老蔫儿的爹是一位德高望重的进城干部，后来我去过老蔫儿家，墙上挂满了他爹进津时和以后照的相片，身上挂着各种手枪、军功章，威武至极。他爹那时在公安口负点儿责，家住河北区十月影院附近的一个军属大院。老蔫儿上边有三个哥哥和四个姐姐，他在家行小，上面的几个哥哥姐姐都被他老爹安排进了部队里，有的在北京，有的在西安，有的在锦州，都已经混上了一官半职。

原本老蔫儿在家行小，很得父母之宠爱，他爸爸也想照方抓药般地将他送到部队锤炼一番再提干升职，如果没出意外也就算把老蔫儿以后的前程安排好了，只管一步一个脚印地走下去，便可功成名就地在部队，再混到离休终了一生。他爸找了老部下疏通关系，没费劲儿就把老蔫儿送进了山西太原的一个部队。老蔫儿别看他是干部子弟，身上却没有一般的少爷羔子的嚣张和狂妄，原因是他老爸的严加管束和棍棒教育，他爸在家里管束这几个孩子依然延续着在部队管束士兵的一贯"军阀作风"，这也造成了老蔫儿不苟言笑、不善言辞、逆来顺受的脾气。

老蔫儿到部队后参加新兵训练，因为老兵欺生，屡次欺负新兵，老蔫儿顶看不惯这个，又因在新兵班的一次班会上顶撞班长，让班长记恨上了。在一次中午在食堂集体进餐时，班长挑唆几个老兵对老蔫儿挑衅，并在全连面前加以训诫，将老蔫儿收拾得体无完肤、颜面尽失，同时也把老蔫儿心底埋藏已久的野性和压抑的青春叛逆给激发出来了。在当天的夜里，老蔫儿手提一壶开水，一点儿没遭贱，一股脑儿地倒在了班长的身上。好在班长身盖棉被，烫伤不算严重。老蔫儿随后被关禁闭，并要被送军事法庭。

事情被他爸的老部下压了下来，又通知了他爸，老部下在电话里请教老首长："这事儿您看该咋办？"老头子大骂老蔫儿这不忠不孝之逆子，并义正词严地发话："他小子送前线去，接受战火的洗礼和锻造，要是他命大，能全须全影地回来，也就算成人了，残了回来有国家养着，命短回不来了就算我这儿子给国家养了！"于是老爷子部下悉数照办，一个月后，老蔫儿的身影便出现在自卫反击战的"法卡山"阵地上，然而，他老爹再一次失算了，老蔫儿既没有立功也没有光荣伤残，更没有给他爸作脸为国捐躯，而是在一次急行军时开了小差！

您要问老蔫儿为什么开小差，是不是怕死啊？其实真的不然，老蔫儿真不是怕死的主儿，他的出身也决定了他体内没有怕死的基因，那行伍出身的一大家子哪个都是行军打仗、马革裹尸的人物，之所以老蔫儿那么不给他爹作脸，是因为老蔫儿有着他一个天生的心理缺陷——他晕血！

这晕血可不是怕死怕战，跟那个没关系，这是一种心理反应，只要见了血，那是抑制不住的天旋地转狂呕不止。和平年代，老蔫儿家境优越，养尊处优的生活有什么机会让他流血呢？高干子弟不像咱似的一个个比土豆都皮实，哪儿划个口子、破个窟窿用嘴嘬两口往地上一吐就算完事儿，那老蔫儿在家可是宝贝儿，除非来例假，要不见血的机会几乎没有。

据老蔫儿自己后来跟我说在入伍体检时在验血环节上，他一见自己的鲜血顺着针管儿一点点地被护士抽出时只觉得天翻地覆，面色苍白双唇无色，他只能将目光转移他处，强忍着才对付过去。在急行军的时候，看到这一路上一辆辆军用卡车拉着伤员从前线撤下来，车上的伤员们一个个血染军服浸透绷带，老蔫儿顿觉两腿发软气喘不匀。他强忍着不看，可越是不想看，他的眼光越往伤员身上瞅，直到一副抬着伤员的担架在他面前停下来，看到担架上的伤员衣服都已经炸飞了，双手抱着自己被炸下的小腿，小腿的创面里还流着绛紫色的血浆，他老蔫儿是彻底崩溃了，一腔热乎乎的军粮夺口而出，直喷到了前面的战友的后背上后，面无血色地昏死过去了。

战友报告给班长后，班长留下两个战士照顾他，随后疾行而去。这俩战士一开始还给老蔫儿喂喂水，喝点药，等老蔫儿见缓了，仨人坐在路边休息。内心的恐惧牢牢地占据着老蔫儿的心，他决定逃跑，机缘巧合，眼前的公路已经在前期的战斗中被炸毁，路面上炮弹坑遍布，后续部队的机动化装备施展不开，有一辆军车陷入了弹坑，看护他的两名战士上前帮忙推车。老蔫儿一见机不可失失不再来，一抱头顺着身后的山坡滚了下去，在无人注意的情况下夺路而逃。

两位看护老蔫儿的战士回来看到了老蔫儿放在路边的武器辎重而不见其人，顿时恍然大悟，知道老蔫儿临阵脱逃了，便赶紧逐级上报，督战队开始追逃。老蔫儿靠着口袋里仅存的几个月的津贴和家里寄来的不多的钱币，一路风餐露宿，在他逃跑第四天的时候，在广西的扶绥县被派来追他的督战队员追上了，随即被带回后方所在连队。

经过一通调查关了禁闭，部队的一位干部急忙联系了老蔫儿他爸，在得到他爸首肯的情况下，将老蔫儿押回天津。老蔫儿的父亲一看这老蔫儿真是朽木不可雕也，便对他失去了希望，但又不能不管他，只好通过关系把他安排到邮电系统里的一个部门谋了一份闲职。在老蔫儿到邮电局上班不久，也不知道通过什么渠道，老蔫儿在前线畏战脱逃的事儿，就在他上班的系统内传个漫天风雨。渐渐地老蔫儿发觉身边的同时不再对他笑脸相迎和颜悦色，而是冷面相对酷如冰霜。

陆续有风言风语传到了老蔫儿的耳朵里，再怎么说老蔫儿也是五尺高的汉子，自尊心极强，虽然内心也知道他爹为他也是绞尽脑汁舍面子赔脸为他安排了这份相对还算体面的工作，但是临阵脱逃畏战不前的名声，却压得他喘不过气来。以后老蔫儿的性格脾气越发沉默内向，喜怒无常，人际关系在单位也糟糕到了极点。老蔫儿内心的压抑也已经到了爆发的临界点，只要有一点火星便可爆炸。

4

其实老蔫儿的骨子里还是很倔强的，只不过他现在的生存环境和家里父母对他的不理解，使得他异常的愤懑，找不到发泄的渠道和倾诉对象，没事儿就自己弄根烟一边抽，一边在自己的胳膊上烫"死签儿"，一开始一个一个烫，后来不解恨了，一连烫上几个，以至于俩胳膊腕子以上找不到一块完整的地方。他渐渐地在沉迷这种让烟头徐徐地将皮肤表皮烫开，又慢慢地一点一点地烫熟肌肉，让疤晕一点点地展开的感觉。伤疤逐渐变圆、逐渐变深，在火烧火燎的痛感中去寻找那撕心裂肺的快感。

他在单位干活儿，有时不经意裸露出自己的两只胳膊，同事们无不惊心。那个年代但凡胳膊上烫有这种"死签儿"的人，大都不被人们所接受，被视为玩儿闹狗屁。回到家，他还故意让父母看到他的"作品"，见到父母流露出的痛心和惋惜，老蔫儿心里甚至感到扬扬得意，他何尝不知道"身体发肤受之父母"的道理，他这是无言的反抗。他在家里老军阀父亲的淫威下和单位同事的漠视和不接受下，找不到一位可以交心的朋友，找不到一位可以哪怕是暂时的倾诉对象来发泄一下心里的苦闷。老蔫儿觉得自己活得憋屈，年轻躁动的心总是想找人干一架，但一想到自己晕血的这个足以让他自卑的毛病又一次次地忍气吞声了。

终于在一个刚上班的早晨，装卸邮件的时候老蔫儿和自己的小组长起了严重的冲突，一时间老蔫儿这些日子以来的所有委屈憋闷千愁万恨的情绪，一股脑儿地发泄在了这位倒了霉的小组长身上。老蔫儿把一切都抛在脑后，不计后果地一顿拳打脚踢，一拳捣在那倒霉蛋儿的鼻子上后，也加着老蔫儿命苦，也不怎么那么凑巧，这位组长有血小板低的毛病，他这一拳下去，那货的鼻子里血如泉涌，顺着自己捂在鼻子上的手指缝儿不住往下流。

老蔫儿这一见了血，紧闭双眼不敢再看，顿时感觉天旋地转浑身冒汗，不等组长还手自己已经先瘫倒在地了。同事们不明所以，纷纷围住老蔫儿查看是怎么个意思，之后老蔫儿大吼一声从地上站起，疯了一般向门外跑去。

老蔫儿连吼带叫地跑出邮电局大门，一路上犹如神魔附体般狂奔出了几百米，最后在路边马路牙子上气喘吁吁地坐了下来。他两眼发直，嘴里呼呼地吐着粗气，从口袋里摸出一根烟刚要点着，顿觉腹内翻江倒海般地翻腾，赶紧站起沿着墙边哇哇地大吐起来。这一架打得，老蔫儿本已经占了上风，眼看那位小组长就被他打服了，却在关键时刻功亏一篑败下阵来。

自此以后，这一段老蔫儿的光辉业绩便在系统内部广为流传，成为同事之间茶余饭后的笑柄。老蔫儿再一次被自己打败了，跟自己的组长打架不服管理的老蔫儿，由于他老爹门路比较硬，便被上级调离了原来的部门，调到仓库当了一名库管员。这下老蔫儿是更加与外界隔离了，越发自闭，一段时间以后他又落得个自言自语的毛病，单位的同事纷纷说他精神上有了毛病。

这一场架打得对老蔫儿的精神刺激太大了，老蔫儿自己心里有数，心里发誓一定要过晕血这一关，要不以后只有被别人欺负、嘲笑、看不起的份儿了。反正他现在也是个闲差，有着大把的时间，老蔫儿自此以后便开始一趟一趟地往各大医院外科急诊跑，专门去看那些送到医院里的刀砍斧剁、坠楼车祸、工伤事故、血流头破，来历练自己的胆量和晕血恐伤的毛病。这小子一时间是已经走火入魔了，反帝医院、公安医院、总医院、一中心医院无不留下了他在外科急诊转悠的身影，也就是在这个当口儿，老蔫儿和我结识了。

打这儿开始，我和老蔫儿、石榴三个人，结成过命铁三角的关系，并一度形成与李斌分庭抗争的局面。

5

在我被好心的街坊邻居们送到医院抢救的时候，老莺儿当时正在医院里的外科急诊无聊地晃荡，看到送进来一位腰部以下血肉模糊的伤号，顿时就打起了精神，上前磨砺自己对血色的恐怖与眩晕。据老莺儿事后跟我讲，我在进入急救室后，护士扔出来的我的秋裤像投过水的墩布似的，老莺儿在垃圾桶里盯着我那条秋裤看了半天。

自打那天起，老莺儿对我负伤的过程生发出了从未有过的好奇心，他一次一次地在医院里追寻着我的足迹，从重症监护室，到如今的普通病房，他都尾随而至。那个时候还不像现在医院的探视制度，每天家属探视是有时间控制的。几乎每天我家里来人送饭探视时，都能看到老莺儿在病房门口扒头。他也不说话，也不长待，有一次甚至被前来调查的帽花叫住盘问，老莺儿一嘴胡天儿说他是在这陪护病号的家属才糊弄过去。

在我躺在病床上的第四天，我也开始注意到了他在门口探头探脑，说句实话，我刚注意到他的那几天心里还真有些含糊，我一直以为老莺儿是老哑巴派来"补刀"的，还想着这可要了命了，我这下不了地，他要真进来趁人不注意给我来几下，我还真就是没辙，我看看立在床边的输液架子，心说："实在不行就拿它比画吧！"

终于在一天吃中午饭的时候，我又看见了在门口晃荡的老莺儿。我忍不住冲着他喊了一句："哎！你老在这门口晃悠什么？有你妈什么事儿进来明说！"老莺儿一听我在喊他，待在门口犹犹豫豫地站着不动，两眼露出一丝慌张，张张嘴往下咽着唾沫，可以看得到他脖子上的喉结上下动着，但是一时僵在原地不知所措。

老蔫儿的这种表现让我感觉踏实了不少，如果是前来"补刀"的角色，应该不会有这种表现，既然我心里有了底，也就不再对他怒目而视了。我缓和了一下情绪，抬手招呼着他："你过来给我帮帮忙吧！"老蔫儿这才小心翼翼地走进病房，一步一步走到我的病床前。我对他说："你受累帮我把床摇起来行吗？"老蔫儿并不言语，低下头来把我的病床一下一下地摇起来。

我坐在床上上下打量着老蔫儿，从外表看，他那穿衣打扮介于老实孩子与玩儿闹之间，你往哪边给他归类都不为过，但他的脸上却没有玩儿闹们脸上常见的匪气，也没有流气，显得一本正经老实巴交。此时老蔫儿的脸上涨得通红，哼哼哧哧地说不出话来。我一看屋里四下没人，寻思不如找个台阶缓解一下这种尴尬的气氛，一脸堆笑地对他说："哥们儿有烟吗？给我来一根！"老蔫儿急忙从口袋里掏出一盒"云竹"，抽出一根递给我，拿火柴给我点着了烟，他转身又要走。我喊着他："哎，别走呀，你还得帮我插旗儿（放哨），看见护士、大夫过来告我一声儿啊！"我狠狠地抽着烟，老蔫儿在门口身倚着门框，一丝不苟地给我把风观望。我问他："你怎么天天在我这门口晃悠，你想干吗？你哪儿的？"

老蔫儿看我的烟已经抽完了，回身又进到屋里。我示意他拉过一条板凳坐下。老蔫儿这才开始把他的经历一五一十地跟我念叨了一通，当然当天并没有完全说完。

自打这儿以后，老蔫儿开始时不常地往我这儿跑，来了照样在门外晃悠扒头，只要屋里有人他绝不进来，一旦没人在我床边，他才蹑手蹑脚地进屋，也不多待，每次都是坐个十几分钟就走。他坐下也没什么话，一般都是我问他什么他就回答什么，真是和他的外号一样，太"蔫儿"了，纯属于三脚踹不出一个屁来的主儿。以后老蔫儿再来，开始给我带东西了，今天两盒烟，明天两盒午餐肉罐头，后天还弄来两盒奶糕，反正是不空手来。我心里挺过意不去的，原本萍水相逢，老蔫儿又大我几岁，这三天两头地来看我还不空手来，弄得我不好意思了！

原本伤口已经养得挺好了，可后来也不知道怎么回事儿，在一次输液之后，我浑身起了大片的红斑，并伴随着全身的瘙痒。大夫过来检查了以后便开始给我验血、验尿，结果出来以后一看是输的液里有我过敏的成分，又重新开药、重新输液。原本就快要出院了的我，就这样又在医院里住了半个月。

临出院那天，李斌为首的哥儿几个一同来接我出院。出院的前一天老蔫儿来了，我已经把明天要出院的消息告诉了他，正好借此机会我又把老蔫儿介绍给了李斌他们，他们彼此都握手点头致意。老蔫儿和我也彼此留下联系方式，说好以后加强联系，当个好朋友走动。

就这样，一场劫难换回来一次休整，一次流血交上一个过命的朋友，取舍得失，是非对错，冥冥中都是天意。

第三章

1

花开两朵，各表一枝，放下老鸢儿咱再说我这帮狐朋狗友们。在医院里我住了整整一个月，这期间大伙还真都没闲着。以李斌为首的几位，开始各显其能地打探老哑巴的底细背景，包括老哑巴身边有几个死磕的朋友，以及老哑巴的势力范围，等等。撒出眼线耳目去打听有关老哑巴的各种线索，然后再汇总分析，这是李斌身边的鹅毛扇军师老三的一贯处事作风。知此知彼，百战不殆，不打无把握之仗。咱重点的要说小石榴，小石榴一般都是在我和李斌他们一块玩儿的时候才跟众人聚在一起，只要我不在李斌身边，小石榴是不屑跟李斌他们相处的。所以在我住院的这段时间，小石榴一直单独行动，就在每天放学后，他骑着他三姐的二六自行车，穿梭往返于城里到西头的大街小巷。小石榴和李斌他们对于寻找老哑巴的切入点不一样，小石榴更直接、更尖锐，他要直接找到老哑巴的所在地——他家的住址。石榴身藏一把小七寸刮刀，自己心里有数地盘算着——如果碰到老哑巴走单，便趁其不备突然下手，如果他身边有人就从后尾随，找到他的家在哪儿，平时在哪儿落脚。只要不是迫不得已，石榴一般是不开口打听老哑巴的行踪的，他怕走漏了风声，当有人打听老哑巴的事儿一旦传到老哑巴本人的耳朵里，他就会有所准备了，以后也不好下手办他了！

功夫不负有心人，不枉费石榴的一片苦心，在一个晚上，石榴觉得肚子里有些饿了，便把车停在了路边一辆卖煮乌豆的三轮车前，想买两毛钱的乌豆垫一垫，就在他掏钱付款的时候，后脑勺儿被人打了一个脖溜儿。石榴一缩脖子回头一看，原来是他爸的一个老酒友来买下酒菜。石榴是小辈儿自然不敢怠慢，赶忙拜见寒暄。这酒友也是有外面儿的人，一看自己的老酒友的儿子在买乌豆对付吃食，便把石榴叫到旁边的一间烧卖馆里坐下，要了几个小菜和石榴俩人对饮起来。这酒痞要是喝起酒来自斟自饮是没意思的，身边坐着个人，甭管他是干什么的，多大岁数，什么身份地位，只要是你坐那儿跟他一喝，酒过三巡菜过五味，你便成了他吹牛掰的对象。石榴他爹的这位酒友自然也不例外，要说石榴比他小了一辈儿，你得有点长辈的尊严脸面不是？不然！酒席面儿上无大小，坐在一块儿了就都是酒友！这老酒友自恃年长，开始云山雾罩地酒壮尿人胆了。在这个时候石榴也是有一搭没一搭地跟他打听一下认识老哑巴吗？毕竟这是在西关街，有可能老哑巴就在这一块儿住。谁知道这不问则已，无意这么一问，好嘛！居然将老哑巴的家境、身世、现在、过往问了一个底儿掉，这可真应了那句话了——"踏破铁鞋无觅处，得来全不费功夫"！

　　老哑巴的家境身世什么的咱先不聊了，以后会涉及，最重要的是石榴在他爸的酒友嘴里得到了几个最重要的信息，咱得简单说一下。第一，老哑巴在他家门口的一个印染厂上班，而且还是三班倒。第二，老哑巴喜好泡澡，在厂里的澡堂子洗不舒服，每天有空，他还得到家门口的一间公共浴池去泡澡。第三，老哑巴一般身上不离他的那把剔骨刀，在他的刀下已经有好几个人残了，可谓下手极其狠毒不留情面。第四，也是最关键的一条，老哑巴的家在哪儿是彻底打听清楚了，他家住的是一间独门独院，家里一般只有他老娘在家。有这几条就足够了，石榴用心地把这几条一一记在心里后，看到他爹的那位老酒友已经喝得差不多到位了，往嘴里扒拉了几个烧卖就告别了那位伯伯，扭头回家了。

李斌那边也打探出来了几条有关老哑巴的信息，据说老哑巴在把我办了之后，并没有完全罢手，因为我劫他帽子那天还有几个人在场，老哑巴认为这是一个团伙，他要把脸儿正过来，就一定要跟这帮人比画一下！老哑巴在一段时间内一直叫嚣着要灭掉城里的所有玩儿闹，以后我老哑巴再去城里，不能看到任何一个玩儿闹，否则他见一个废一个，见两个毁一双！真可谓狂妄至极了，这不典型的说大话压寒气儿吗？李斌和老三一商量，这坏门儿就来了。老三一拍桌子，大声说："太好了，咱还就怕他不敢吹这个牛！在场的所有人，你们可都听好喽，立马把老哑巴这话给我添油加醋地传出去，让城里所有的玩儿闹们都知道他老哑巴放出了这句狂言，老哑巴要让城里的玩儿闹绝迹。哈哈，这你妈不是嘴给身子惹祸，这是嘛？"

2

一眨眼，从医院回来一个月了，办老哑巴的事儿不能再拖了，一旦天气热了，这大街小巷的老天津卫们，可都该各出家门在胡同大街上凉快儿了，街面儿上人要是一多眼就杂了，到时再有俩爱管闲事儿的就不好下手了。不过我不想让李斌他们跟我一块儿出头办老哑巴，一来红旗饭庄的事儿至今我还心有余悸，不能再牵连他们了，二来李斌、老三他们已经把老哑巴要踏平城里大小玩儿闹，办服四面城内所有大耍儿的话传出去了，西南角、西北角、东南角、东北角，所有在街面儿上站脚立腕儿的角色都蠢蠢欲动，要跟西头的混混儿们决一高下，这种局面要是真的发生了，那可不是我能控制住的，那可就真闹大了！不行，一定得赶在别人动手之前就让老哑巴"趴屁"！老哑巴绝对是个惹祸精，他那张嘴太能搅和事儿了，一定要避免城里和西头的玩儿闹"群砸"！我打定了主意，开始有意识地先和李斌他们疏远着，同时抓紧时间和石榴谋划办老哑巴的具体方案。这期间老蔫儿与我的关系突飞猛进地发展着，几乎每天老蔫儿都到96号来找我和石榴。小石榴和老蔫儿也挺投缘对把子，我自打有了与老蔫儿深度交往的想法之后，一直对他的战斗力不太放心，老蔫儿这晕血的毛病一到真格的事儿上时会不会掉链子？小石榴却极其看好老蔫儿，小石榴认为老蔫儿是个绝对忠实可靠之人，别看平时不言语，心里有数，常言道"少言寡语必有心路儿"。

老蔫儿的介入，有形无形之中增加了我身边的战斗力，不过不到实战当中去检验，我对老蔫儿的能力依旧不太放心。只是石榴对老蔫儿却超乎寻常地看重，石榴执着地认为老蔫儿再怎么说也是在部队待过的人，他的执行力和保障力应该都远比我们这帮散兵游勇强过百倍。何况此前一段时间里，老蔫儿一直在刻意去医院里大量地观摩那些严重的外伤现场。据老蔫儿自己说，他已经对血肉模糊的场面麻木了，但这只是老蔫儿的一面之词，真要赶上打斗，见了刀砍斧剁的场面，老蔫儿的内心承受力几何还是个未知数，所以我一直不敢对其放心使用。老蔫儿曾经对流血场面有心理障碍，现在我是对老蔫儿的使用有心理障碍，但如若不让老蔫儿掺和这件事儿，老蔫儿他还一万个不愿意。他似乎对我们这种终日打打杀杀的生活很感兴趣，大概也是老蔫儿一直融入不了同事或别人的生活圈子，如今有了我和石榴两个真心拿他当朋友的人，老蔫儿顿感一种找到组织的感觉，这也是他为什么每天在单位打个招呼露一面，就忙不迭地跑到西门里96号，来向我和石榴报到的缘故。虽然来了以后依旧一整天都听不见他说话，只是在一边不停地倾听着我和石榴你一言我一语的对话，偶尔才插一句不着调的话，弄不好还会引来我和石榴的一通奚落取笑，然后他再一次红着脸低头不言语了！那会儿谁又想得到，真正和老哑巴刀枪相见之际，老蔫儿给了我们一个大大的意外，同时老蔫儿的晕血症的这一层窗户纸也被他一刀捅破了，此后他变得嗜血如命，此乃后话，按下不提。

3

老哑巴绝非二黑之流可比的，是他的心狠手辣和狡诈狂妄，前边说过，老哑巴所有的冤家对头，在与之交手的过程中非伤即残，一言不合老哑巴便出刀伤人，下手又黑又狠，从他要挑我的大筋那次可见一斑。而且老哑巴不是二黑那样终日只在一个地方招摇，老哑巴属"飞蜂"的，神龙见首不见尾，所以出手之前必须要好好摸清他的行为规律和出没场所。我当时认为，办老哑巴最理想的场所，是在他经常出没的澡堂子。考虑到澡堂子是公共场所，且老哑巴常去，人头儿必然很熟，只能在他出来时下手，趁其不备，一击制敌，速战速决，不得恋战！还要提前设计好退身步，毕竟是在人家老哑巴的一亩三分地，哪怕有一点儿提前预判不到，就肯定是肉包子打狗——有去无回，我们可不能往人家嘴里送肉！但话要拉回来说，老哑巴也不是完全没有破绽可寻，那就是他的"狂妄"，一贯目中无人，天老大他老二，表面的嚣张成就了他内心的轻敌，出其不意攻其无备地出手，成功率就能大大提升，前提是一定得好好摸清老哑巴的行为规律，铺平垫稳、出入自如！经过一个星期的铺路准备，我决定在老哑巴下了早班从澡堂子泡澡出来的当口实施报复！那一阵子，老哑巴依旧逍遥，他不知道的是危险正在一步步向他靠近，血光之灾前的沉寂，严严实实地笼罩在老哑巴四周。当他洗干净一身的污垢，又将再一次用自己的鲜血把他自己洗浴一遍，这就是人们口中的"浴血"！

踩道、踩点儿了一个礼拜，期间曾经三次看见了老哑巴，但由于条件不具备，都没动他，只是让石榴和老蔫儿二人记住并熟悉老哑巴那张脸。我们摸清了老哑巴这礼拜上早班，下午三点半左右，一定会出现在他家门口的大众浴池。老哑巴一般连泡带洗，然后眯瞪两个多小时才出来回家吃饭，想想以前修理二黑的成功经验，完全仰仗着事前周密的踩道、踩点儿，以及缜密的安排。这次也不例外，知己知彼百战不殆，我们仨已经把老哑巴研究透了。一段时间以来，老哑巴的身边不时出现的三个鬼魅幽灵般的身影，将他的一举一动都看在眼里、记在心里，不会遗落任何一个细节。老哑巴还是依旧目中无人、狂妄自大，他不会把他身边出现的任何人放在眼里，在他的眼里任何人都是他的手下败将。不知不觉中老哑巴的背字儿到了，虎视眈眈的三个浑蛋小子就要让他老哑巴刀口横亘、遍体鳞伤，在他家门口闹一回"血染的风采"！

当天中午，我和石榴、老蔫儿仨人一起在"佳乐餐厅"好好地旋了一顿。出门之前我们仨互相分配了手里用的家伙，我和石榴每人一把一尺二的刮刀，还有一把西瓜刀因为太长不得掖，就想着放弃不带了。老蔫儿却执意要带上这把西瓜刀。我是当时没说出来，我不敢让老蔫儿带刀，我当时依旧对老蔫儿的晕血症耿耿于怀，怕他见血耽误事儿，就一再跟他说明这是他第一次出去"办事儿"，最好不要带有刃带尖的家伙，这样不吉利。我早已经想好给老蔫儿准备什么工具了，随手将一把鸭嘴榔头递给老蔫儿。老蔫儿嘴笨，也不愿意说话，没接榔头，他一低头撩开裤腿儿，从小腿上猛然拔出一把军刺。我见这货自己带了家伙，赶紧把军刺夺过来，交给了石榴。老蔫儿悻悻地不太乐意地说了一句："到哪儿都是二等兵，这出去闹事儿去都不给把顺手的家伙是吗？石榴你还有硫酸吗？给我来两瓶！"

4

按照事先计划好的，我们仨人到了那家浴室门口，看看腕子上的老东风手表，时间是两点二十分。我先进澡堂子里面等候老哑巴，石榴和老蔫儿先在外面找了个地界儿躲起来，等我招呼。临出来时我一再嘱咐老蔫儿能打则打，见血不适立马收手就跑，没人埋怨你，但要是霸王硬上弓地强出头，耽误了大事儿可就悔之晚矣！老蔫儿点头称是。

到了澡堂子门口了，我把家伙偷偷递给石榴，手里只拿着从家里带来的毛巾和胰子进了澡堂大门。同所有的公共浴池一样，一进大门是个玻璃和木头框子打成的一道门，门上挂着两条厚厚的棉门帘子，往里走个两三步才是浴池真正的大门，也是二道门，再往里走是澡堂子大厅，一条拦柜里站着俩买票的姐姐，男女洗浴部左右分开，男在左，女在右。左首一条渍死了洗不出来了的白布帘子上，红色的大大的一个"男"字，从这条灰不溜秋的门帘子就可看出，那时的公共浴池的档次如何。一挑门帘儿，紫红色的木制玄关，迎面挡住了里面赤条条的老爷们儿们。一位上身穿白色工作服的服务员站在门口，招呼着来来往往的浴客们。

进得门来一股水汽、雾气、廉价香皂、臭脚丫子，等等混合的气味儿，直撞人的鼻腔。原本大门外清新的春风花香，顿觉被强压在胸腔，又在腹内与这污浊的气味儿混为了一体。放眼望去，大大的室内四溜床铺，一具具肉乎乎的躯体或坐或卧：卧倒的全然不觉嘈杂喧闹的声音，或屈体侧卧或仰面朝天地张着大嘴打着呼噜，不觉口水已经浸湿了头下的枕巾；坐着的仨一群俩一伙地在一起茶水青萝卜地伺候着，互相吹着牛。岁数大的倚老卖老拍着老腔，年轻的身上描龙绣凤，吹嘘着自己曾经的"光辉业绩"。伴随着脚下胶皮拖鞋"呱的呱的"的响声，迎客的师傅一声吆喝："小老弟几位？"我冲他举起一根手指："一位。"迎客师傅一扭身："好嘞，一位跟我走！"把我带到里面，一把扔在我面前一只大筐："鞋帽衣物扣篓，财务自理。"我一边脱衣服一边观察着里面的环境，然后从口袋里掏出一盒郁金香偷偷递到那师傅手里，低声说道："师傅受累，一会儿我洗完出来后麻烦您了给我找一个靠边安静点儿的床铺，我刚给人家帮完白事儿，没怎么睡觉，想找个安静点儿的地方眯瞪会儿，您了看行吗？"迎客师傅说："没问题，交给我了，一会儿你洗完出来就找我，我给你安排啦！"说完他悄悄把手里的烟揣到口兜里。

比写得都准，三点半一过，老哑巴果然大摇大摆地进来了，他一边和他熟识的老浴客打着招呼耍着贫嘴，一边拍一下这个的光头打一下那个的屁股，嘻嘻哈哈地全然没有发觉危险正一步一步向他靠近。我见到老哑巴已经脱完衣服，又从我所在的床铺前通过。我赶紧侧身躺下，用毛巾被盖住自己装作在睡觉。老哑巴没有察觉，带着一身的染料味儿从我身边过去了。在他从我床铺边掠过之时，我顿时感到浑身上下让他老哑巴捅的伤口"腾腾"地跳着疼痛起来，我心中发狠：今天让你老哑巴落在我的手里，不办你更待何时？

约莫过了半个小时左右，老哑巴像一只过了水的鸡一样，一边擦拭着身上的水珠一边踢里踏拉地向他自己的床铺走去。我一看机会来了，在老哑巴的背后穿上衣服，偷偷溜出澡堂子，在门口长长地做了几个深呼吸，把胸中多日以来的郁闷，伴随着浴池里污浊的口气一起吐了出去，吸进几口新鲜的空气，顿觉精神倍增，向西走几步，找到石榴和老莴儿。我对他俩说："老哑巴已经从池子里出来了，他不会在里面长待，估计也就十多分钟就会出来，咱就在澡堂子的大门和二道门之间办他！"

5

我再次回到浴池二道门前售票的地方，在一溜长沙发上坐了下来，警觉地观察着那道阻隔开公共空间与私密空间的白布帘子。石榴和老莴儿在大门口棉门帘子里等候。过了一会儿，就听到了老哑巴与别人打招呼道别的动静。我急忙用毛巾假装擦拭着头发，以免老哑巴见到我的脸。老哑巴果然没有发觉我在这儿，泰然自若地往大门口走，就在他刚刚下了二道门的台阶，发现大门口一左一右地站着两个满眼充血虎视眈眈的人，他似乎有所察觉了，急忙掉头要返回浴池里面，不料一回身，正与我迎面相对，那真是仇人见面分外眼红。

一切都像是提前设计推演好的一样，老哑巴毫不意外地落到为他设好的圈套里了。老哑巴与我对视之时，我在他的眼里看到了一丝惊恐和慌张。开弓没有回头箭，没等他反应过来，我抬起腿一脚踹在老哑巴的肚子上。老哑巴一个趔趄，仰面朝天地倒向二道门外。此时五点多钟，澡堂子里的浴客都已经纷纷回家吃完饭去了，大厅里的人不是太多，但却非常嘈杂，我这一脚将老哑巴踹出门外，由于事发突然，而且没什么响动，倒也没引起别人的注意。老哑巴从两级台阶上仰面摔倒，头一个出手的居然是名不见经传的老莴儿！只见老莴儿后退一步，让出老哑巴倒下的空间，在老哑巴倒地的一瞬间，他好似恶虎擒羊，将老哑巴翻了个脸儿朝下，用膝盖顶住老哑巴的后腰，同时伸出手去，两根手指向后一钩，死死钩住了老哑巴的两个鼻孔。老蔫儿这招是他在部队时学的擒拿术，此时用在了老哑巴的身上。老蔫儿的两根手指钩住老哑巴的鼻孔，另一只手往下压。老哑巴的头就被死死地按在地上了，再也动弹不得，要是再动弹老蔫儿的两根手指就能把他的鼻子眼儿给钩豁了。但见老蔫儿一手钩住老哑巴的鼻子，腾出一只手，迅速从腰里摸出那把鸭嘴榔头，手起榔头落，一下一下地砸在老哑巴的脸上。

以往有关"晕血"给老蔫儿带来的一切自卑、憋屈、恼怒，仿佛在这一瞬间得以一股脑儿地发泄。老蔫儿的脸上分明是一副穷凶极恶的表情，我看到他的手里地榔头一下下地狠狠落在老哑巴的下腭和嘴唇上，他不是用榔头的平头砸老哑巴，而是用鸭嘴的那一头。其中一下，还狠狠地砸在他自己钩住老哑巴鼻子的那只手上，他却恍如不觉。老哑巴被老蔫儿的榔头砸得满嘴血沫纷飞，一颗颗牙齿从已经被砸豁了的嘴里被鸭嘴榔头带了出来。正当老蔫儿砸得起劲的时候，手中榔头往上一举，由于用力过猛，碰到了他身后的玻璃，"哗啦"一声，大块大块的碎玻璃纷纷落下。榔头把儿甩在门框上，一下子折断了，可见老蔫儿用力之大。老蔫儿扔掉手里的半截榔头把儿，从地上捡起一块带尖儿的玻璃碴子，一下子顶在老哑巴的脖子大动脉上，狠狠地对老哑巴说了一句："别你妈动，再动一下我切了你的大动脉！"老哑巴的上半部被老蔫儿制约得死死的，就老蔫儿的这几下，老哑巴可能就已经感受出来这三位来者不善，善者不来，这是下狠手来的，尤其是老蔫儿砸他的那几下太恐怖了，没有嗜血如命的态度是打死也做不出来的，在老蔫儿的威慑下，老哑巴不敢也不可能再拼命挣扎了，他已经被老蔫儿牢牢地掌控在手里了。

老蔫儿的一把榔头在老哑巴的脑袋上"上下翻飞、车钳洗刨"，重新塑造了老哑巴的面容，直至最后用一块尖利的玻璃碴子死死地抵在老哑巴脖子上的大动脉上，并恶狠狠地给老哑巴扔下几句极具威胁的话。话是拦路虎，加之老莺儿这极其专业的擒拿术，老哑巴上半身在他手下动弹不得，但毕竟有保护自己的本能，促使他下半身依旧左右扭动摇摆。我和石榴此时早已刮刀在手，多年在一块儿形成的默契，使我和石榴根本不用言语，一对眼神儿心领神会，各自骑住老哑巴的一条大腿。从正面到侧面，又从大腿根儿到胯骨轴儿，刮刀所及之处，在老哑巴的两条腿上一个窟窿一个眼儿地一刀一刀捅了下去。开始计划的一定要双倍奉还挨捅数目，在我和石榴的一刀刀下去之后，终于差不多够数了。石榴倒还是像以往共事儿时一样，时不常地得弄几个段子出来。正当我在老哑巴的大腿上捅得兴起之时，猛不丁儿地石榴冒出一句："我这儿已经二十刀了，你那儿多少了？咱俩加一下得几了，别再多捅了，我这儿已经没地方下刀了！"小石榴这货，也真是一朵鬼难拿的奇葩！

6

玻璃的破碎声，到底还是引来了浴池里的俩买票的，又有几个正在等人的浴客出来看热闹儿，一看老哑巴在我们三个人的摧残下已经不成人样了，俩买票的姐姐胆小，大声惊呼着往浴池里跑去。现在的局面是里面的人只能往里跑，大门处有我们仨人在门口拦着，谁也不敢靠前或者出去。我一见浴池里的人群要炸，急忙对老莺儿和石榴俩人喊了一个字："跑！"在我的一声吆喝下，三个人又同时为自己在这次办理老哑巴的行动中各自为老哑巴留下了一个"句号"——老哑巴舍命挣扎，他来浴池时穿了一双自己的拖鞋，此时这双拖鞋早已经让他连蹬带踹不知飞哪儿去了，两只脚光着，我和石榴便每人照着他的脚心处，一人留下最后一刀，而老蔫儿则更损，他一看我和石榴每人最后在老哑巴的脚心处又补上一刀，老蔫儿不甘示弱地从地上再次捡起那半截榔头把儿，"扑哧"一声捅进了老哑巴那张已经被他摧残得看不出什么模样的嘴里。老哑巴的嘴已经成了一个大血窟窿，老蔫儿仍然不依不饶，并且口中念念有词："我让你变成真哑巴！"我见老蔫儿还没完，急忙冲他喊道："行啦！快走！"此时石榴已经跑出大门外了，只等我和老蔫儿俩人一从浴池里出来，石榴立马将他提前准备好的一辆房管站的破地排子车推了过来，车上有百十来块砖头，以及一堆洋灰疙瘩之类的垃圾，车头冲着大门就去了，到了大门处石榴一放手，多半车的垃圾连同排子车一起堵在了浴池的大门处，不费点劲儿谁也出不来了。趁着乱成一团，我们三个人疾步而去。

突袭老哑巴尘埃落定，但我料定老哑巴肯定不会善罢甘休，没料到的是此事发酵得如此之快，并一发不可收拾！在老哑巴被我们仨搞定之后，还没过一个礼拜，城里的、西头的已经把这事儿传得沸沸扬扬了。再加之李斌他们自恃与我的关系好，以此为荣地到处炫耀，当中免不了添油加醋一番，越传越厉害。城里的提气，西头的不服。

原本李斌他们在我们仨办老哑巴之前，就已经将老哑巴要踏平城里所有玩儿闹的话原原本本地传了出去了。老城里的这帮人也都是一个个气不忿儿，已经有几位在城里站脚一方的主儿互相联系，要出人出力办沉西头老哑巴了。可在他们成事之前，我已然出手办掉了老哑巴。城里的这帮喜出望外，同时我和石榴、老蔫儿也因此声名鹊起。老耍儿们对我们几位小不点儿的到也都刮目相看了。然而城里的玩儿闹也有和西头的玩儿闹大耍儿有联系的，时不常地就有西头老哑巴周围的哥们儿弟兄，把话传到我的耳朵里——那天老哑巴在我们仨跑了之后，浴池里有平时和他关系不错的几位，一同将他送到了医院，老哑巴浑身最严重的伤情，还是被老蔫儿所赐的口腔外伤，一口牙掉了好几颗，嘴唇开裂，加上两条腿上的捅伤，也就是救助及时，要不然也得因为失血过多而性命堪忧。老哑巴在养伤期间，以前他身边的哥们儿弟兄纷纷到场探望，这些人里不乏像小林彪那样的大哥级别的大耍儿，安慰抚恤的同时，都对老哑巴让城里的三个名不见经传的小不点儿给弄得如此之惨而愤愤不平。开始有人挑头要出面趟平城里，附和者众多。一时间西头是人不是人的玩儿闹们义愤填膺，一个个摩拳擦掌跃跃欲试，火药味渐浓，一顶剪绒帽子引发的血案，造就了如今城里与西头对立的局面，一触即发，后果难料！

西城风云

马涛篇

第一章

1

老城里，西头，各方势力暗流涌动，大有山雨欲来风满楼、黑云压城城欲摧之势。一时间城里原来各个城角占据一方的人物，彼此之间穿穿梭梭，各方头面聚聚合合。过了两个多月，老哑巴的伤情基本痊愈可以出院了，这根火柴棍儿算是点着了，双方也都已经准备就绪，都聚拢在各自的大旗之下，老城里的扛旗之人乃西北角的"马涛"。那时马涛已经三十多岁了，已经过了玩儿闹的最佳年龄段，但在城里一带的威望、资质、阅历，仍在那一段时期里是无人能及。要说人家马涛玩的就是造型，平常看不见这位大哥和谁混在一起，但周围的甭管是街坊四邻还是玩玩闹闹的，见了面无不恭恭敬敬地喊一声"涛哥"，可谓人缘极好。从来没看见过马涛在家门口和谁翻过脸，或者跟谁打过架，但口口相传的都是人家马涛"隔着门缝吹喇叭——名声在外"！

说话这会儿，马涛是三十多岁，当年在二窑和西监都待过。原本马涛在小时就好练武，刚上小学时也就几岁的光景，就在鼓楼北（原衙门口）小花园里学武术，尤其在二窑期间。不知道各位有没有耳闻，二窑一向以拳击而闻名，在二窑里劳过改的，但凡是年轻力壮精力旺盛又好动爱玩的，一般都会练那么几下，当然这也得看你下的功夫深不深。拳击也就是咱老天津卫所说的"捣皮拳儿"，在二窑几年待下来，马涛的拳术日渐精湛，直拳、摆拳、勾拳，攻击拳拳到肉，防守滴水不漏。出来后又拜在河北金钟河的八极名家"皮云清"门下，苦学八极技法。这么说吧，但凡是跟打拳、摔跤、武术有关的，马涛都会一一尝试。成天在新开河边与一帮爱好者抖皮条、举石锁、玩儿墩子、攀杠子。可以说他从十几岁到当时三十几岁就一直没闲着，他自己讲话了"一天不练浑身发紧，两天不练大烟犯瘾，三天不练脚下无根"。在跟河北的皮师傅学八极的同时，这位皮师傅也教会了马涛很多道上的"理儿"，这让马涛受益匪浅，在打打闹闹的同时，更学着去讲理、讲面儿。马涛大我十几岁，他像我这么大的时候，如果说赶上茬口儿，双方交手还都玩得特别规矩，几乎没有群殴，一般都是单挑，提前讲好了玩儿拳还是摔跤，是玩儿攘子还是玩儿刀子，然后才开始比画，一方学艺不精功夫不到喊服停手，另一方也会立即住手，不管两方之间有多大的仇，比画起来绝对规矩，那时玩儿闹的名声，也不像现在那么狼藉。

如果说马涛只空有一身武功，单挑谁都不怕，就被城里的各大势力奉为扛旗之人那是万万不可能的。关键是这位涛哥曾经有过多次单拳可敌四手、饿虎战胜群狼的光辉业绩。早年间，马涛在丁字沽被大老肥、二肥哥儿俩和金强、大猪四人团团围住，他在无法脱身的情况下，赤手空拳，以一敌四，非但没有吃亏，还将二肥手中利刃夺下，追得那四个人在自己的家门口落荒而逃。他又单枪匹马从零号路到三号路一路叫号，被众多老红桥的大耍儿堵在了勤俭道。马涛与红桥老耍儿贾玉弟贾老四抽死签，贾老四先一弓腿，先在自己大腿上扎了一刀。马涛一抬腿在自己的腿肚子上用刀旋下一块肉。这一回合马涛赢了，但贾老四依旧不服，再一次将左手放在了边道上，右手手起刀落，直接插在了自己的左手手背上，并不着急将刀拔出，反而一脸微笑地对着马涛说了一句："兄弟，你老哥哥用自己的手给你试试刀刃，还行！够锋、够利，下面就看弟弟你的了！"众人在一边都对马涛投去挑衅的目光。贾老四面不改色地从手背上拔下刀子，扔给马涛。马涛微微一笑，没捡那把刀，低下头看了看，看见路边有一块砖头，抬脚将贾老四扔过来的那把刀踢在一旁，伸手捡起那块砖头，将自己的一只左手垫在便道牙子上，抬头对贾老四说："大哥，刀子有尖儿有刃儿，进去得快，快来的也利索，那有什么可对付的？看兄弟我给你来个出彩儿的，周围在场的老少爷们儿们上眼看好了！"话毕，右手挥起板儿砖，一下一下地砸向自己的左手，每砸一下，马涛都大笑一声。一开始围观的众人也跟着起哄，在旁边一下一下地给他数着数。可是砸了那么十来下，但见马涛的手背已经血肉翻飞，烂肉鲜血与砸掉的砖沫混合在了一起，鲜红色的一堆，只隐隐约约地可见手背上露出的三根白骨，而马涛依旧谈笑风生地与贾老四对着话茬子。贾老四被马涛的这把骨头征服，大喊："有签儿！是把要儿！够杠儿！行啦兄弟，老哥我今天开眼了！"

　　贾老四被马涛的这把铮铮铁骨折服了，不光贾玉弟贾老四，所有在场之人都被灭了气焰，再没有抢尖儿、拔横儿的人物出现。马涛此时一举那只血乎流烂的左手，在人群里转了一圈："哥们儿弟兄们！今儿个怎么说？事儿有事儿在，我城里马涛在此现眼了，怎么着？还有看不过去眼的吗？弟弟我还有一只右手哪，还有想留下的吗？如果没有别人上前了，那哥儿几个我这只手怎么说？"贾老四急忙应答："兄弟，没说的，没说的，既然小老弟你那么有腰儿，在场的也没尿人，都佩服你这样的，你老哥我是勤俭桥桥头贾老四，今儿个事儿在这呢，弟弟你也甭客气，有嘛想法你就说，你老哥我给你托屉，三防院先看伤，日后我必有一份心意奉上，以后红桥一带你就常来常往，一路绿灯，再敢有挡道的老弟你提一句我贾老四应该管用，倒是以后你老哥我要是哪天叨扰到了城里，还望兄弟你不记前仇啊，至少也不会凿你老哥哥吧？"马涛一歪脑袋脸上挂着灿灿的微笑："哎！来日方长，我就高攀了喊声大哥，大哥您看我今儿个是怎么个走法儿？是横着走，还是竖着走？"贾老四立马给了马涛答复："弟弟，一听你这回话，你就是道儿上的人，还怎么走？这要是搁以前，你哥哥我八抬大轿抬你走，现在不然了，咱没有八抬大轿了，但你老哥我也不会亏了你！"贾老四一回头喊了一声："金强！把你的车开来，先把我弟拉医院去。"又转着圈跟他那些兄弟们说，"哥儿几个给让开一条大道，我城里的老兄弟今儿个在咱这儿挂彩了，真心的没瓢，够杠儿，你们哥儿几个谁也别往后靠，有一位是一位，都掏钱先给我兄弟看伤去，再有什么场面上的事儿我另外再告诉你们，甭你妈都干瞪眼儿啦，掏钱吧！"大家纷纷解囊筹钱，不消片刻，金强开来了一辆上海轿儿，贾老四亲自给马涛开了车门儿，俩人一前一后上车，去到三防院，该怎么看伤怎么看伤。此后马涛便在红桥丁字沽一带，有了自己的一片势力范围和人脉。这次是马涛独自打拼出红桥一带的"领土"，下边咱还得说，马涛从三条石一路滴血杀至河北西下洼，搏命帮事儿后自己扛下所有祸端，在红桥与河北交界一带留下的传奇，正所谓"盛名之下无虚士，扬名立万趁当时"！

2

话说我小时候那阵儿，北大关河的两岸，有一种几乎每条河上都有的现象，就是河两岸的小孩儿彼此叫号寻衅，隔着河互扔砖头，或者隔岸叫骂。夏天的时候都去河里游泳，河岸这边的游到河对岸了，你可千万别上岸上嘚瑟去，嘚瑟的后果肯定是让河对面的一顿狂砸。要么就是对岸知道你不是河这边的，不等你到岸边上，已经一通砖头、瓦片、石头子儿、胶泥瓣儿地把你砸回去。这原本一般都是小孩儿之间的一种游戏，无伤大雅，天边飘来五个字儿——那都不叫事，明白一点的人都不会因为这个翻脸。可还就是有那么个浑不懔的货，因为这种孩子间屁大的小事儿护犊子，从而闹出了一场血案。引发这场事儿的浑蛋家长叫"老古董"，按咱老天津方言讲，这"古"念二声，"懂"念轻声。老古董自己家里一直条件不太好，家住在河北大街好像叫作"荤油铺胡同"，时间太久我已经记不太清了，反正是个什么"铺"的胡同。老古董因为家里条件不好，年过四十才烦门托窍找了一位沧州农业户口的女人得以成家。一年后老来得子，奉若掌上明珠。老古董两口子原本就没什么文化，处世为人一切以自己的主观意念为出发点，遇事儿的处理方法完全出于本能，根本不考虑别人的感受及后果，对自己的孩子更是宠爱有加，把孩子喂得是肥头大耳、脑满肠肥！

老古董的儿子因家里溺爱，所以在他周围的孩子当中也是说一不二，相当骄横。这一天，老古董的儿子又领着一群和他一块儿玩的孩子，到河边洗澡游泳。河的对岸是马涛的弟弟，在水里正泡着呢。马涛家里哥儿四个，他行大，在他和他弟弟之间，还有两个妹妹，所以马涛与他弟弟之间年龄跨度较大。那时马涛的弟弟应该是十四五岁，也是因为他弟弟比他小得太多，因此马涛对他弟弟也是相当疼爱。马涛的弟弟叫马忠，马忠当时在河里游得正欢实，不料老古董的儿子带了几个小孩来到河对面，依旧是开始隔岸相骂，并开始往河这边扔砖头、瓦块。小孩子原本就没轻没重，越骂越上火，越骂越起急。马忠也不是什么好小子，他也是一群半大孩子里的孩子头儿，正在初出茅庐的时候，天不怕地不怕。两拨小孩骂来骂去骂急了，马忠领头就开始往河对岸游过去，对面的孩子们也不含糊，在老古董儿子的带领下水中迎敌。

十几个河边长大的野孩子分成两拨，彼此谁也不服对方，一心要在河中比试一下哪一方的水性好，哪一方的游泳技术高，于是就看到一个个被夏天的太阳晒得黢黑的一帮小不点儿们，你往水里洇我的脑袋，我往水里拽你的大腿。河中水花四溅，野孩子们犹如一条条活泥鳅般，在水里上下翻飞，有扎猛子的，有被拽掉裤衩漏出半拉屁股的，有被水呛得"啃儿咔儿"咳嗽的，一时间难分胜负。不偏不巧，老古董骑着一辆自行车，恰好从河边经过，一下子让他看个满眼儿。老古董见孩子们在水里打得难解难分的，原本想拾乐儿看看热闹的，把车往道边一停，从口袋里掏出一盒旱烟叶子和卷烟纸，蹲在河边一脸傻笑地一边看着，一边卷着手里的烟卷，刚把烟卷好叼在嘴里点着了，一抬头猛然看到了一个再熟悉不过的、肥胖得在水里如同一只被退了毛的白条猪一样的身影——那是他的宝贝儿子，正被马忠玩命地按着脑袋往水里洇。老古董当时惊得海口大开，刚刚卷好的烟卷，也从他被惊吓得张大的嘴里掉在地上，护犊子的本能让他什么也顾不上了，站起身来甩掉脚上的拖鞋，来不及脱掉自己的大裤衩子，三步并做两步，一边骂街一边往水里跑。老古董几步到了这帮孩子中间，扒拉开正在激战犹酣的几个小孩，一把就把马忠的头发抓住了，嘴里骂着大街，一只手拽着马忠的头发就往河岸上拖。上了河堤，老古董抡起手来，反正几个嘴巴子，把马忠打得顿时找不着北了，剩下的孩子一看有大人来了，都怕自己的家长知道自己在河里游泳了，顿时作鸟兽散四下奔逃。

自己的儿子在水里让马忠连洇再灌地被弄得那样，这无异于往老他古董心口窝上扎刀子啊！老古董怒从心头起，恶向胆边生，全然不顾及自己当大人家长的面子和尊严，抓着马忠的头发不撒手地一通暴撸，不知道抽了多少耳刮子，直打得马忠口鼻出血晕头转向。从老古董嘴里的叫骂声中，马忠才明白了原来是被他几乎灌蒙的孩子家大人来了。短暂的发蒙之后，马忠也已经从刚才的惊吓中反应了过来，他平时有他哥马涛罩着，在这一带可以说是初生牛犊不怕虎的小太岁，当时已经初见玩儿闹的苗头了，哪能让这点阵势唬住？一开头的蒙圈劲儿一过，立马就开始不含糊了，眼看着就要跟老古董还手，但无奈，马忠再怎么不含糊他也是个十几岁力不全的孩子，何况还让老古董正抓着头发呢！马忠想往老古董的脸上捣了几个直击，可老古董抓着他头发把胳膊一伸直了，马忠就根本捣不着他。老古董一看马忠根本就不怕他，心里更是火冒三丈，抓着马忠头发的手一扭腕子，将马忠的身子转了过去，正好面向河水。老古董抬腿一脚踹在马忠的腰上，眼前就是河堤的岸坡，马忠被老古董这一脚踹得刹不住闸，直接扑向了河坡，一个大趴虎摔在河里。老古董忙紧跟在后，趁着马忠还没抬起头来，一脚踩在马忠的后腰上，再一次抓住马忠的头发往水里按，过了十几秒钟，又把马忠的头提了起来，反复了几次，他一边涠着马忠，一边浑蛋地回头问他那已经吓傻眼了的宝贝儿子："他是这样涠你的吗？他是这样涠你的吗？"

3

老古董肆意妄为地收拾马忠，他的这种行为激怒了在一旁围观看热闹的人群，这里面就有看着不公的爱管闲事儿的人出手相劝，但老古董那蛮横不讲理的劲头当时也挺吓人，过来好言相劝的，都挨了老古董的一顿臭骂："去你妈的，你们都知道什么？我要是再晚来一点儿，我儿子就让这小王八蛋给淹死了！谁都别你妈管啊，今儿个儿谁管我就跟谁来！"慑于老古董的淫威，在场的人们大多不敢吱声了，只是有几个大娘在小声嘀咕着。老古董心里的怒火，终于在马忠半死不活的状况下罢手了。老古董领着他儿子要走的时候，还不忘撂下狠话："以后别再让我在河这边看见你，看见了我就直接给你个小毛孩子踹河里去！"说完他气鼓鼓地领上他那个肥头大耳的儿子，一步三摇地推着自己的自行车走了。

老古董是走了，再看马忠可惨了，小脸儿煞白，双目通红，不住地一边咳嗽一边呕吐，看他肚子鼓鼓的是喝了不少水，一只手支在地上，屁股坐在水里，目光茫然地愣着神儿。缓了大约十几分钟，一边的大爷、大娘们纷纷上前扶起马忠。马忠的衣服还在河对岸，他缓了一会儿，又惦记着下水游过河去穿衣服回家。一见马忠摇摇晃晃地又要下水，热心的大娘们急忙阻拦着他，怕他再下水之后出事儿，一个住在岸边的大娘从家里拿出一条毛巾被给马忠披在身上，让他从不远的桥上绕过去，别从水里游过去了。马忠此时已经傻傻地不知所措了，顺从地披着毛巾被缓缓地往桥头走去。他拿上衣服回了家，却没敢跟家里说这件事儿，只是一直在发呆愣神儿，还不时地咳嗽。等到晚上了家里人都回来，马忠他家大人就感觉马忠状态不对，晚饭也没吃，追问之下马忠才将此事全盘托出。马涛虽然挺疼他这个老兄弟，但他觉得孩子之间打打架，虽然老古董的参与也让马涛气不忿儿，可毕竟马忠是一个大小伙子，受些磕绊也没什么大不了。可是一转过天来，马忠开始发烧，并且一口口地往外咯血，还伴随着昏迷说胡话。这才引起家里人的注意，急忙送医院救治，到了医院一检查，这才查出马忠被老古董按在水里太久，致使河水呛进肺里，造成了肺黏膜出血，这样才把马涛惹急了。安排好马忠住院，马涛开始四处找老古董寻仇。前面咱说过，马忠在家里是最小的老兄弟，马涛和他的俩妹妹都极为宠爱这个弟弟，更别说他的爹娘了，这回老古董算是把马涛惹毛了，马涛在马忠面前发誓，要给他弟找补回来这次吃的亏！

4

一连几天，马涛除了办自己的事儿以外，就是在河北大街一带寻找老古董。真得说是大海捞针一般难寻难找，为什么？要想解释这个问题，那咱还得细致地说一说这个老古董。你说老古董混吧？横吧？歹毒吧？都占全了，但他并不是玩儿闹，他之所以蛮横不讲理，完全是他的那种性格和成长环境使然。老古董一直因为家庭条件不好、成家不顺而被人耻笑，在他自己的单位，同样也是因为这狗脾气而吃不开，所以老古董便开始有意地培养自己对家人以外的人敌视、蛮横、嚣张、狂妄的表象之下，掩盖着他那颗卑微的、脆弱的、敏感的、躁动的心，一句话那就是外强中干。别看他对外是这样，但是对内，对他这个家，老古董绝对是全力以赴地顾家、护家，因为他知道他这辈子能成了家有了自己的后代实属不易，所以他每天风雨兼程不辞辛苦地上班养家。那时候老古董在运输场上班，每天跟着一辆大解放半挂卡车当装卸工，奔波劳苦自然不在话下，也是因为实在是每天上班的工作太累，渐渐地老古董养成了喝大酒的习惯，以缓解每天装卸沉重货物带来的劳累，一来二去地就在酒桌上认识了一位玩儿闹，那是在河北大街三条石一带比较有名气的"小八"。

自打老古董在酒桌上认识了小八，老古董不惜委身求全，不顾自己年长，对小八言听计从、溜腚沟子、舔屁眼子，把小八视为撑腰拔横的倚仗。小八自然也待他不薄，一来二去俩人感觉相见恨晚，每日把酒言欢，老古董听着小八酒后的狂言，更觉得自己跟对了人，在自己家门口这一亩三分地儿有了靠山，说话有了底气，办事儿有了主心骨儿，更是对小八奉为神明，所以他才敢在街面上骄横一时飞扬跋扈。即使这样，老古董依旧不是玩儿闹，也就只能算作《水浒传》里"牛二"那样的人物，顶多是个地痞。马涛却一直认为自己有能力在不长的时间内把老古董挖出来，但有一节，马涛费尽了周折，一直在玩儿闹的圈子里找老古董，不知名不知姓要在一个自己都不太熟悉的地方挖出一个无名无望的市侩混子，也是有一定的难度，然而功夫不负有心人，一个偶然的机会让老古董彻底暴露在了马涛面前，随之而来的就是一番马涛自己都想象不到的血雨腥风。

前面咱这绍过老古董不是什么大耍儿，在圈子里没有任何名气，可是与之每日把酒言欢的小八有名气啊！这小八每天除了牌桌就是酒桌，要说小八混的圈子，老古董是参与不进去的，第一老古董岁数已经太大了，第二老古董也不是这里的虫儿，鸭子嘴不该往鸟食罐儿里扎。之所以小八每天带着老古董玩儿，二人之间纯粹是各取所需。老古董需要小八的名望和势力保护他，而小八每天喝酒打牌开销较大，以他自己口袋里的银子，那是入不敷出。老古董每天在运输场车队跟车，他有顺手牵羊的习惯，不时从车上运输的货物里偷些零七八碎儿，然后找下家换几个零花钱。自打认识了小八，老古董这份外快也就都孝敬小八了。小八看在老古董这点儿零碎银子的面子上，倒也对他多方维护，也比较给老古董面子，俩人臭味相投，标榜为平生知己。马涛寻找老古董多日无果，却间接地通过他在红桥发展的人脉先找到了小八。小八得知此事，要替老古董出头。勤俭道的贾老四认为马忠在红桥一带吃的亏，这是他贾老四的地盘，因此他又出面找小八，竟把这事儿越弄越复杂，参与的人越来越多，眼看着又要发展成一场不好了结的罗圈架。

第二章

1

这一天，贾老四带着几个弟兄来到了河北大街，在一处牌桌上找到了小八。虽然说贾老四在红桥一带老玩儿闹里是一位比较有名的大耍儿，但小八自恃离贾老四所在的势力范围勤俭桥和丁字沽一带比较远，也不太拿贾老四当回事儿，表情言语间就不太买贾老四的账，而且话里话外埋怨贾老四吃里爬外替外区的人出头。双方一言不合，话赶话地戗上了，最后的结果是，贾老四和小八俩人要分出个高低，约架定事儿，前提是小八把老古董交出来由马涛出面处置，这两场事儿就定在了小八家的门口，三条石博物院前面的小广场上，时间是三天后的晚上。

定事儿的当天，天色刚一擦黑，在三条石博物院大门前的一块空地上，陆陆续续地集结了有那么四五十号人。这场事儿有四位事儿主，马涛、贾老四、小八三人均已经如约而至，却少了最关键的事儿头——老古董！原来老古董听小八给他说了马涛找他寻仇的来由，又说他小八因为护着他老古董而与贾老四结怨，并且已经答应了与贾老四约下这场事儿之后，可把个老古董吓坏了。他一万个想不到，为了给他自己的孩子出口气，却招来了如此大的横祸。老古董毕竟不是个耍儿，平常在家门口子犯混耍横还成，真要是有了这种场面，你就是打死他老古董他也不敢上前。于是他当天早早地就领着老婆儿子，带上一些日常的家用，跑到单位运输场里躲了起来，这等于把小八给撂旱地儿了。小八这大蜡坐的，恨老古董恨得牙根儿都痒痒，心想：我这是替你老古董出头，你却来个溜之大吉，把我给撂在了冤家对头面前不于不顾，这还有好吗？但是开弓没有回头箭了，尤其这场事儿是定在了他小八的家门口子，小八叫来的人也都是这周围的痞子混混儿，如果以老古董的不在为借口把这场事儿推掉，那可太尿气了，事已至此，硬着头皮上吧！

小八在自己的家门口不能怯阵，也顾不了他老古董了，更何况这是在他小八的一亩三分地儿，既然人家找上门来了，没有缩头畏首不敢出马迎战的道理。小八只好走到贾老四面前说："怎么着四哥，够局气啊，带了这么多人来找你八弟，真够给你八弟脸上贴金，谢谢四哥你的抬举！怎么着，四哥您了想让我这小不大的怎么招待您这尊大佛？"贾老四还是把老耍儿，在这种场面上远比小八沉得住气，不管心里多不痛快，一点儿不上脸上挂，反而一脸笑容地对小八说："八弟，你现在已经今非昔比啦，你也是站脚一方的人物了，怎么说出话来还是那么生分呢？前天我已经把话撂给你了，我今天上这儿来，无非是找你要一个人——老古董，你小八眼里要是还有你老哥哥我，就把他交给我这位兄弟。你要是打算替老古董出头，那咱哥儿俩就得好好说道说道了！你看怎么着，是你小八自己把人交出来呢，还是让你老哥我劳心费神地自己带着弟兄找呢？这是你的地盘，你说了算，你给画个道儿吧！"贾老四这一番话扔给了小八，小八心里直喊苦，心说：我就是真想现在把老古董献给你贾老四，我也找不着人啊！小八他心里这么想，嘴上却不能说出尿话来："四哥你替你的兄弟出头，我小八虽然没有四哥在红桥的道行那么高，但小弟我也有自己的小兄弟得维护。四哥你别怪我小八今天不给你留面子，今儿个你从我身上过去，您就随便在三条石一带挖地三尺地找出您要的人，要是从我这儿过不去，你也就得死了这条心吧，这样咱俩也能给底下的小兄弟一个交代，来吧四哥，我看你怎么从兄弟身上过去！"

2

到了这个节骨眼儿上，马涛岂能让贾老四这已经将近四十的人去出头打前阵，再说这场事儿他马涛才是真正的事儿头。眼看贾老四正要上前几步去会会小八的时候，站在贾老四身后的马涛一把将贾老四拽住，低声说了一句："四哥，您在您的地盘上留给我个露脸的机会！"说完这句话，马涛大步向小八走了过去，走到了小八跟前，俩人脸对脸互相盯着对方，眼神里均是恶狠狠的目光。小八一脸的不屑与不在乎，他嘴角上扬，眼神只有两个字——"不服"。而身材略矮的马涛的脸上，也是一副阴沉沉的模样，头颅略低，双目向上翻，死死地盯着小八那张在他看来欠打的嘴脸，嘴角紧紧地抿着，腮帮子一鼓一鼓地运着气。只见小八忽然将两手下垂，袄袖里的棍刺掉在手里，两手相交，一道寒光掠过眼前，说时迟那时快，对着马涛的咽喉举刀便刺。马涛从来出去都是手无寸铁，自恃有功夫在身，所谓艺高人胆大，一般的小打小闹、小刀小斧的还真不看在眼里，但见马涛的头略微一歪，躲过小八捅刺过来的刀锋，一只手奔着小八举刀那条胳膊下的肋骨叉子而去，两根手指并齐了，在小八肋条上戳了一下，他这是"八极"里惯用的寸力击打。小八见这一刀刺空，突然意识到糟了，忙把自己举刀的胳膊撂了下来。可是已经晚了，马涛两根手指头狠狠地捅在了他的肋骨条上。小八嘴里"哎呀"一声，但他并没有即刻停手，而是刀锋一转，左手去挽马涛的脖子，右手提刀捅向马涛的肚子，同时伸出一条胳膊挽住了马涛的脖子。他这个动作只要一做出来，一般就是两个意思：首先就是直接取你性命去的，不管手里的家伙长短一捅到底，直接"穿刺"；另外是在刀尖儿捅到你的皮肉上的同时，凭自己的感觉持刀的手微微松开，手随着刀体往前去，掐好了量，最好让刀尖儿进肉一寸多最多两寸，说白了就是手下留情了，也给自己留后路了，这样后果不会太严重。不管小八他是哪种意思，马涛那一身功夫，根本不会让小八的棍刺近身，只见马涛被小八揽住脖子，一不挣二不躲，反而向前一步，身子稍稍一扭，将肩膀顶在了小八的胸口窝上。小八的刀尖儿擦着马涛的肚皮前的军褛捅了一个空，他的胸口倒让马涛肩膀顶了一个结结实实。马涛左胳膊成九十度弯曲，右手握住左拳，暗自一发力，嘴里低声喊了一句："开了！"一胳膊肘打在了小八的胃口部位。小八整个身子向后飞出去了，手里的棍刺也同时撒手飞了出去。

马涛那个年代的所谓"玩儿闹"，都玩得很规矩，甭管单挑还是群殴，得先看对方到底是怎么个意思，对方不往外掏出家伙，那这一边也绝不会使用什么冷兵器，或是单手对打，或是搗拳摔跤，几个回合过来，只要是一方喊声"服了"，另一方即刻收手，讲究拳下不打服人。小八在事先没有讲好的情况暗中拔刀，按道儿上的规矩，这已经是输了。玩儿闹不是浑蛋，越是大耍儿越得讲理。所谓"人以群分、物以类聚"，为什么老古董和小八在一块儿混，这就是缘由，都是浑不懔的主儿！

在小八屁股落地的同时，马涛身后的贾老四禁不住大声喝彩："好披挂！"而对方一干人等见到小八横飞出去掉在地上，急忙上前围住他查看情况。小八这一下被马涛的"窝心肘"顶得不轻，脸色泛白，气喘不匀。此时从小八带来的那些人当中走出一位，此人身材高大，得有一米八几。那时候人们穿的衣服一般都比较宽大，穿着衣服还显不出什么，可这哥们儿一站起来把自己的上衣脱掉了，在场的人都不禁惊呼："好身板儿！"何以见得？只见此人浑身上下几乎没有一点儿赘肉，紧紧实实地长在他魁梧的身上，那真是"前八块，后鬼脸"，长胳膊、长腿，大脚丫子穿四十五号的鞋还得往上！这哥们儿面无表情地一步步向马涛走来，同时两手互相地压着自己的十个手指，一个手指、一个手指地压得"嘎巴"声响，这肩头、这二膀、这胸肌，站在当场，气势压人！

3

老天津卫也有不少练摔跤的，又叫撂跤，撂大跤的，要是从小就练的话，每天抖皮条，走跤架，下腰练逃腿，把下盘练得稳，练得日久天长，长大之后十有八九成了罗圈腿，而且练跤的一般都没有太高大的身量，重心太高，下盘必然不稳，以轴实的混瓜溜圆的小车轴汉子为最好，所以小八带来的这位，不是撂大跤的，懂行的明眼人一看就明白，这是练石锁、练杠子练出来的肌肉，这种练法出来的体型，虽然好看美观，但是肌肉发死，而且一般来说，身子都不灵活，尤其是脚下无根，没站过桩的人上身发达，腿肚子却没劲儿，就像国外练拳击的一样，包括泰森，上身要哪儿有哪儿，但你看那小腿，只要一个侧踢一准一个跟头。

但见此人脱光了膀子，一步三晃走了过来。贾老四赶紧大声问马涛："怎么着兄弟！顶得过来吗？需要你老哥出手你尽管说，别硬撑着！"马涛向后面一抬手，示意不必了。大个子几步走到马涛跟前，低头打量着马涛，并不言语，只是用眼光充满敌意地与马涛对视。其实这货也是个不开眼看不出眉眼高低的主儿，他根本没看出来小八是怎么飞出去的，还想以自己的身高体壮来个大力出奇迹，以一力降十会。只见他突然出手，一把攥住了马涛的脖领子，又用力将马涛往外推，然后抡起自己的另一只拳头，一个并不规范的摆拳砸向马涛耳轮。出拳又快又狠，带了一股劲风。马涛不敢怠慢，双手手指交叉，往下按住对方抓在他领子上的手，同时低头用下巴抵住自己的双手，一个矮身，躲过对方轮过来的摆拳，两腿弓步向下狠压。大个子的手腕让马涛紧紧压住了，不由自主地跟着马涛用力的方向向下弯曲后，嘴里大叫一声："哎哟！"还没等他明白过来，马涛的下一个动作就出来了。只见马涛一抬头，脑袋顶子直接顶在了对方的下巴上，就像齐达内顶马特拉齐那样。大个子让马涛顶得失去了重心，整个身子往后仰去，同时手腕子响了一声，一屁股坐在地上，再看他的这只手，腕子向上打弯，再也回不来了。

　　大个子没想到马涛一招就把他的手腕子掰断了，怔怔地傻坐在那里不知所措，直到撕心裂肺的疼痛感由手腕传遍全身，头上渗出大颗的汗珠，面色铁青，在众人面前不好意思叫疼，只是大口大口直吸凉气。小八一方连输两阵，连伤两人，如果按照那个年代的玩儿闹之间约定俗成的规矩，只要小八一方低个头认栽，这场事儿也就到此为止了，双方各自撤人，接下来小八把老古董交出来，以后双方相安无事。那个年代的所谓玩儿闹，玩的是什么？是名声、是人气、是人缘、是一种征服感，跟钱不钱的没关系，弄出再大的伤来，胳膊折了折袄袖里，牙掉了往肚子里咽，要的就是这把死签儿，玩的就是这种造型，一种口口相传的名声，一种出类拔萃的优越感！

第三章

1

　　然而事态的发展并不以人们的意志为转移，本以为双方已经分出了胜负，小八也该交出"祸头"——老古董了，却有那么几个在这门口游荡的小不点儿，再一次往这场火上浇了"助燃剂"，再一次把这场看似将要平息的争斗引向另一个高潮！怕就怕凑热闹的乱掺和，当时有几个在这一带天天打游飞的小不点儿，正好途经此处，见有热闹肯定不能不看，于是就开始在外围给小八观敌瞭阵，必定都是家门口子，即便不认识也落个脸儿熟，何况小八在这门口又是个有头有脸的角色，几个小不点儿如果想跟小八混，拿他当大哥，小八可能都不会正眼看他们。小几位一看今天这个情况，正好是在小八面前露脸的机会，其实他们根本不懂这里面的规矩。几位少侠聚在一起一商量，不敢正式抛头露面，于是在小八那一帮人的人群后捡了十几块砖头，几个人一叫号儿，躲在人群后面往里扔砖头。两边的人谁都没有这个心理准备，十几块砖头，突然间从天而降，纷纷落在了人堆儿里。你还别说，还就有砖头砸中了其中的一位！而这位也是个蒸不熟、煮不烂的不好惹的主儿——丁字沽二段的小宝儿——上这儿是给贾老四和马涛助阵来的。这一下可炸了窝了，犹如往一锅滚开的油中洒下几滴水。贾老四等人见小宝儿脑袋上滴滴答答地流下的鲜血，不觉怒火中烧。贾老四大骂一声："操！这你妈还是道儿上的吗？暗里下手背后捅刀，玩赖是吗？哥儿几个甭渗着了，今儿个咱半夜下馆子——有嘛是嘛了！比画吧！"贾老四一声令下，带领手下兄弟一拥而上。小八那边的人也没想到会来这么一出儿，还没搞清楚状况，贾老四等人已经杀到了。双方四五十口子人乱七八糟地打成了一锅粥。好在那时候都不讲究带家伙，打架用刀子会被人耻笑，玩的就是拳脚相加和撂跤擒拿，那才没出人命。三条石博物院前的小广场上，成了两伙不同地域玩儿闹之间大打出手的阵地。两伙人密密匝匝地打在了一起，总共几十号人，当中肯定有能打的，也有不能打的，有些招架不住的，可就开始往外跑了，至于能不能跑出去，那要看你的命了，命好赶上和你交手的那位看你跑了也就不再追你了，却也有拧种，跑了也追，锲而不舍地一路追了下去，真有从红桥追到河北的。还好，那时的玩儿闹至少还讲"道义"和"操守"，小八和那个被马涛掰折腕子的大个子都在地上坐着，双方打得虽然激烈，却没有人去动他们，当时要是有人打他们，他们也还不了手，只有挨打的份儿。在这场群殴之中，马涛的战斗实力得到了淋漓尽致地发挥，只见他行东就西，左右开弓，闪转腾挪，抬脚举手，拳脚所到之处无人敢接。贾老四可没马涛这两下子，在这个圈子里已算高龄的他，虽然还能独当一面，但已经气喘吁吁忙于招架了，慌乱之中被对方一记重拳打在了下巴上，他正在连呼哧带喘地张大了嘴喘粗气，让这一拳直接擂在了下巴上，贾老四被动地把嘴合上了，但上下牙之间的舌头没来得及缩回去，加之外力作用，舌头尖儿被自己的牙咬破了，口中全是鲜血。他的几个小弟兄见老大被人一拳擂得嘴角冒血，争相前来救驾。搋了贾老四一撇子那位算是惹了大祸，贾老四的几个兄弟兵合一处将打一家，将那小子放倒在地，围住了一顿拳打脚踢。那位双拳难敌四手，只得双手抱住了头，身子缩成一个元宝壳，任凭拳脚往他身上招呼，转眼被打得头破血流、鼻青脸肿。

2

回过头来咱还得说马涛和小八，小八被马涛那一肘顶在胃口上，不仅岔了气儿，还在地上狠狠蹲了一下，且缓不过劲儿来。可是他看见在场的人都已经滚作一团，挣扎着起身，想再次与马涛较量一番。虽然他已经领教了马涛的厉害，但他栽不起这个跟头。马涛在与别人交手之际，并没忘了用余光瞄着小八，只要有小八在，他就能找到真正的冤家老古董。所以小八刚一起身，马涛便一招"兔子蹬鹰"蹬飞了面前的对手，随即一个"旋子"双脚落地，疾步奔到小八面前，趁小八立足未稳，一个侧踢再次将小八踹倒在地。马涛伸手解下自己腰里的一根铜头板带，搂头盖脸地照着小八就是一顿抽打，直打得小八在地上翻来滚去，看看火候差不多了，马涛一条腿打弯膝盖顶住小八的后腰，一只手摁住小八的后脖梗子："你要再动一下，我立马顶断你的大椎，叫你下半辈子坐轮椅上，不信你就试试！"

小八被马涛顶在地上，心里窝火带憋气，心说：我挨的这是无名打啊，原本想替家门口子踢踢脚、起起势，也落个好汉护三邻的名声，想不到最后让老古董要了，我带过来的几十口子人谁认得他老古董啊，可全都是看我的面子上来帮这场事儿，结果哭了半天都不知道谁死了，这不冤吗？两拨人都打红了眼了，人脑子打出了狗脑子，万一再闹出人命，那可真是得不偿失！想到此处，小八的心气儿一落千丈，这口气彻底泄了。马涛见小八已经老实了，才得空儿观察一下周围的态势局面，双方打乱了套，跑的跑、追的追，周围已经没几个人了。在场的也只有贾老四、金强，以及另外两个马涛叫不上名字的哥们儿。小八一方除了那位

"断腕义士"，还有两三个在地上抱头打滚的。马涛转过头问贾老四："四哥你没什么事儿吧？"贾老四往地上吐了一口嘴里的血，说道："我没事儿，就是下巴颏子挨了一拳，垫破了舌头，没多大事儿。"马涛见贾老四并无大碍，又看看身下的小八，对贾老四说："我得带小八走，找个地界儿好好问问他，看他知不知道打我弟弟那个人的下落！"贾老四在外边混了多半辈子，那是老油条了，正所谓"人老奸马老滑，兔子老了鹰难拿"，他一想这让马涛把小八带走不要紧，可这马涛手底下没轻没重的，弄不好再惹出大乱子来，那可了不得。

3

贾老四通过这两回的事情，已经见识了马涛下手的狠劲和硬度，所以他真不敢把小八交给马涛处置，更何况在场的除了马涛，都是红桥一带的人，把自己本区的人交给外区的人去处理，传出去好说不好听。于是贾老四就跟马涛玩了一把太极推手，他说："这样吧兄弟，金强不是开车来的吗，咱给小八弄到金强车上去，咱俩一块儿在车上问他老古董跑哪儿去了，你看怎么样？"马涛要带走小八的目的很单纯，就是要掰开小八的牙，让他交出老古董，此时听贾老四这么一说，马涛也没有二话："按四哥你的意思来吧。"

贾老四一回头，喊来金强告诉他赶紧开车去。金强来时怕有不测，已经把车停在了河北大街上，当下一个掉头，几把轮就将车停在马涛和贾老四跟前。几个人不顾小八的挣扎，你按脑袋我掐脖子，你推腰我踹屁股，把小八扔上了车。金强驾车一路飞奔，直奔丁字沽而去。小八被贾老四和马涛挟持着，一路快车来到了老丁字沽，也就是现在的凯莱赛那块儿，以前是近似于一片城中村的平房，一条不宽的马路小街，两边脸对脸盖着风格相近的一溜溜小院儿。在其中一个小院儿里，有两间贾老四他们平常聚集的屋子。几人到了以后，像拖死狗一般把小八拖拽进屋。

这个阵势足以让小八在心理上产生足够的恐惧，差不多已经夜深人静了，小八由于恐惧心理作怪，不由自主地大声嚷嚷着。贾老四怕惊动了周围的邻居，从金强的车里掏出一团污污糟糟的棉纱，使劲捅进了小八嘴里。往院里走几步就到了贾老四的房子门前，贾老四掏钥匙开锁打开房门，几个人进得屋来，把小八一脚踹到墙角。小八此时已经没有了以往的狂傲嚣张，他不知道接下来等待他的将会是什么，他作为红桥站脚一方的玩儿闹，当然对贾老四的名声威望有所耳闻，凭哪个方面他都不是贾老四的对手，说白了根本不是同等量级的，尤其现在到了人家的地面，小八更是惊恐万分，已经全然不顾以往的造型和形象了，就差跟贾老四磕头作揖了。此时的贾老四却不见了刚才的凶神恶煞般的表情，反而面带微笑地与小八攀谈起来。马涛明白这不是在他自己的地盘上，这种情况下不好做主，也明白这是贾老四处理问题的方式，便坐在一边耐心地等候着结局。金强在一边则对小八连打带骂，不时上去踹上几脚，或是捣上几拳。马涛看着贾老四和金强对小八一个红脸一个白脸一打一托地威胁利诱，没别的意思，最后的问题还是要归到让小八交出老古董的话题上来。几番连哄带吓唬的盘问过来，小八却始终也没能撂出老古董的踪迹和去处。

不是小八如何仗义讲究，也不是牙口太紧掰不开，实则是他小八根本也不知道现今老古董藏身何处，他小八何尝不想找到老古董要个说法，小八替老古董出头，定下这场事儿，非但没能在家门口扬名立万，还把贾老四给招惹了，手底下的一班弟兄都跟着挨了打，逃的逃，散的散，万一再有兄弟被贾老四这边的人给弄残、弄废了，以后怎么跟人家见面？

结果从头到尾老古董压根儿没露面，小八此时真是叫天天不应，叫地地不灵，这都是哪儿跟哪儿呀，简直是六月雪大冤案。

4

咱长话短说吧，眼看这一宿已经过去了，几个人还是没有从小八嘴里掏出任何有价值的线索。在这期间，贾老四带过去的一帮自己弟兄陆续回来，贾老四一个一个地逐一询问，没发现有太大的损伤，心里才有了几分底气，毕竟还好，没有出现太大的意外，都是一些皮外伤。眼见着这小八成了手里的一块鸡肋，放了吧，不甘心、不认头，好不容易把他弄回来，但是搭进去一宿，没得到任何结果，不知怎么跟马涛交代，他贾老四的面子上也不好看，不放吧，留着这么个玩意儿在手里，跟一块烫手山芋似的有什么用？最后贾老四决定放了小八，用他来找老古董，怎么说他和老古董也住一个门口，在那一带，他线索也多，人脉也广，只是有点冒风险。贾老四小声地跟马涛商量着："兄弟，看这意思他还是真不知道这老古董的去向，要不我也不相信他小八会下那么大的本儿替老古董扛事儿，以我的经验看，他也憋着老古董的火哪，我想咱们也没必要天天往他们门口堵那个老古董去，不如把这小子放了，让他去找老古董去，然后哥哥保准把那货交到你的手里，你给你老哥几天时间，你看怎么样？"这还让马涛说什么？贾老四的话撂在那儿了，讲理讲面的马涛也不会再有什么想法了，只得等贾老四这边的消息了。马涛不驳贾老四的面子："行了四哥，您今天的这个意思我马涛已经感恩戴德了，以后的事儿任凭您处置吧，我只有一个请求，最后把老古董交给我！"一场事儿看上去挺热闹挺有场面，但最后的关键目的还是没有达到，贾老四当初在马涛面前大包大揽出头管这场事儿，却没能给马涛一个满意的交代，不免觉得面子上有些挂不住，这才答应了马涛的这个要求。不出贾老四所料，这场事儿过去的第四天，老古董就落在了小八手里。

且说小八被贾老四放了，回去之后，这一顿窝心闷酒喝得是离了歪斜、人事不省，整整醉了两天才缓过劲儿来。有人头账在心里压着，小八心里一阵阵的不踏实，贾老四虽然没给他时间限制，但他知道过三不过五，贾老四必然会再次找上门来。小八从心里怵了这位四爷，不敢再招惹他了，得赶紧想办法找到老古董。小八擦了一把脸上的惺惺醉意，便起身来到街上，开始漫无目的地转悠，见到熟人便打听老古董的下落，却始终不得所踪。对面跑过来几个刚放学的小学生，突然给了小八灵感，哎！对呀，我往老古董的宝贝儿子学校堵他去呀！他老古董不管跑哪儿去他的儿子总得上学吧！小八立马被自己这一阵的机灵激动得浑身发颤，他两眼放光，三步并做两步，大步流星地赶往老古董儿子上学的学校。可是等了半天，既没见着老古董，也没见着老古董的宝贝儿子，小八心里嘀咕着：今儿个来晚了，明天我还得来啊！

再说这老古董到底藏哪儿去了？原来在小八要决定给他老古董踢脚和贾老四定事儿的当天，小八一跟老古董说起这个意思，老古董当场是表现得跃跃欲试满嘴的狂言，杀七个宰八个不可一世。小八当时对他很是放心，以为他还真是一员可用的猛将。怎知老古董嘴上说得仗义，回到家可是越想越怕，老古董顾家珍惜他这个来之不易的家，更是离不开自己的宝贝儿子和媳妇儿，他不像小八他们一个人吃饱全家不饿。小八一个人吃饱了连狗都喂了，他老古董可是拖家带口，老婆、孩子全指望他来养活。他惶惶不可终日地盘算着，事儿要是闹大了怎么办？有帽花来了把他逮走怎么办？要是因为这事儿进去了怎么办？吓得老古董吃不香、睡不着，他媳妇儿就看出了点儿苗头，觉得他整个人都不对劲儿，就问他到底怎么了？老古董正想找个人说说这事儿呢，他原本不想让他媳妇儿知道这事儿，但架不住他媳妇儿步步紧逼地盘问，加之老古董此时已经接近崩溃了，自己拿不定主意，急于找人倾诉，便一五一十原原本本地把这件事儿竹筒倒豆子一般端给他媳妇儿了。

老古董的媳妇儿能给他出什么高明主意？无非劝他找个地方躲一躲，对于别人这纯属妇人之见，但对于老古董来说这也是个权宜之计，哪怕以后再给小八装孙子、当牛马，他也得先把马涛这连尖儿、带刺儿的锋芒避开，拿定了主意，在老古董媳妇儿那张碎嘴子的唠唠叨叨之下，两口子急急忙忙打点着行囊，从此抛家舍业，携眷别娘，手领着儿郎，奔向了老古董的单位——河北区西下洼的一个货场。

小八头一天没在学校找到老古董，转过天来，小八掐着学校放学的点儿，一溜儿小跑地赶到了学校门口，他不敢让别人看见他，找了一个不起眼的小旮旯，猫起身子眯缝起眼睛，紧紧盯着每一个放学的孩子。那个年代的小孩不像现在的孩子那么得宠，一般家里都是双职工，没时间管孩子，不跟现在似的，成天还得接送，没那段子！学校一放学等于放了羊，一大堆孩子一块儿往校外涌，你打我闹的，热闹极了。小八不敢怠慢，俩眼不错眼珠地盯着学校大门，老古董的宝贝儿子好认，那时候很少有谁家能把自己的孩子养得白白胖胖、高高大大的，几近营养过剩。没多一会儿，小八就看见一个比一般孩子高出一头、胖出一圈的身影从校门口出来了——正是老古董的大胖儿子！小八并没有立即上前截住这孩子，他往周围仔细看看，并没有发现老古董来接孩子，心里不禁有些失望，只好默默地跟在胖小子的后面，看看胖小子究竟要到哪儿去。小八跟着胖小子一路走到河边，又过摆渡穿过三岔河口，马上就到大悲院了。小八心里暗想：老古董这是搬哪儿住去了？但他心里也明白，以老古董对孩子的宠爱，那么护犊子，能让宝贝儿子自己回家，住处一定不会太远。果不其然，没再走多远，远远地看着老古董的儿子拐进了一个大院儿，大门旁边挂着一块白底黑字的招牌"运输货场"。小八心里踏实了：噢，闹了半天，老古董一家三口躲这儿来了，你们是老婆孩子热炕头地过着美滋滋的小日子，可你妈把我拱到风口浪尖儿上去了！小八这么一想，恨得牙根儿都发痒，抬腿迈步要进去，找老古董讨个说法。

5

运输货场大门关着，旁边一个侧门倒是大敞四开。小八探头探脑地刚一走进侧门，大门里边一间门卫室的小窗户一下子拉开了，从里面探出一个黑乎乎的大脑袋，问他："你干吗的？"小八没有思想准备，一下子被这人问了个哑口无言，迟疑了一下，装作打听路，问道："麻烦您了，大悲院怎么走？"门卫室里的值班人说："你就顺着这条道一直往里走，到头一拐弯儿，到那儿再一打听就知道啦！"小八赔个笑脸说："好嘞！谢谢您啦，谢谢您啦！"他一转头出了大门，可没敢直接问门卫老古董是不是就在这里面住，怕回头门卫跟老古董一说，倒把老古董惊走了，再从这儿跑了可就不好办了！小八留了一个心眼儿，没有直接惊动老古董，原路返回三条石大街，一路上他脑子里不停地转悠，这事儿该怎么办才好？最后他一咬牙一跺脚，心说：老古董啊老古董，许你不仁，也别怪我小八不义，我把你献给光荣、伟大、正确的贾老四得了！一来把我自己洗干净了，二来也让你老古董为你自己临阵脱逃埋单！你这样的朋友，交不交的也就那么回事儿了！

想好了自己的主意，小八立即推出他的自行车，一路疾行，奔着丁字沽就下去了。来到丁字沽，没费什么事儿就找到了正帮人盖房子的贾老四。今天这房子要上大梁，对于盖房子来说，这可是头等大事儿，所以贾老四今天走不了，只好先派两个小弟兄去城里找马涛，跟马涛定规了，转天一块儿去货场掏老古董，由小八带路，明天一早在金刚桥的桥北金刚花园门口集合。定下这个事儿之后，小八回了家，贾老四接着忙活他手底下的土木工程，两个小兄弟结伴去城里找马涛去，都已经安排好了，各忙各的，只等明天找到老古董来个一见分晓！

转天晌午，如约而至的几个人在金刚花园门前聚齐，一同奔向货场。来到了运输货场大门口，贾老四顿时就觉得这事儿不太好办，昨天小八是跟着老古董刚放学的胖儿子，一路找到这个地方，时间接近后晌，货场里已经不再往外发货走车了。他们今天来的时候不对，正是晌午货场往外发货的时候，货场里车水马龙、人来人往，卸货的、装货的出出进进，想要从里面往外掏人难度太大了，货场里这么多人，万一惊动起来，只怕不好对付。贾老四心里边没底了，转头问小八道："昨天你是下午来的？那会儿也有这么多人？"小八说："我后晌来的，那会儿除了有个门卫看大门，里面根本就没见有人活动，我还特意往里面观望了观望，真没什么人！"贾老四跟马涛等人说："货场里的人太多了，我看不行咱们傍晚再过来，那样比较稳妥！"一直没说话的马涛一听贾老四这话可不干了，眼见着把他亲弟弟呛得肺出血的仇人老古董在眼前，哪有扭头回去的道理！马涛自恃一身的功夫底子，脾气上来了谁也拦不住，他说："四哥，你们几位先回去，这事儿我自己办了，你们就甭管了！"说完这话，马涛一把推开贾老四，一溜儿小跑进了货场的大门。贾老四一看事到如今了，哪有让马涛一个人出头的道理，他一把没拦住马涛，也只能跟着往货场里跑。

哥儿几个刚从货场大门口跑进去，马上蹿出一个看大门的员工。马涛他们是一边找人一边跑，而这位看大门的两眼紧盯住了头一个跑进来的马涛，紧跑几步就连喊带吆喝地追上来了："说你了哎，说你了哎，你是干吗的？怎么连个招呼都不打就往里跑？进去找谁去？"几句话说完，人已经到了马涛身后，他一看马涛根本没有要理他的意思，就伸手去抓马涛的肩膀。众人只好停下了脚步，马涛一回头："我找人！"看大门的说："你找人也得先跟我打个招呼啊，你知道这是什么地界儿？这是货站，要是个生人就往里进，丢了货怎么办？你给兜着？"贾老四急忙答话道："哎哟师傅，我们想找个家门口的，听说在这儿上班，叫老古董，您了知道这人吗？"看大门的说："哦！老古董啊，在里面了，他可能在六号库装货呢，好嘛！这小伙子够愣的，进门就往里跑，你们别进去那么多人啊，你们进去一个人，有什么事儿把他喊出来说不就完了嘛！"听完这话，几个人你看我我看你，最后一起都把眼光停在了小八的身上，在场的人里也就他小八认识老古董，你让别人进去都没用，谁也没见过他老古董长什么样。小八自然明白大伙的意思，他不想进去，但事已至此，也只得他去出头了。贾老四见小八有几分怵头，上前拍了拍小八的肩膀："兄弟，没事儿，去你的，我们哥儿几个就在这儿等你，见了他稳住了，好好跟他说。"然后贾老四趴在小八耳朵边上小声地跟他说："你见机行事，只要你把他老古董引出来，别的事儿你就甭管了，跟你没有任何关系了！"一听贾老四这话，小八一歪脖子，俩眼一立："那不行四哥，我这还因为他挨了你和他马涛一顿冤打，怎么能说没关系呢，这我跟他有完吗？你甭管了，我进去找他去！"贾老四的一个激将法，立时让小八来了脾气，他跟看大门的打了个招呼，大摇大摆地往货场里面走。一直到了门卫说的六号库，小八睁大眼睛仔细观瞧，六号库里有很多搬运工，出来进去的人扛着麻袋包，正往外面的卡车上装车，不一会儿就看见了老古董从库里扛着包出来。小八一个箭步蹿上了货台，一把就把老古董抓着了。

6

　　老古董被小八抓住肩膀，顿时吃了一惊，肩膀一侧，麻袋包掉在了地上，回过头来看到小八那张怒不可遏的脸，他立刻就明白怎么回事儿了，忙在脸上挤出笑容。可就在这笑容刚刚在他脸上要灿烂怒放的时候，小八这暴脾气一个没压住，抡圆了就给了老古董一个响彻云霄的满脸花，骂道："我靠！你这办的是你妈人事儿吗？知道我替你扛了多大的祸吗！"小八这一巴掌掴在老古董的脸上，再加上这一嘴炉灰渣子的叫骂声，立即吸引了周围干活儿的那些人的目光，众人各自撂下手里的麻袋包，往他们俩周围聚拢过来。在这地界干活的都是什么人？那就是原先老百姓口中所说的"扛大个儿的"！那是一群有着传统脚行把头底蕴的人们，父一辈、子一辈继承父业的大有人在，也就是说他们的父辈，大多是老六号门货场的脚行，言传身教地在他们身上已经传习了太多旧时习气，还是脚行那一套为人处世的规矩，看到一个从没见过的陌生人，上来不问青红皂白地给了自己工友弟兄一个大耳刮子，立马就有爱管闲事儿的人头出来挡横儿，从后面一把抓住了小八的脖梗子，扛大包的苦力多有劲儿啊，跟拎起一只小鸡儿似的，将小八给拎在一旁。等小八好不容易在原地站定了，已经有那么二十多口子人给他包围了。小八一看这阵势，多少已经有那么点儿尿了，不说别的，就这一圈人，一个个凶神恶煞般紧紧盯着他，各位爷，这些人可是扛大包的，身强力壮膀大腰圆，那真是一个个胖的胖、瘦的瘦，胖大的魁梧，瘦小的精神，一个个腮帮子鼓着，胳膊根儿比顶门杠还结实，眼瞪如铃铛，拳头似铁夯。小八心里含糊，但嘴上不能露怯，冲着这帮人一瞪眼，口出狂言道："去去去！都你妈闪一边儿去，你们知道什么？别在这儿乱掺和，臭扛大个儿的，怎么着？是不是没有跨下那二两蛋子坠着，就都要飞了是吗？"小八也是倒霉催的，他口无遮拦，千不该万不该说出了"臭扛大个儿的"这几个字！这几个字在他们的那个范围内是犯忌的话，货场的人最恨有人喊他们"臭扛大个的"，以前有人这么喊他们都不干，更别说现在已经是当家做主的翻身工人了。小八一句话出口，当场就把这些人给彻底激怒了！

　　小八没想到后果严重，但是货场这些人可不管你是谁，犯忌的话一出口，招来的必是一顿拳脚相加。众人往上一冲，打臭贼似的一通伺候，打得小八在地上乱滚。贾老四和马涛他们在大门口等，听见货场里边一阵大乱，就知道小八把事儿办砸锅了，旋即几人就开始往这边跑过来。到了跟前，贾老四扒拉开围在小八周围气愤填膺的人们，向大伙询问是怎么回事儿？一见有人过来了，围打小八的人群里的其中一个问贾老四："你是谁？你是干吗的？"贾老四急忙跟大伙解释着："这是我一个小兄弟，不懂事儿，说话不到位，惹着大伙不乐意了，有什么事儿大伙看我了，看我了！"那人说："看你了，你是哪个庙里的，还你妈看你了，看你的脸还是看你的屁股？看你还不得把大伙愁死，你这气死糊匠难死画匠的样儿，泥人张捏你也得半年，看你这把脸儿还不如河边看王八盖子去了，看王八盖子我还能知道老天下不下雨呢！"这话说得太噎人了，冲人肺管子啊，贾老四又不是个善主儿，能吃你这套吗？一句话噎得贾老四火撞脑门子，双手攥拳、青筋暴露、怒目圆睁、咬牙切齿道："怎么着？看这意思老几位不给面子是吗？你们以为在你们这一亩三分地上，你们就能拿我们哥儿几个当鸟儿屁了是吗？你们也别说大话压寒气儿，今天我就是奔着他老古董来的，今天我必须把他带走，你们哥儿几个要是有什么想法跟我交代吧！"贾老四又回头问小八："哪个是他老古董？"小八抬手指向躲在人群后面的老古董说："就是这个！"

7

没等别人反应过来，马涛已经几步蹿到老古董跟前，并且一把就把老古董的袄领子揪住了，开始往人群外拽他。老古董跟要上法场似的，鬼哭狼嚎地哀求，指望他的同事能救他。货场的工人一看马涛已经动手了，不约而同地上来打贾老四他们。货场人多且一个个身强体壮异常彪悍，不消片刻，来的这几位均已被货场工人围在当中，惨遭痛殴。好汉难敌四手，饿虎害怕群狼，贾老四几人除了马涛之外，都被打得只有招架之功没有还手之力。马涛身边也有几个人对他挥拳相向，但对于马涛来说，挨上这几下不算什么，他现在就是一心一意地伺候老古董。老古董哪里是马涛的对手，马涛三下五除二就把老古董打趴下了。就在这时，马涛看见有人打便宜人不过瘾了，开始动上用家伙了，有拿铁锹的、有拿撬棍的、有拿扁担的，贾老四和小八等人已经被打得只能在地上抱头护脑，完全丧失了抵抗能力。马涛见状红了眼，撂下老古董去给贾老四他们解围。在这个节骨眼儿上，马涛看到了在一个麻袋包下压着一根"穿子"。我现在要说这"穿子"，可能大伙不明白这是个什么物件儿，我一细说各位就明白了。所谓"穿子"，是一般粮库或以前粮店里常备的一种检验粮包里粮食的工具，具体形态就是一根带尖儿的小手指头粗细的管儿，或铁或钢。管儿身上有一个豁口，把它捅进粮包里，粮包里的粮食一粒粒顺着穿子上的豁口被带出来，不用开包也能检验包里的粮食好坏成色，或是看看有没有发霉，经过长时间的使用，这穿子的尖头被磨得又尖儿又亮，捅大麻袋包都不在话下，就别说捅人肉了！

马涛看到了在一个麻袋包下压着一把穿子，在敌众我寡的情形之下他再也顾不及什么江湖道义玩儿闹规矩了，再不下狠手，势必要吃大亏，何况对方以多打少在先，而且对方已经用上了扁担、铁锨之类，也就怨不得他动用利器了，想到这儿，马涛垫步拧腰且战且退，很快退到了那个压着粮穿子的麻袋包旁边。此时围在马涛周围和他动手的有四个人，马涛打架的经验多丰富，当然明白不能让这四个人围住了他打，声东击西甩开那四个人，但是重点照顾的还有那个老古董。只见他拽上老古董，几步到了麻袋包旁，先把老古董一跤撂在麻袋包上，一看后面跟着的那四个人又围上来了，他瞅准机会给了最先到他跟前的人一个蝎子摆尾，上身下压，双手按住老古董的一只脚，借着上身往下的力道，猛地撩起腿，一脚向后蹬去，好一招形意拳里的蝎子摆尾，又准又狠地一脚蹬在了那位心口窝上。那位工友只顾往前跑，没想到马涛会有那么一脚，直接蹬在了心口，原本他往前跑的冲力，再加之马涛向后一蹬的去力，二力合一这劲儿小得了吗？直接就把那人蹬得飞了出去，而在他身后的另一个人，也被他撞了一个趔趄。就在这瞬息之间，马涛已经顺利地从麻袋包底下抽出了粮穿子，看了看压在身下的老古董，抬起胳膊一个盘肘，砸在老古董的后脖子上。老古董正趴在麻袋包上拼命挣扎，后脖子挨了这一肘，他的头当即就耷拉下去了。马涛手起穿子落，一穿子将老古董撑在麻袋上的手背给捅穿了。惨叫声中，老古董的手就被钉在了麻袋包上。

8

马涛并没有在货场上大打出手，因为他知道自己手重，不想对别人造成伤害，他双手一攥拳，骨头节上都是一个个的茧子，那是他平时打沙袋打出来的，打到人身上，谁也受不了。他来此的唯一目的是找老古董为他弟弟马忠报仇，和这些人动手也是迫不得已，只要自己不吃亏，顶多也就应付几下。但是他已经看出来情况不对了，照这个形势发展下去，今天要是不拿出真玩意儿来，他和贾老四等人别想走出货场，等他将老古董钉在麻袋包上，立即抓起旁边的一个红三角牌工业纯碱的大麻袋包，嘴里"嗨"的一声，将麻袋包抬起来，压在老古董的身上。那可是一百八十斤的大麻袋包，老古董纵然有再大的力气也翻不过身了。马涛一只脚踩在老古董那只钉在麻袋包的手上，"扑哧"一声，又把穿子从老古董的手背上拔了出来。老古董龇牙咧嘴，鼻涕眼泪全下来了。马涛知道老古董在那个一百八十斤的大麻袋底下一时半会儿动不了，于是他直起腰，几个箭步朝围攻贾老四的那群人冲了过去。那些人正对贾老四打得兴起，对身后马涛的到来浑然不知。马涛人到拳头到，双手上下翻飞连拳带掌、连捣带劈，打了对方一个措手不及，举手投足间撂倒了几个，冲到围攻贾老四的那些人当中。马涛一看这位贾玉弟贾四哥，可怜这位在红桥一带曾经号令三军风云一时的人物，此时已经让这帮人打得半死不活了，毕竟是快四十岁的人了，货场工友一个个五大三粗一身的蛮力，一大群人打他贾老四一个，他如何招架得住？马涛这一眼看上去已经是怒从心头起，恶向胆边生了，人家贾老四一把年纪，为他马涛出头才挨了这顿打，要说人家贾老四早已过了在外面打打杀杀的岁数，当得好好的江湖大哥，为了他马涛到了这岁数了还得东挡西杀地出头平事儿挨了这一顿狠揍，马涛心里不是个滋味儿，心里的滚滚怒火都拱在了拳头上。

　　怒不可遏的马涛已经全然不顾什么手下留情怕伤及别人了，使出浑身解数跟这些人斗在一处。货场的工友虽然说一个个身大力不亏，但也只是空有蛮力，真要打起架来碰上会打人的，什么一力降十会这一说可是根本行不通的，人再多也是乌合之众。马涛出手如风，接连打倒几个。

货场的工友也都打红了眼，纷纷抄起了家伙，仗着人多，都上来跟马涛拼命。马涛担心贾老四赤手空拳有个闪失，将那把粮穿子递到贾老四的手里，刚一转身，侧面一把铁锹就招呼了过来。马涛此时再想躲开已经来不及了，只好本能地一歪头，铁锹打在了他的侧脸上，打得他在原地直打晃，当场满脸是血。马涛抹去脸上的血，扭头看准了拿铁锹打他的那位。没等对方再次抢起铁锹，马涛一上步，双手抓住了铁锹把儿。那个人肯定不会撒手，使劲往后夺这铁锹。马涛抬起一只脚，蹬在对方的小肚子上。这一脚使足了力气，那位一连退出十几步，脚下刹不住车，抱着肚子滚倒在地，再也起不来了。与此同时，贾老四已经手握粮穿子站起身来，对周围的人一通连刺带捅，货场的这些人原本不服这些过来找事儿打架的，但见贾老四真敢拿着穿子往人身上肉里"扑哧，扑哧"地乱捅，也都乱了方寸，纷纷向后闪躲。有几个胆大的自恃手里的扁担或铁锹头沉杆儿长，贾老四不能近身，仍在外围与贾老四对峙。另一边的马涛又撂倒了几个人，同贾老四会合在了一处，二人背靠背地站在这几十个工友当中。马涛拉好架势以利再战，贾老四手里的粮穿子顺着尖儿往下滴血，货场工友虽然人多势众，却也不敢再往前凑合了，双方就那么僵持着，空气几乎凝固了。正在这个节骨眼儿上，从大门口"轰隆隆"开进一辆送完货物回来的大解放汽车，汽车的马达轰鸣声转移了众人的注意力。在各人侧目观看之时，马涛和贾老四对了一下眼神，贾老四心领神会，二人紧抢两步，伸胳膊夹住为首工友的脖子，抢下对方手中的铁锹。贾老四用粮穿子死死地抵在那人的脖子上，马涛一个黑虎掏心顶在对方心口窝，这一拳下手有点太狠了，把那个人打得面色惨白两眼上翻，被贾老四死死勒着的脖子上的喉结上下动了几下，一口黏黏的血液从他嘴里喷了出来，然后大口大口地喘着粗气，那个动静仿佛在捯气儿一般。贾老四用粮穿子顶在那个倒霉蛋儿的脖子上，对周围那些目瞪口呆的货场工友说："都别再动了，谁再动就是要了他的命了！我们上这儿来，只是为了找他老古董，没想着跟你们大伙过不去，冤有头债有主，谁的事儿谁扛着，有他妈你们什么事儿？你们跟着起什么哄，捣什么乱？我跟你们明说了，我们哥儿几个今天就算把这条命撂在这儿，也得带这个老古董走，我倒要看看你们谁还有尿儿再往上冲！"

9

贾老四的一番话暂时稳定了众人的情绪，你说要是赤手空拳打个架什么的，这帮人还有那么点儿勇气，但要是真的拼了老命去掺和这场事儿，可又犯不上。毕竟他们这些工友不像马涛、贾老四等人整天在外面打打杀杀，在货场干活儿的工友虽然彪悍，但从根本上说，今天这件事并没有触犯到他们的个人利益，只是管管闲事儿，也夹带着小八嘴欠，喊出一句"臭扛大个儿的"，惹怒了这帮人，以致发展成了一场群殴。

贾老四是丁字沽勤俭桥一带的老玩儿闹，论资历有资历，论阅历有阅历，打打杀杀不在话下，同时他在为人方面也是独占鳌头，能在一方地界说说道道，不光是得有独当一面的能力，嘴皮子也都得胜人一筹。这会儿贾老四的口才算是用上了，他口若悬河地对货场一众工友说了一遍，说明他和马涛为什么来找老古董，因为老古董在河边直接参与小孩子们之间的打闹，一个几十岁的大老爷们儿，痛殴一个尚在发育阶段的小孩，并将孩子摁在河中，使大量河水呛入肺叶，造成孩子肺叶出血，这是不是浑蛋行为？

在场的工友们虽说彪悍粗俗，没什么知识文化，却极为讲理，决不护短儿。贾老四将这件事儿自始至终的情况一一摆在了明面上，让大伙明白这其中的是非曲直。讲到最后，贾老四提高嗓门儿说："你们大伙还真别在这儿挡横儿了，我的这位兄弟的身手你们大伙也已经都看到了，如果你们大家还是没完没了地打老娘们儿黏糊架，别看我们人少，可还说不定是谁吃亏，我让我兄弟给你们露两手，你们大伙权当是看看玩意儿，你们要是觉得自己的骨头比你们手里干活的家伙还硬，尽管过来比画，各位要是明白事理，给我贾老四一个面子，还请大伙让开一条路，我们只找他老古董！"贾老四说完，扭脸儿对马涛来了一句："兄弟，给哥儿几个亮一手儿怎么样？"马涛也知道贾老四这是要不战而屈人之兵，虽说马涛的师傅曾经嘱咐他以后在外不可在众人面前显示自己的所学武艺，奈何此时境况所迫，马涛他也顾不得那么多了。他吐了一口嘴里的血，将铁锹一头着地，另一头仍担在自己的手里，稍微一运气，口中大喝一声，手起掌落将锹把儿劈为两截。他又从另外一个人手里接过一根扁担，一头架在麻袋包上，一头担在地上，再一次运气，一脚踹下去，只听"咔嚓"一声，扁担应声折断。众人都惊呆了，一时间鸦雀无声，谁也不敢再上前了。马涛一手架着贾老四一手拎上半截扁担，叫上了也已经停手了的小八和金强等人往大门口走，路过还在麻袋包底下压着的老古董，马涛让他们哥儿几个先走，他蹲下身子，问老古董："你懂得人情世故吗？亏了你活了那么大岁数，今天我要不让你吃一回大亏，你记不住锅是铁打的！"说完站起身，不理会老古董的苦苦哀求，抢起半截扁担，一下一下打向老古董。痛打落水狗的冲动让马涛的手停不下了，哪管你骨断筋折脑袋开花。老古董只能在棍棒之下哀号求饶，他讨饶的嘴脸更让马涛厌恶，一股股莫名的怒火冲撞着马涛的中枢神经，对方越是哀求他反而打得越起劲儿。正在马涛打得兴起的时候，忽听有人喊了一声："住手！"马涛抬头观看，却原来是小八。小八也憋了老古董一肚子的火，只是刚才顾不上跟他老古董较劲儿，现在腾出手来了，也不想放过这个曾经让他在家门口颜面尽失的冤家。小八喝住了马涛，从马涛手里接过了那半截扁担，再一次在老古董身上棍棒相加。此时站在一边的货场工友们也都明白了事出有因，对他老古董的为人也就无话可说了，没人愿意再管他这个闲事儿。小八打累了才罢手，再看地上的老古董已经奄奄一息了，整个人跟血葫芦似的。

那位说怎么没人报官呢？这个货场只是一个中转货场，当时根本没有保卫科，那个年代一般的老百姓根本不懂什么110，也没有这么一说，想报警都是直接去派出所报案。而且这一个货场好几十口子人，一个个身强力壮的，忽然进来五六个外人找碴儿打架，谁会报官？别说报官了，那恨不得关上大门打臭贼，要是一般人你到那儿找事儿去根本你就出不来。何况那些货场的工人也都大老爷们儿，那个年代，大老爷们儿之间的事儿谁要报警也让别人笑话。再说老古董也不占理，货场工友们都不想管了，任凭小八他们扔下手里的棍棒，以胜利者的姿态走向货场大门口。天幕下残阳如血，火烧云将货场外的海河倒映得一片通红，犹如汪着一河奔流的血水。几个得胜而归的人，站在河边谁也没再说话，只是静静地看着河水，愣愣地出神了许久。最终还是贾老四从口袋里掏出一盒烟来给大家打了一圈。待到众人把烟点上，贾老四缓缓地脱下了自己已经溅满血滴的褂子，在手里团成一团用力扔下河去，旁边的几个弟兄也一一效仿，都脱下了自己身上带血的衣服，一团一团地扔到河中。奔流的海河水一路向东，仿佛被这几人的衣服染上了浓重的血色。

第四章

1

咱们用大量篇幅介绍马涛成名的经过，发生这两件事儿的时候，马涛刚刚二十几岁。从此之后，在红桥一带，马涛和贾老四的患难之交日渐密切。那时的马涛空有一身的本领，能打能拼，但还不够老成，逐渐得到了贾老四的真传。贾老四也爱惜马涛是个人才，对他循循善诱，又给马涛介绍了几位在圈子里有地位、有号召力的老耍儿。一时之间，马涛在红桥的名号如日当空。河北货场一战也使得他在河北区成了风云人物，在货场工友的口口相传下，当然也不排除有些添油加醋、捕风捉影地夸大其词，反正只要是在河北工友所到之处，便将此事作为茶余饭后的谈资，坊间将马涛和贾老四在货场找老古董报仇一事传得神乎其神。那个年代资讯闭塞，一没电脑，二没电视，平时难得有什么娱乐，老百姓们都指着下班饭后的互传小道消息为乐，其实现在仔细想一想，这就是所谓的时势造英雄。马涛在红桥河北两战成名，又得了贾老四的真传，在圈子里的处世为人交朋友，哪怕是行为坐卧举止谈吐上，都有了明显的改变，越来越有大哥的风范。而马涛在红桥河北一带呼风唤雨、撒豆成兵的名声，同时也渐渐地流传到了他的家门口——老城里！

虽然马涛在自己的家门口，依旧对街坊邻居三老四少规规矩矩、恭恭敬敬、客客气气，但逐渐地家门口子的人们对他马涛的态度正在一点一点地发生变化，跟他说话的语气，包括看他的眼神，都透露出一种敬畏客气，甚至可以说是一种信赖，比他岁数小的混混儿们，也都为自己家门口出了这么一位名声在外的大哥，而感到无比自豪，时不时地将马涛放在嘴边，在外一提马涛顿感底气十足。后来马涛又有过几次辉煌的战绩，在此就不一一赘述了。只说在马涛出名之后的相当长的一段时间内，他的亲弟弟马忠也开始了在城里的玩儿闹生涯，有自己亲哥哥的名声摆在那儿，马忠身边自然少不了一大批年纪相仿的小兄弟围着他转，日久天长，这哥儿几个也成了城里的一方小势力。后来因为马忠他们在老城里的势力范围日渐扩大，影响到了城里别的小帮小派的利益和面子，造成了几次小范围的冲突。每当马忠在城里有什么摆不平的事儿，都是他哥马涛出面来调停，甭管老耍儿还是小玩儿闹，没有人不买马涛的账，一旦听说马忠是马涛的亲弟弟，都会高看一眼网开一面。到了我跟老哑巴这时候，马涛在红桥和河北已经是可以吃以前的老本的年纪了，而在城里东西南北四角一提马涛，更是威名远扬不可一世。李斌他们几人将老哑巴要踏平城里的原话放了出来，马忠闻风而动跃跃欲试，后来又听说城里的和西头的定下了一场事儿，双方要一决高下。在老城里各帮各派的撺掇下，马忠就跟他哥开了口。一开始马涛并没答应出头扛旗，但架不住一天到头有人来找他，家里的门槛子都被踢破了，几次三番的有各种人出面宴请，盛名之下无虚士，再加之后来马涛知道了这是我惹的祸，他和我有一层关系，因为马涛在天明中学毕业，我的爷爷曾经就是他的班主任，因为都在家门口住，所以我爷爷对马涛也算极为照顾，尽管在马涛眼里，我们小哥儿几个还是四六不懂的小毛孩子，可怎么说也是他的小兄弟，捅了这么大的娄子，他不能袖手旁观。而今老城里的大小玩儿闹，一致推举他马涛出头扛旗，跟西头死磕一次，马涛也就当仁不让了。

2

简单地说，六月中旬，有人来回传话，城里对决西头的事儿，初定在六月底。地点——青年路湾兜中学对面的小树林，也就是现在的25中学对面的长虹公园后门一带。那时候还没修津河，津河在那会儿还是一道小河沟，往北走就是烈士路和老桥。小树林里一早有不少晨练的人，一到了晚上那就是搞瞎扒的圣地。挨着湾兜中学湾兜小学的旁边，是老西市大街一条窄窄的入口。一开始城里的一方有人对定在那里比画提出了反对意见，因为那里本身就是西头的地盘，定在那里等于是我们城里的送上门去，对我方极为不利，要比画就该在西头和老城里之间，进可攻退可守，打顺了手直接攻进西关街，万一战况不利，还可以退进城厢，西头的人再厉害，也不敢追进来。马涛却不那么认为，用他的话说，定事儿不光是比画，还要比勇气和魄力，他们西头的不会不懂规矩，定事儿应该定在双方都比较生疏的地方，他们要是一定要把这场事儿定在他们自己的地头上，说明他们在气势上已经输给了咱们城里的一筹，他们不敢出来，那咱就打进去，在他们家门口子来个虎口拔牙，咱们一旦赢了，周边各个地方的玩儿闹都会对咱城里的高看一眼，即使败了，咱有勇气打上门去，哪怕没有得手，面子上也不会难看！

马涛是扛旗的，他一句话，按西头说的来，就等于定死了这场群架的时间地点。在这儿之后的几天时间，城里的各方各面的人蠢蠢欲动，大街小巷里经常可见来来往往仨一群俩一伙的，相互窜乎着聚拢着，全是那时玩儿闹标配的打扮，以前各霸一方各占一角的小股势力纷至沓来。

要说以前还都彼此地看不起看不惯对方的，现在也都见面彼此打个招呼相互敬烟，暂先撂下以往的过节儿不服，心照不宣地都选择了一致对外同仇敌忾。

一个还算凉爽的晚上，马涛把各方面的能在自己圈子里主事儿的十几位人头儿，聚到了南门外一个小饭馆里，摆上两桌酒饭，算是开始了战前总动员。我捅的娄子，肯定少不了我，在座的还有南马路的铁蛋、小发、高勇，东北角的小刚刚、二福，西北角的卓平、小克、花脖儿，西南角的三元、小童，鼓楼的狗少和戴六，高朋满座交杯换盏觥筹交错。席间马涛开始了一番布置和安排，细节咱在此就不一一细说了，反正给我的任务就是去西姜井铁道桥对过的农资物品商店，买回 30 根镐把儿。

转过天来，我叫了石榴和宝杰，开上宝杰他二伯的后三，一路打听着找到了那家农资商店，把他店里所有的镐把儿都买了，凑了三十来根。遵照马涛的布置，城里的各方各自准备趁手的家伙，还有一条就是去的人必须每人都穿白色汗衫，以免到时打乱了误伤自己人。经过十来天的时间，一切准备就绪。在动手的前一天，我们小哥儿几个再一次聚会到了李斌家的小屋，几个人激动兴奋犹如打了鸡血一般，纷纷亮出自己要带着的家伙，说着一嘴的豪言壮语，丝毫不见有怯战之意，过年都没见他们那么高兴过。六月二十九日，这一天注定要成为在那个年代载入城里玩儿闹史册的一天，甭管那天到底是输是赢，最后将是什么结局，都将是值得纪念的一天。

3

顺便给各位说一段大战之前的小插曲,比画的时间已经定了下来,
六月二十九日下午两点。城里的和西头的都在全力以赴备战,因为这
是一场决定以后双方势力及江湖地位的恶战。老蔫儿不住城里,他家
在十月影院,那是河北区,作为一个外区的朋友,却自始至终跟在我
的身边。就在一场鏖战即将打响的前一天,我把老蔫儿介绍给了马涛。
老蔫儿从我嘴里多次听过马涛的大名,他一见马涛,毕恭毕敬地喊了
一声"大哥",随后老蔫儿摘下挎在自己身上的军挎包,打开了挎包
翻盖,"劈里扒拉"往桌子上一倒,从挎包里倒出了几把军用匕首和
军刺,在澡堂门口伏击老哑巴,也有他老蔫儿一份,他惦记着跟我们
一起去打这场群架。马涛却一直觉得这事儿如果让外区之人助阵,会
叫西头的人笑话看不起,所以对老蔫儿跟着一块去的要求不太感冒。
最后在我和老蔫儿的再三请求下,马涛才认可了让老蔫儿作为接应,
在长江道与青年路的交口伺机而动。老蔫儿还说到那天他可以找战
友借来几辆轻骑。马涛听后觉得高兴,就让老蔫儿和宝杰再领几个
人,一起作为机动梯队,负责运输镐把儿、板儿砖,并且准备往外
救人或看情况在直接参战。

六月二十九日,一个阴云密布的午后,城里各路人马纷纷到齐,
集中在了城厢礼堂的大院儿,大概有那么一百七八十号人,三辆后三,
一辆吉普,还有几辆轻骑黑老虎,其余的都是自行车。马涛之前已经
把人分配好了,只是那三辆后三除了宝杰开了的那辆之外,另外两辆
却不知道是谁开来的,开车的我不认识,但看那意思跟马涛挺熟的,

后三上的帆布棚子盖得严严实实，不知道里面是个什么情况，也来不及过去打听了，只听马涛的一声令下，一百多口子人浩浩荡荡地开拔。大队人马一路向西，经过西马路奔西南角，插入南大道。一路之上，过往行人纷纷侧目观瞧，交头接耳指指点点。队伍到达长江道与青年路交口之时，马涛示意留下老蔫儿等预备队，便领着我们进入了青年路旁的小树林里。马涛坐在他的座驾吉普车上，一条腿蹬在车子前面的驾驶台上，悠然自得地抽着烟，脑袋微微上扬，一副傲视群雄的样子。他的这满不在乎的神情，无意中也给我们这些人放松了紧张的神经，时间还早，还没见西头的人过来。我们这一帮人，仨一群俩一伙聚在一起，开始分析预判着这场事儿的结果。我们目前仅知道等对方的人来到之后，只管听马涛的招呼，便开始涌上去比画，但是说到具体的安排，还真没有人知道。马涛把前前后后的活儿都交给了马忠他们小哥儿几个办理，尤其那两辆神秘的后三，一直没有打开过车上的帆布帘子，里面也不知道有什么玩意儿，弄得我们一头雾水。时间过得挺快，不消片刻，马涛派出去的两个小不点儿在一通轻骑的马达声中风风火火地来到树林里，一下车便对着马涛的吉普车大喊着："来了，来啦！"

随着探风的一声"来啦"，三三两两坐在地上的弟兄们，立即向马涛的吉普车围拢过来。马涛把手里的烟往地上一扔，嘴里口风硬硬地说了一句："慌什么，都你妈稳住喽！"说完从车上跳了下来，脑袋在肩膀上晃了两圈，可以听见他的颈椎"咔吧，咔吧"响了两声，然后又将十个手指在手里往里掰着，手指关节也"咔吧，咔吧"地响了几下，这才开口问了一声："到哪儿了？来了多少人？"探风的小不点儿说："西头的已经到老桥了，来的人不少，看得见头看不见尾！"马涛嘴里低声骂了一句："靠！管头不顾屁股，办事儿不利啊！"随后马涛再次站在了吉普车的车门与车座之间，环顾四周看了看众人，大声说道："我不提别的就一条，抱着团打，尽量别散开！"他又把那两个开后三的叫到身边，小声跟他俩交代着什么，那两个人一个劲儿地点头，其中一个后三司机打开自己的后斗，我一眼看过去，原来车斗里除了有几十根镐把儿和白蜡杆子，还有几乎满满一车的板儿砖。

说话间，从小树林外边黑压压地来了一大片人，我们这些人也密密匝匝地集中在马涛身后。马涛坐在吉普车的机盖上，缓缓掏出一根烟，叼在嘴上。我赶紧走到马涛身边，掏出火柴给他点上，自己也点了一根，狠狠地抽了一口。我要说当时不紧张那是瞎话，拿着烟的手都在发抖，长那么大，我还是头一次见这个阵势。

第五章

1

石榴也紧紧地挨着我站着，手中紧紧攥着老蔫儿给的军刺。马涛侧头看了一眼石榴，被他的紧张给逗笑了，伸手摸了摸小石榴的三齐头，虽然没有说话，但已经足以让石榴舒缓一下紧张的情绪了。马涛又一次回头看看他的这帮哥们儿弟兄，喊了一声马忠。马忠心领神会地问大伙："还有手里没有家伙的吗？往我这儿领镐把儿来。"有的觉得手里的家伙不趁手或者嫌自己的家伙太短一会儿怕要被那边的人拿长家伙降住，便有几个人走过去找马忠领了镐把儿。

眨眼间西头的人已经到了跟前，在距离我们十来米的地方站住了。双方一列阵，就看得出来，他们远比我们人多，看上去不如我们整齐，我们按马涛的要求一人一件白色汗衫，怕到时一开战误伤到自己人，而且我们这边人头儿比较整齐，除了几个老一伐儿的略显年纪较大，其余大都年龄相仿，而且都比较精壮，显得那么有组织、有规模。对方虽然在人数上远远要多于我们，但是高的高、矮的矮、胖的胖、瘦的瘦，一个个手握肩扛着各种家伙，显得比较杂乱。

双方均已站定，拉开了架势，相隔十几米相互打量，审视着自己的对头，都没有说话。这时对方人群闪开一条道，夹道中一辆三轮车驶了过来，来到两军阵前，一个急速掉头，稳稳地停住了。三轮上坐着我们的死敌老哑巴，看得出来，老哑巴被我和石榴捅穿的脚还没有完全好利索，脚上依然缠着白白的绷带，可能是在养病期间极少见到阳光的缘故，在对面坐在三轮上显得面色格外苍白憔悴。老哑巴的嘴里被老蔫儿弄得没剩几颗牙了，两腮瘪陷，更衬托出他一脸的凶相。

真应了那句"仇人相见分外眼红"。老哑巴用眼睛死死地盯着我，看得出来他此时恨不得生吞了我。我当然不能往后缩了，也迎着他恶狠狠的目光不眨眼地盯着他，按当时的话来说，这叫对上眼神儿了！两方人马均已到齐，城里的有一百多人，西头的来了二百多人，双方总共不下三四百号，当中就有不少的人彼此都认识。打群架就怕这个，越是上百人的架越打不起来。连我都能认出西头一方之中，有黄河道的长力、小维维，相连胡同的吉庆、长庆、小老头、南头窑的瞎老高、大球子，李斌和老三他们认识得更多，不方便上前说话，彼此只用眼神儿打个招呼。不过这场事儿和以往不同，已经不是个人恩怨了，关系到西头的和城里的名声、地位，大多数人自认为不够分量，开口也没用。可是毕竟还有在自己那拨人里说得上话的，便想借自己的地位，站出来说和。

西头的一个看上去黑黑壮壮、敦敦实实的一脑袋自来卷儿留着八字胡的首先站了出来，此人小名叫"宝琪"，外号"大荸荠"。大荸荠认识我们这边的薛磊和朱静，并且在一起共过事儿，平时关系走得挺近。大荸荠迈步走到双方中间，开口招呼朱静和薛磊："怎么着哥儿俩，这不大水冲了龙王庙，一家人不认识一家人了吗，我还以为是跟谁呢，这里面要是有你们俩，我可得给咱两边说道说道了，没什么大不了的事儿，冤仇易解不宜结，都抬一抬手就过去得了！什么城里的、西头的，还不都是在道儿上混的，东南西北皆兄弟，五湖四海交朋友！怎么着大伙，我大荸荠出面给你们说这场和怎么样？"大荸荠这话还没落地，就在他的身后炸响一声怒吼："大荸荠，你说你妈和。"

2

开口骂大荸荠的不是别人，正是他老哑巴，尽管老哑巴嘴里没牙了，口齿不清撒气漏风，但也真真儿传到了大荸荠的耳中。老哑巴声嘶力竭地大叫道："今儿个在场的有一位是一位，有一个算一个，不管你远的近的，谁也别跟我嗡儿嗡儿，今天既然来了，我就没打算全须全尾儿地回去，你们谁跟城里的有什么三亲六故，我老哑巴也不难为你们，你们该撤的就撤，可有一条，别你妈在这儿搅动军心。"大荸荠让老哑巴这一顿抢白，弄得上不来下不去，感觉挺没面子，愣了一下，一扭脸向着他们的人群里喊了一声："尹路、宝伟，咱撤。"大荸荠和他带来的两个弟兄走出人群，收起家伙悻悻地回头走了。老哑巴狠狠剜了大荸荠一眼，冲着大荸荠狗熊般的背影喊道："大荸荠！你走你的阳关道，我过我的独木桥，自今天开始，咱俩彻底掰了。"大荸荠没再理会老哑巴，头也不回地出了小树林。

马涛坐在吉普车机盖上看着眼前发生的一切，嘴角挂着一丝冷笑，一脸轻蔑地看着老哑巴。老哑巴此时也已经看出了马涛应该就是城里的扛旗之人，因为在我们这一帮人里只有马涛高高地坐在汽车上，非常显眼，周围的人全都围在他的身边，更衬托出马涛的地位和居高临下的气势。老哑巴将目光转移到了扛旗之人身上，但没等他开口，马涛来了个先声夺人："你是老哑巴？西头老哑巴？我听出来了，今儿个你是豁命来的，你这条命几斤几两？你打算今天怎么收场？"老哑巴也一脸不屑地问："你算哪根屌毛？你有什么资格跟我在这儿论？报上你的名号，也让我认识认识你。"马涛的脸上略有怒色："我明人不做暗事，今天我先告诉你我叫马涛，无名、无号、无势、无力，可我今天就想借着办你的机会，在西头立个名号！记住了啊，我叫马涛，甭论别的了，气不忿儿就开始吧！"话音一落，马涛从车上跳了下来，几步走到了老哑巴的三轮车前，往下一猫腰，几乎跟老哑巴脸贴着脸地问他："怎么着，你动得了吗？你要是动不了别说我欺负你这个残废，那我今天就不跟你伸手了，你让你的弟兄们上来。"老哑巴彻底被马涛激怒了，只见他一伸手，快速从三轮车的棉垫子底下掏出两把火枪，咬牙切齿地狠狠地顶在了马涛的脑门儿上。

　　事前都想到了，就是没想到老哑巴会用带火的家伙，因为在以往那个年头，群殴打群架几乎没有人使用火枪，很容易伤及自己人，甭管火枪里压的是滚珠还是铁砂子，喷出去一打一大片，通常情况下，单个寻仇才会使用火枪。再以马涛的来说，打架用镐把儿、白蜡杆子都属于不入流，当年可都是玩儿拳、玩儿跤，在这场事儿里动用镐把儿和板儿砖，已经是他马涛顺应形势发展的妥协了，因为你不动用家伙对方也会使用，但一上来就用上火枪了，马涛对此并没有任何准备，但他是艺高人胆大，此时并不惊慌。我在他身边可沉不住气了，一股邪火直冲脑门儿，就在老哑巴用火枪顶在了马涛的脑门儿的一瞬间，我飞速从腰里拔出老蔫儿给我的军用匕首，在老哑巴还没来得及注意到我的情况下，一个箭步跨到了老哑巴的侧身，将匕首顶在了老哑巴的脖子上。小石榴也在旁边大叫道："老哑巴，澡堂门口伏击你也有我一份！你真要是把要儿，冤有头债有主你喷我。"

3

马涛被老哑巴的火枪顶住了脑门子，一脸不屑地说："你以为你带着这玩意儿就能降服一切了是吗？我给你看点真玩意儿！"说完马涛一抬手，把手举到了老哑巴的侧上方。老哑巴不知是计，眼光跟着马涛的手往上看，当他看到马涛举着的手慢慢张开，而手中不见任何东西，他才恍然大悟上当了！但说时迟那时快，在老哑巴还没有将眼光收回的一瞬间，马涛的另一只手已经伸到了老哑巴举枪的两条胳膊之间，左右一摆将老哑巴的两只手拨开，随后那只举起来的手也劈了下来，给老哑巴来了一个大切脖儿。马涛手底下有多狠，老哑巴挨了这一下，当时就被一口气儿憋住了，噎了半天喘不上这口气，嗓子眼儿一阵痉挛，嗓子眼儿的神经密布，承受不住外力的刺激，老哑巴一阵剧烈的咳嗽，这口气怎么也喘不匀了，但是手里的火枪却依然在手中紧紧地握着，只要他手里的火枪还在，危险就不能解除，一旦他缓过劲儿来，照样会危及马涛，可也不能上前去抢，一旦抢夺起来，导致火枪走火，周围至少倒下好几个人。

我正在站在老哑巴的侧面，觉得应该用我手里的匕首去伤老哑巴拿枪的手，迫使其撒手！我心中这么一闪念，还没等有所行动，石榴的机灵再一次起到了事倍功半的效果。老哑巴因为脚伤一直没好利索，所以他一直都坐在三轮上，当他和马涛对峙时就身体往前错，坐在了三轮车斗的后部，拿枪顶马涛脑门儿时也是在三轮车的后部，两条腿耷拉在三轮的车斗外面。三轮前面车座上始终坐着一个专门蹬车的人，此时已经动起手来了，一看到老哑巴被马涛劈一掌，双枪却不曾放手。

小石榴灵机一动，奔着坐在三轮上的那个车夫就去了，一把军刺就捅在了那个车夫的腰眼儿上。他使得劲儿不大，刺得也不深，却把那车夫吓了一跳，"哎呀"一声惊叫，立即从三轮车座上跳了下来。老哑巴还坐在三轮车后面，因为没人在前面平衡重量，三轮车就一下子前轮离地向后翻了过去，老哑巴被马涛的那一掌劈得还没缓过劲儿来，人就让翻倒的三轮扣在了地上，他思想上没有一点儿准备，摔在地上的同时，出于保护他那双还没有好利索的脚丫子的本能，不自觉地双手去支撑身体，这样他手里的火枪就撒手了。其中一只火枪被甩得稍微远点，我一看急忙上前一步把火枪踢开，我是奔着马涛的脚下去的，直接把枪踢到他的脚下，随后我又去弯腰捡另外一把。但这把枪却没有离开老哑巴的身边，他距离那把枪比我要近，在我刚刚猫下腰的时候，老哑巴已经再次把枪握在了手里。老哑巴已经急眼了，在抓起火枪的一瞬间就将火枪再次举起，枪口距离他跟前的马涛只有不到两米。就在老哑巴扣动扳机的一瞬间，马忠的镐把儿就狠狠地抡了过来，一下子正抡在老哑巴的胳膊上。老哑巴手里的火枪再次撒手，但在撒手的同时他已经扣下了扳机，火枪在没有落地的情况下就打响了，枪管里的压力将枪膛里的火药和铁砂子一并喷出，形成一个火球，出膛后又迅速扩散开来，周围的人或多或少地都被一粒粒的铁砂子打中，好在只是伤及了不太碍事的地方，并没有打中要害。

我躲过了这一枪，看准了老哑巴坐在地上向前伸着的腿，对准了他绑着绷带的脚掌，那脚是我捅的，我知道伤口在哪儿，飞起一脚狠狠地踢了上去。老哑巴发出一声怪叫，双手抱住了这只脚。我又是一脚，踢在了他的另一只腿上。老哑巴的双脚再一次被鲜血把厚厚的纱布染透，嘴里将我八辈祖宗挨个骂了一个遍，马忠抡镐把儿打在他胳膊上的这一下也够呛。眼看着老哑巴已经无力可支，但今天也绝不能就这样轻饶了他。马涛从地上捡起那把老哑巴甩开的火枪，在手里颠了一颠，说道："火药填得够足的！他刚才怎么说的？今儿个来了他就不惦着全须全尾儿地回去是吗？"我说："没错！涛哥，刚才他有这么一说！"马涛把火枪递到我的手里，同时问我："那你看这事儿怎么办？"我说："那就成全他吧！"这句话说完，我拎着枪往后退了几步，说心里话，当时也是僵在那儿了，我往后退几步，实在是从心里不想再把老哑巴伤得太重了，毕竟他现在的脚伤还没完全恢复好，我当时有些心软，也怕以后传出去被人说我们欺负老哑巴下不了地走不了路，那可不露脸，所以我退了几步站定脚跟，喊了一声："老哑巴你要是现在说声'服了'，我放你一马，要是还有心气儿，你就把眼护好了！"

老哑巴够杠儿，气性也大，嘴里大呼："你丫的，你今天不弄死我，你就是花果山石头缝里蹦出来的！"我骂了声："去你妈的！"一抬火枪瞄准了老哑巴的脑袋，老哑巴的两手也已经把自己的双眼用胳膊挡住了。我搂动了火枪的扳机，只听一声枪响，再看老哑巴的上身衣服全都飞了、花了，尼龙港衫烧得焦煳一片，露着肉的地界儿密密麻麻地布满了一个个小窟窿眼儿，不停地往外渗着血丝。

4

在我和马涛对付老哑巴的同时，双方人马已经战在了一起，城里的和西头的不下三百余人，在小树林中相互扭打肉搏着，棍棒乱抡，挥刀乱捅，手里的家伙都往对头身上招呼。李斌被西头的两个人围在当中，对方那两个人一个手拿一把古巴刀，一个手持一把三角刮刀。李斌手握一把镐把儿跟这俩人一通乱战，他手里的镐把儿比较长，对付两个手拿短刃的还能应付一会儿，但时间不长，渐渐地李斌就感觉到了力不从心，一点点地漏出破绽，被对方一刀砍在了胳膊肘上，顿时白花花的肉就翻了起来，并且从那大油般白白的肉里开始渗出血珠儿。李斌见血就急眼，豁出命去跟这二位死磕上了，镐把儿举过头顶用尽全身力气就往下夯。那个砍李斌一刀的人横举古巴刀往上搪。古巴刀不是古巴产的刀，虽然叫这个名，但也是国产的，以前社会主义阵营支援古巴革命，让兵工厂造了一批军刀，也有一些流到了民间，成了混混儿顽主手上的利器。不过镐把儿比小孩胳膊还粗，铆足了劲儿砸下来，用古巴刀可挡不住。李斌的镐把儿搂头盖脸地劈了下来，连对方横挡着的刀带他手中的镐把儿，一起砸在了对方的肩膀头上，眼看着对方一根锁骨已经从肩膀的肉里支了出来，而此时李斌的后腰也被另外一人捅了一刮刀。

李斌让这一刀捅得在原地晃了两晃，在对方将刮刀拔出来的同时，李斌的腰间流出鲜血，染红了军裤的裤腰。手持刮刀的人并未罢手，又一刀捅向李斌，这时候老三赶到了，抡起钢丝锁，给那个人的后脑勺儿来了一下。拿刮刀的那位身子打了一个激灵，紧接着扔掉刮刀，双手抱头蹲在了地上。老三下手也够黑的，又用钢丝锁往对方脑袋上打了好几下，那位挨不住了，抱头往小树林跑，老三不依不饶，仍在后边穷追猛打。挨打的那位一时还不了手，只得双手护住头部，猫着腰抱头鼠窜，跌跌撞撞地跑到了小河边上，身后老三已经追了过来。老三是个矬胖墩子，腿短腰粗的，俩人真要跑起来，老三根本跑不过人家。那位也是倒霉，往什么地方跑不好，居然跑到了河边。老三一看这就要追不上了，急中生智地就在他的屁股上踹了一脚。那位一个踉跄刹不住脚步了，顺着河坡就滚河里去了。河里的水倒不太深，淤泥却不浅，那人两条腿陷在淤泥里一步一步挣扎上岸。刚到了岸就又被老三一顿钢丝锁给抽了回去，再次往岸上来又让老三打了一顿，如此往复了几次，俩人一直僵持不下。

暂先放下老三他俩不提，咱再说回小树林，李斌这一下挨得不轻，这一刀好像捅到了他的腰椎神经，此时他就一直站在那儿原地不能动，眼看着腰上的窟窿眼儿流血不止，李斌只能用自己的手一直捂着，却止不住这一股股的鲜血从腰间流出，裤子和脚下已经让血水浸透了！李斌心里发慌，对着河坡上正打得兴起的老三大喊。李斌和老三是从小一块儿长大的，关系十分紧密。老三听到了李斌的呼救，不敢恋战就往回跑，来到李斌的跟前，让李斌扶着他的肩膀，一步一步往马涛的吉普车挪动，好不容易到了汽车跟前，打开车门扶着李斌上了汽车。

　　放下李斌再说马涛，以马涛的身手他的膂力，往常打架轻易不肯动用家伙，但是此时参战的人多，容不得有任何闪失，他只好解下腰里的腰带。马涛的这条腰带是他以前练功时所系的一条厚牛皮板带改制而成，特意定做的扣环铜头，加重加量的，得有一斤重，皮带上钉满了一颗颗的铆钉。这条腰带已经跟随了马涛将近二十年了，平时就在腰间既为腰带也是装饰。一旦与人动起手来，这条裤腰带对于马涛来说就是一把得心应手、屡试不爽的家伙，马涛以前练过，使用软兵器并不外行，对于他来说这条腰带跟七节鞭、流星锤是一个道理和用法，当下将腰带挽了两圈扣在手上，这样一不会让别人从自己的手里抢走，二来皮带上的铆钉可以在出拳的时候起到指虎的作用，一拳下去就是几个窟窿眼儿，而且皮带的铜头更是抡起来呼呼带风，挨着这个铜头，轻者皮开肉绽，重者骨断筋折。

　　此时的老哑巴已经丧失了抵抗能力，看着他捂住脸龇牙咧嘴地怪叫，我不再理会他了，扭过头来观察一下此时的态势，哎哟！城里的人数不占优势，已经形成敌众我寡的局面了，几乎每个穿白色汗衫的人周围都有两三人在跟他比画，看得出来已经有人吃亏了，被打翻在地还不了手。马涛也让几个对手围住了，他手里的板带连接着铜扣舞得密不透风，虽说到没见马涛吃亏，但已经被对手形成围攻之势，时间长了难免会有破绽，弄不好还得挂彩！我几步蹿到马涛附近，手里的匕首在那几个对头身上毫无章法地乱捅、乱刺。当事者迷，已经都乱了套了，我也不知道究竟捅了几个，但自己的身上同时也挨了几下，当时可顾不上这么多了，也没觉得哪儿疼、哪儿有伤，只是发疯一般地跟对方乱打。

5

下面咱就再说说石榴，小石榴提着军刺把老哑巴的三轮车夫从车座上捅了下来，他算是跟这个倒霉蛋儿杠上了。石榴人比较单薄，他小细脖儿水蛇腰，往那叉着脚一站真跟个简易圆规似的，要是论滚在一块儿的话，石榴不会是任何人的对手，能让石榴在历次打架中没吃过什么亏始终屹立不倒的原因，就是他的聪明和那一股子与生俱来的机灵劲儿。石榴也深深地知道自己跟任何一个对手滚在一起，他都占不了便宜，所以他在历次的打斗中都会坚守一个不让对方近身的原则，此时的石榴亦是如此。只见他在三轮车夫的面前辗转腾挪，猫蹿、狗闪、兔滚、鹰翻、蛤蟆蹦、骆驼纵全用上了。可以说这个小石榴不是在和车夫打架，更像是对车夫的一种挑逗和愚弄。车夫光着个膀子，下身穿一条油渍麻花蓝色涤卡裤子，一条几乎已经糟了的红色布腰带，把自己的裤子卡在肉嘟嘟的肚腩上，露出酒盅般大小的肚脐眼儿，裤腰在腰带上翻翻着，裤腿往上卷卷着，脚下一双洒鞋趿拉着，"踢里踏拉"一直追着石榴打。车夫手里拿着一块扁铁打成的短刀，有那么五十厘米左右长，追在石榴后边连砍再剁。石榴利用小树林里的树木当作自己的掩体，步伐轻快灵活，忽东忽西，跑位飘忽不定地跟车夫周旋。我想甭管谁跟石榴打一架，都得越打越冒火，他那种打法根本就是勾人火去的，跟条泥鳅似的让你逮不着摸不到，瞅冷子他就给你来一下，然后你还就再也抓不着他了。石榴本身劲儿也小，也知道下手的轻重深浅，他手里拿着一把军刺，并不下狠手，只拿着军刺尖儿在你身上点卯，这你受得了吗？石榴在前面跑，车夫在后面一个劲儿地追，追了一阵，车夫累得气喘吁吁，不得不放缓脚步，想歇一会儿喘口气。偏偏在这个时候，石榴又一次返回头来，照着车夫的屁股上捅一个小眼儿，再一次把车夫的火给激了起来，跳起来嘴里骂着大街，吹胡子瞪眼地要跟石榴拼命，石榴扭头又跑。车夫气急了，追不上你我那手里的家伙飞你个坏小子，想到此处，车夫一甩手将手里的那把刀奔着石榴就飞过去了。这下石榴没有预料到，正往前跑着，车夫飞过来的刀子就到了，正砸在石榴的腿肚子上。石榴一个跟跄扑倒在地，转头看见车夫赶了上来，此时要想再次起身已经来不及了，在他没有站稳之前肯定会被车夫从后面一把抱住，那可别想再脱身了。不过石榴就是石榴，他并不急于起来，而是在地上一个翻身，双手在身子两侧支撑地面，双脚对着车夫，兔子蹬鹰似的一通乱蹬。车夫怕让这小毛孩子蹬到裆部，不停变换方向寻找下手的机会。石榴在地上跟个陀螺似的，身子不住地打转，两脚始终对准了车夫，一见车夫要往自己身上扑，石榴就把自己手里的军刺对着车夫举起来，弄得车夫不敢贸然上前，只好拿自己的两只脚狠狠地踢向石榴。石榴是连闪带踢带蹬，气得车夫咬牙愤恨，实在不解气、不解恨就低头在地上找他的那把飞出去的刀，等他转身去捡地上的刀，石榴已经从地上站了起来，在车夫屁股后边狠狠踹了一脚，气得车夫三尸神暴跳，太阳穴冒火，七窍生烟。石榴这个鬼难拿的玩意儿，让车夫恨得咬牙切齿，又一次跌跌撞撞地跑起来追打。追不到几十米这车夫就彻底没体力再追了，双手拄在膝盖上大口地喘着粗气，就差把舌头吐出来了。身形精瘦、体态轻盈的石榴倒是面不改色、气不长出，绕回身来又从后边给了车夫一刀，反复这么几次，把这个车夫折磨得快要崩溃了。

6

还是那句话，说时迟那时快，从城里的和西头的在小树林打起来，到我说了这么半天，也不过是几个回合。双方打得兴起，却没意识到有一个近乎致命的失误——定这场群架的地点选错了。

当时的小树林后面有一道高墙，墙里头是驻军，现在的长虹公园里的地下家具城，以前就是地下军事工事，据当时的传说是那个地下工事里面是个导弹基地，也不知道是真的还是假的。听到小树林中的群殴之声，有几个大兵爬上瞭望哨，见到大墙外有一伙子人在闹事儿，那可不能不管！部队大院的大门位置在现在的长江道上，其实这块地界儿的大致方位到了现在也没有什么变化，只不过八十年代以后没有驻军了。大兵们从大院里跑步出来，向左一转，过了长江道桥，再向左转，沿着青年路一直向前，得跑到现在的长虹公园的东门，也就是现在的西市大街和青年路交口的位置，才能抵达小树林一座小桥的桥口，这座桥是唯一一座连接青年路和小树林的桥，从部队大院正门绕过来可不近。

老蔫儿和宝杰他们几个在外围接应的人，已经估计了这场事儿惨烈状况，正准备伺机而动，突然看到有部队出来了，并且急行军的速度往小树林跑。老蔫儿在部队待过，看出大事不好，急忙发动自己的轻骑黑老虎，对几个和他一起等待后援的哥儿们一句："都跟我走！"伴随一阵"轰隆隆"发动机的轰鸣声，几辆轻骑一拧油门，一路狂奔赶往小树林。这期间老蔫儿一个没留神，没有发现宝杰看到有大兵出现了，意识到这事儿已经闹大了，他的苦胆都吓破了，驾驶着他二伯的那辆后三，一溜儿黑烟往反方向夺路而逃。咱撂下宝杰那个尿玩意儿不说，我也实在懒得说他这掉了腰子没胯骨轴儿的货。再说老蔫儿他们几人，眨眼间就把大兵们远远地抛在身后，人腿总比不了轻骑的发动机快。老蔫儿到了小树林边的桥头，一拐把进了小树林里，在形成混战的人中找到马涛。马涛此时正在把他那条大铜扣腰带抡得"呼呼"带风，老蔫儿几步蹿到了马涛跟前，压低声音对马涛说了一句："惊动大院里的部队了，赶紧撤！"

马涛一听也是心里一惊，立马告诉老蔫儿，让所有的自己人都停手，撤到吉普车周围。老蔫儿率先找着我后就大声嚷嚷着所有城里的都别动手了，他这一嗓子出口后，弄得所有在场的人都不得要领、不知所措。老蔫儿又喊了一句："城里的都过来！"此时马涛已经上了吉普车，在看到自己人都已经差不多集结在了他的汽车周围后，高声叫道："城里的都跟在车后面撤。"说完便发动了吉普车，带领众人冲出了小树林。西头那些人一时不知道发生了什么事儿，有点儿发愣。老哑巴已经被再次放到了三轮车上，两手捂着已经被火枪喷得血乎流烂的脸，尖叫道："别放了他们，他们要跑。"西头那些人这才醒过神儿来，便在后面死死地追赶。说话这会儿，马涛的吉普已经开到了桥口，紧紧跟在他吉普后面的是那两辆后三，当城里的人都齐刷刷地跟着吉普车撤退时，两辆后三起到了决定性的作用。

老哑巴的一声哀号，惊醒了还在原地傻愣愣的同伙们，不知道个中所以然的他们又一次开始往上冲。两辆后三开始发动，在现场就是一通连撞带抹，试图将两拨人从中分开。老蔫儿他们几辆摩托也跟着一起东撞西抹，两辆后三并排殿后，压住阵脚往小树林外边撤。老哑巴那些死党们不知其中有计，以为西头的占了上风，志得意满地开始"宜将剩勇追穷寇"，追出也就十几米，前边的马涛一挥手，有人将两辆并排而行的后三的帆布篷撩开，我这才算看明白，两辆车上一辆是砖头一辆是白灰！装砖头的车上有两个人，装石灰的车上是一个人，两辆车一边向后撤退一边开始了事先计划好了的操作：只见白灰车上屹立一条汉子，上半身赤条条的，露出两膀子文身，脸上戴着一个大口罩，眼罩大风镜，手持一把短把小铁锹开始一锹一锹地撩拨着白灰，将白灰撩得高高的然后白灰又撒落下来，一时间遮天蔽日满世界呛人刺鼻的白灰飞飞扬扬，几乎将那拨人罩在了浓浓密密的白灰雾霾里。几乎是在同时，城里这边的人在马涛指挥下，捡起另外一辆后三里的砖头，冰雹一般扔向来人。西头众人猝不及防，乱成了一团，再也不敢追了。我们趁此机会开始往老桥方向狂奔猛跑，拐到西关街上，又马不停蹄地冲着西门脸儿扎了下去。

小树林一场恶战，在此落下了帷幕。双方互有损失，几乎打了一个平手，吃的亏都不小。如果非要分出个高下，那还是城里的略占上风，因为在马涛的指挥下，撤退的时候队伍没散，西头的则乱成了一锅粥。在那一年之中，这是一场最大的战役了。一个多月以后，1983 年 8 月 8 号，开始了轰轰烈烈的大搜捕运动，参与小树林一战的各路人马也都在里面聚首了，由于两劳及注销户口的一系列政策，使得我们当中的一些人天各一方了很长一段时间，以后有缘分再次见面的时候，早已经物是人非。天意弄人，人惹天怒，世事无常，求得谁恕？

（第一部　西城风云　完）

第二部

两肋插刀

蛮子篇

第一章

1

我不知道各位信不信命，信不信因果报应？反正我不信！记得以前做买卖，每次出门打货之前，合伙的都会拉上我去大悲院烧香——以求平安往返。我知其然不知其所以然，从来没当回事儿。可是回想起以前的过往云烟，冥冥之中又有那么多的事儿在自己身上发生，好像也契合了这些因果报应，就说咱前一部所说的那一段段钩沉往事，打打杀杀刀口舐血的大半年时间之后，便迎来了一场轰轰烈烈的大搜捕行动，偶然或必然的因果关系，都在这儿呈现出来了。你要说我墨斗在外面那么折腾，早晚不得折进去吗？对！自打拿二黑开了张见了血，我已经有了回不了头的觉悟，进去是早晚的事儿，只是没有想到，我会那么快沉戟折沙、身陷囹圄，这是必然！再要说偶然，只能怪我时运不济出师未捷身先死了。想想那些出道早的大哥，一个个摇旗呐喊造型十足地走在大街上，七个不含糊八个不在乎的光辉形象，哪一个不是在风口浪尖上滚过来的？哪一个没经历过皮开肉绽、骨断筋折、白刀子进去红刀子出来的阵仗？怎么人家就可以在如此长的时间内，把用血肉换来的一方势力牢牢握于手中，且得在市面上招摇一阵子，而我却在眼看着就要扬名立万的节骨眼儿上一头折进去？

1983 年 8 月 8 日，这要用现在人的观念和眼光看，这得是多好的日子，仨8连在一块了，要搁现在这绝对是公司开业、结婚嫁娶的吉祥日子。可是1983年的这一天，我家住的大院里一如既往地平静，一大早我洗了把脸，就出门找石榴去了。经过一个多月前的与老哑巴在垮兜公园的一场决战，虽说是让驻扎在附近的大兵给冲散了，但毕竟我们这一方没什么人受到重创，全须全尾儿地回来了，相比较于老哑巴一方，称得上是大胜而归，生活暂时恢复了以往的平静。

在石榴家，我听他老娘说今儿个儿是"咬秋"的日子，虽说老人们都还应时到节地记着该来、该到的节气，但生活条件摆在那儿，可不像现在这样，一立个秋还非得家家户户包饺子、捞面、吃西瓜，谁也没拿"咬秋"当回事儿。我和石榴依旧地去找到李斌他们，在西门里大栅栏那儿一待，各自吹嘘着各自的牛掰，打发着挥霍着空虚的青春时光，连玩带野地疯了一整天。傍晚回到家里，赶上同院儿的邻居家一个叫小三的男孩子，当天拿到了上海复旦大学的录取通知书，街坊邻居正为此事庆贺。那天我老娘上中班，家里只有我老爹回来了，在自家的小厨房里忙活着晚饭。小三一家的喜悦溢于言表，为了表示对自家孩子有出息考上名牌大学的庆贺，他家给全院儿的邻居买了西瓜咬秋，一家两个"黑轮儿"瓜，晚饭后各家都聚集在小三家的门前，团团围坐在一起，开了西瓜沏了茶水忽扇着大蒲扇，一边驱赶着蚊子一边扇着凉风，东拉西扯地聊这孩子以后会如何的有出息、有前途。唯有我老爹，没有跟那些邻居凑到一起闲聊。要说我老爹和小三家尤其是小三的父亲，关系一直好得不得了，俩人都在一个系统工作，平常见了面总有聊不完的话。按理说，今儿个这场合，我老爹他必须得到啊，但老爷子晚饭过后，一头扎进闷热的屋里不再出来了。当时我并没往心里去，但在今天看来，应该是我老爹面子上挂不住了。这院儿里邻居当中，就我和小三两个年纪差不多的男孩，却泾渭分明地走在完全相反的两条路上，我老爹一辈子好脸、好面，此时此景，看看人家的孩子，再想想自己家的孩子，能让我老爹心里舒服吗？

我当时可不以为然，人各有志，道不同不相为谋，我也死看不上小三这种书呆子，只当没这回事儿吧，该看电视看电视，就等着我老娘下了中班，从厂里用保温瓶给我带回冰凉爽口的——清凉饮料！每天雷打不动，必须等老娘给我带回清凉饮料，美美地喝下一大罐子，我才会去葡萄架下搭起小床睡觉。结果我娘的"清凉饮料"没等回来，却等来了派出所的人！

2

来了一个队长和两个"八毛"，前面咱就介绍过，"八毛"是那个时期的一种工作，治安联防队，类似于现在的协勤，因为每天的补助费是八毛钱，因而老百姓都称他们为"八毛"。十年动乱刚结束几年，大批知青陆续回城，社会上闲散人员太多，警力不够用，官面儿抽调各单位的工人、保卫科人员、民兵，组成联防队，有轮值的，也有一干两三年的，正副队长有身制服，普通队员仅在胳膊上套一个红箍。一行三人来到了我家院里，虽说是已经很晚了，但院里的邻居还都沉浸在小三考上复旦大学的喜悦之中，忽然看见有联防队来了，一个个都张大了嘴巴惊诧万分，搞不明白发生了什么事情。联防队队长进屋找到我爸，留下俩八毛看住我。不一会儿，八毛队长和我爸一前一后地从屋里出来。我爸走到我的跟前，眼神极为复杂地看看我说："跟人家去一趟派出所吧，你自己惹了什么祸只有你自己知道，到那儿了跟人家好好说！"在我老爹跟前，我不能有一丝的含糊和怯懦，这是我们爷儿俩长年累月形成的一种儿子反叛老子的情感态势。我头一仰，对着八毛队长狠狠丢下一句："前面带路吧！"然后在同院邻居惊讶的目送下，跟仁官面儿往院外走。

一出了院子，刚刚拐进胡同里，两个八毛跟已经商量好了似的一对眼神儿，几乎同时出手，一人一边掐住我的肩头，另一只手抓着我的胳膊往后掰。八毛队长从口袋里迅速掏出了手铐，一边给我上铐子，一边严厉地对我说："老实点儿，别想别的，敢出幺蛾子我办了你！"我听对方这么一说，我这暴脾气顿时就要压不住了："你拍桌子吓唬猫呢吧？"便在那俩八毛手里使劲挣崴。俩八毛立马把铐子紧到了最紧处，铐子刃深深嵌进了我手腕上的皮肉，随后又同时飞起一脚，踢向我的双腿膝盖后面。我猝不及防，让他们把我踢得一下跪在了地上，我拼了命地要挣扎着站起身来，我心里一直就崇尚一句话——"此生只跪天跪地跪父母，其他的都是老窑！"但毕竟事与愿违，在我被三个人狠狠压在地上，队长的一只膝盖已经顶住了我的后背，俩八毛则提着我被铐住的双手，狠狠地往上抬，完鸟！彻底是动不了了，只能紧咬牙关任凭他们摆布了，八毛队长一看我不太老实，再一次把手伸进裤子口袋，又一次掏出一条法绳，搭肩头拢二臂，捆粽子一般地把我捆了一个结实，随后再一次地命令我："墨斗！我告诉你，你要是还你妈的不老实，到了所里你可别怪我让你过热堂，到时候你就该后悔啦！你给我老老实实的听见了吗？"我心里一万个不服气啊，手脚是甭打算再动唤了，已经被束缚到彻底缴械了，可是我的嘴里却一直没闲着，开口大骂："你吹你妈的牛掰吧，你也就穿了这身皮，你敢扒了这身皮跟我比画吗？"

我正跟他们仁人犯浑之时，猛然间我脑子里一个念头闪过，我靠！不能在这儿再闹下去了，这阵儿该是我老娘下中班回家的时候，此处正是我老娘下班回家的必经之路，再闹下去备不住我老娘就得赶上这出儿，不行！不能让我老娘看见我挨揍，想到这儿，我顿时没了脾气。队长他们仨人一看我不再挣扎了，也松了一口气，押上我向西北角派出所疾步而去。

没有刺耳的警笛声，没有轰鸣的警车呼啸而过，毫无征兆地一切好像都是在悄悄地进行着，只是惊呆了马路边乘凉的人们，一个个交头接耳指指点点地议论着。从我家到派出所几百米的距离，队长和两个八毛恶狠狠地压着我，使劲往下按我的脑袋，不让我抬头，并且一个劲儿地推着我，脚下如飞地往派出所方向走着，路边街灯昏暗，不知名的飞蛾、蚂蚱、挂大扁、嗡嗡落儿都向着"街灯"——这长街上仅有的微弱的光亮飞扑着，不惜撞得"啪啪"作响，随后纷纷落地。此情此景在我看来，绝对是对我当时情景一种恰如其分的诠释"飞蛾扑火，螳臂当车"！

3

沿着西门里大街到了中营，往右一拐就是西北角街派出所。一进大门，左右两排门卫登记室，过了这排办公室是一道二门，再往里就是一个大院儿。仨人先把我押到了大院东北角的一间屋子里，一进屋就开始一通搜身，解下我的裤腰带和鞋带，身上所有物品一概没收登记，然后又是一通身份登记。这些事儿都完了，押我来的八毛队长打开了我腕子上的手铐，由于刚才那么一挣崴，俩八毛狠狠地把铐子砸到最紧处，铐子的刃已经深深地勒进了皮肉，我的两只手通红淤肿。八毛队长随后又解开了捆绑我的法绳，我当时还以为看在以往都是家门口子，低头不见抬头见的面儿上，他会手下留情网开一面对付对付就完了，哪承想这位"疾恶如仇"的队长老爷，却在我身上体现了一把铁面无私、大义凛然的正能量！只见他拿过一个洗脸盆，将刚刚从我身上解下的法绳，浸在一盆黑乎乎的脏水里，等法绳蘸满了水，他让俩八毛扒下了我的上衣，然后贴着肉皮重新再一次把法绳狠狠地勒住了我的两个肩膀和双手。蘸了水的法绳被水浸透之后，然后伴随着法绳里的水分逐渐蒸发，会变得越来越紧，会一点儿一点儿地往肉里扎，越扎越紧，在外面时我就听老一伐儿的说过这招，想不到因为我刚才骂了联防队长几句，这货借机公报私仇，把这招使到我身上了！我咬紧了牙关，不让他们看出我因为法绳勒进肉里而流露出痛苦的表情，相反我却一丝笑容浮上脸庞，嘴里大声地喊着："好！哥儿俩受累卖把子力气，再紧点儿，一步到位吧！"八毛队长一听这话，抬手给了我一个响彻云霄的大耳刮子。打得我眼前发黑，金星乱飞，嘴里发咸，腮帮子里面在上牙膛破了，一股又咸又腥的血充满口中。我一点儿没糟践，运足一口气狠狠地啐在了八毛队长脸上。这个举动自然又招来了三个人的一顿拳打脚踢，不服！就你妈不服！你真够杠儿就弄死我！

　　既没弄死我，也没弄服我，一个队长、两个八毛，还是那老三位，又把我从屋里押出来，转移到了另一间类似于会议室大礼堂的门口。大礼堂里灯火通明，透过大门和大窗户可以看见里面人头涌动，不下几十位的老爷和八毛在里面晃动着。一进大门我才大吃一惊，好家伙，大礼堂里满坑满谷，地上黑压压的全是倒捆双手盘腿在地的人！刚一进屋，队长就吆五喝六地大声对我喊着："低下头！俩眼别乱蹿摸！"喝骂声中，他一用力把我推到了最后一排，让我也盘腿坐在地上。队长安置了我，带领两个八毛依次出去了。大礼堂中还留着十来号民警和八毛，一个个手提电棒，来来回回警惕严肃地巡视着，不时大声命令着某位不老实想抬头看看什么阵势的人。我心烦意乱，脑袋瓜子都蒙了，我活了十来年，头一次见到这么大的阵势，说不害怕那是胡扯。这次进来，可跟我上次在西关街影院门口被老董他们弄回东北角派出所截然不同。那次一举拿下的也就是我和石榴，并且我心里也明白官面儿上为什么逮我，这次我可真蒙了。出生于"文革"初期的我，在小时候的记忆里，还依稀记得一场运动会给坊间百姓带来的是什么影响，游行、游街、批斗会、大字报、标语、口号，我家旁边院儿里的一对父子因为新中国成立前资本家的成分，挨斗之后手拉手跳了东浮桥，我同学的爷爷头戴大高帽子被批斗游街，难道这又是一场轰轰烈烈、血雨腥风的运动？我满脑子里胡思乱想，胳膊被法绳勒得越来越紧，越来越疼。又过了那么一个多小时后，已经夜里十二点多了，还有人在陆陆续续地被押进来。此时已经不像刚开始时管得那么严了，民警和八毛们也轮换着去吃饭。我偷偷抬起头，想观察观察到底是什么情况？不看则已，抬头一看真让我大吃了一惊，我靠！这——带玩玩闹闹的主儿全到齐了，这里有多少家门口子？有多少发小弟兄？有多少前辈大哥？又有多少冤家对头？我两眼飞快地踅摸着，终于在挺靠前的位置上，看到了我最不想看到的人——李斌和宝杰！

（未完待续）